不可不知的600个经济常识

吴思瑜◎编著

天津科学技术出版社

图书在版编目(CIP)数据

不可不知的600个经济常识/吴思瑜编著.—天津：天津科学技术出版社，2009.9

ISBN 978-7-5308-5329-0

Ⅰ. 不... Ⅱ. 吴... Ⅲ. 经济学—基本知识 Ⅳ. F0

中国版本图书馆CIP数据核字（2009）第174946号

责任编辑：刘丽燕

责任印制：白彦生

天津科学技术出版社出版

出版人：胡振泰

天津市西康路35号　邮编 300051

电话（022）23332398（事业部）　23332697（发行）

网址：www.tjkjcbs.com.cn

新华书店经销

北京金秋豪印刷有限责任公司印刷

开本 710×1000　1/16　印张 19.375　字数 223 000

2009年11月第1版第1次印刷

定价：39.00元

前 言
Preface

人的一生是一个不断学习的过程。读死书和死读书已经不能适应这个时代的发展。虽然说“天才出自勤奋”，但也必须看到，勤奋只是一个合格学生的基本功。一个优秀的学生会重视勤奋，但绝对不会让自己仅仅停留在勤奋的层面。

现代社会生活中，金钱是财富的综合代表。人们处处可以看到，叱咤风云的人物一旦放到经济社会中，突然间变得手足无措，生活的基本能力也会丧失。原因就是因为没有经济知识，跟社会脱了节。

现代社会日新月异，任何人掌握的知识都是有限的，学得多不如学得巧，这就是学习的智慧。没有经济知识，无论怎样的生活都会使你感到艰辛，因为你没有方向。你不懂理财，不懂计划，也不知道经济常识，活得懵懵懂懂。如何做好生活的准备呢？这本书就是生活必备品。你生活需要的经济常识都在这里！

本书从经济学历史说起，让大家跟着历史了解经济的发展状况，用一种宏观的眼光去看待经济，从历史中寻找问题，并得出一些历史因果性的结论，从而帮助人们生活得更加美好；常用经济学名词，将会扩充你的眼界，了解各方面的新名词，通晓词语背后的含义；不可不知的经济学原理，可以让人们掌握更多智慧和规律，从一些简单的原理，得出如何生活的最佳结论；学习掌握有用的投资常识，运用于投资和资产管理，可以帮助年轻的人

们创业，帮助业成的人们守业；了解经济学的顶尖人物，从国外列举到国内，将会给大家树立很多学习的榜样……

从世界各国经济发展历史过程中我们可以看到，金融业在经济社会发展和人类进步进程中扮演着重要角色，一国的金融业发展程度和发达水平往往代表着其经济整体发展阶段和发展态势，“金融很重要，是现代经济的核心。金融搞好了，一着棋活，全盘皆活”。金融作为商品货币关系发展的必然产物，反过来又利用自身创造的价值和对其他行业产生的巨大“正效应”，推动着全社会的发展。所以，学习证券常识，就是拒绝金融时代的淘汰；学习货币常识，因为货币就是历史通行证。

可以说，有了本书，你就拥有了金融时代的智慧！

目 录
Contents

Chapter 1 不可不知的经济学流派

Chapter 2 不可不知的经济学著作

Chapter 3 不可不知的经济学门类

Chapter 4 不可不知的常用名词

Chapter 6
不可不知的投资常识

Chapter 8 不可不知的经济学人物

Chapter 9 不可不知的证券常识

Chapter 10
不可不知的金融常识

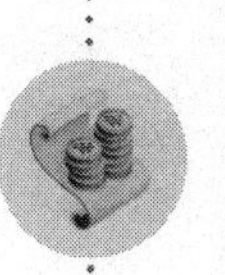

Chapter 12 不可不知的经济现象

Chapter 1

不可不知的经济学流派

经济学自诞生以来，一直致力于解释实际经济中的各种现象，但是由于经济表现非常复杂，影响因素也来自很多方面，所以经济学家们的观点也不尽一致，并由此产生了经济学的各种流派。从古典主义到凯恩斯学派，从单纯关注货币到逆风向调整理论，经济学家们不断地思考经济规律，也不断受到新问题的挑战，于是经济学在探索中慢慢成长，并形成了各有千秋的流派。了解经济学，就要从了解各个学派的产生背景、基本理论开始，这样才能全面知晓经济学。

001
凯恩斯革命

1929年10月24日，以纽约股市暴跌为起点，爆发了持续7年之久，席卷整个资本主义世界的“大危机”。为了摆脱危机，美国总统罗斯福（Franklin Roosevelt，1882-1945）在1933年3月4日就职后，立刻大规模干预经济，史称“罗斯福新政”（Roosevelt New Deal）。在此背景下，1936年英国经济学家凯恩斯出版《就业、利息和货币通论》（The General Theory of Employment，Interest and Money）一书，严厉批判新古典经济学，提出“有效需求决定国民收入”原理，主张由政府干预来拯救资本主义，人称“凯恩斯革命”（Keynesian revolution）。这本书的出版，标志着现代宏观经济学诞生。

这本书的出版，之所以被称为一场革命，是因为在以下方面有着重大突破。

1. 否定了传统经济学萨伊定律，即“供给会自动创造需求”，因而不存在经济危机，明确承认经济危机的存在及严重破坏性。

2. 摈弃了传统经济学的亚当·斯密“看不见的手”的机理，不相信市场机制的完善性和协调性，认为经济危机不可能通过市场机制的自动调节而恢复均衡，坚决主张：采用强有力的政府干预，对严重的经济危机进行紧急抢救。

3. 否定了传统经济学在经济危机病因探索方面的“外因论”，转而寻找不稳定的内在因素，认为“有效需求不足”是主要原因，从考察生产、就业和收入的决定因素入手，创立了有效需求原理及三大心理定律。

4. 开创了现代宏观经济分析，研究总就业量、总生产量和国民收入及其变动的原因，以区别于单个商品、单个厂商、单个消费家庭之经济行为的微观经济分析。

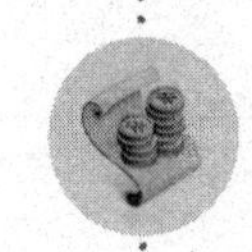

5. 摈弃传统的健全财政原则，主张膨胀性财政政策，主张扩大政府开支、赤字预算和举债支出。

总之，凯恩斯“革命”的实质在于：以30年代经济危机为时代背景，适应垄断资产阶级的迫切需要，创建以需求管理的政府干预为中心思想的收入分析宏观经济学。它对西方国家垄断资本主义的发展以及对西方经济学的发展，都有巨大而深远的影响。

002
新古典综合派

1945年第二次世界大战结束以后，以美国麻省理工学院教授萨缪尔森为主要代表的一些经济学家，试图弥合凯恩斯理论与新古典经济学之间的分歧，遂形成所谓“新古典综合派”（Neo-classical synthesis），认为新古典经济学适用于经济繁荣状态，属于微观经济学；凯恩斯理论适用于经济萧条状态，属于宏观经济学。1948年萨缪尔森出版《经济学》（第1版）是这一学派形成的标志，1961年《经济学》第5版开始使用“新古典综合”一词。至于“微观经济学”和“宏观经济学”这两个名词则最早出现在波尔丁1948年版《经济分析》一书第2版中。

新古典综合派认为：市场经济不能自动实现充分就业（Full employment），因此政府应根据“逆经济风向行事”原则，运用财政和货币政策实施干预，以促进充分就业和国民收入增长。该学派的理论核心是英国经济学家希克斯1937年在《凯恩斯先生与古典学派经济学家》一文中最早提出，后来为美国经济学家汉森1953年在《凯恩斯学说指南》中推广的IS-LM模型，又称“希克斯-汉森模型”（Hicks-Hansen model）。

IS-LM模型分析是宏观经济分析的一个重要方法，是描述产品市场和货币之间相互联系的理论结构。

在产品市场上，国民收入决定于消费、投资、政府支出和净出口加合起来的总支出即总需求水平，而总需求尤其是投资需求要受

到利率影响，利率则由货币市场供求情况决定，就是说，货币市场要影响产品市场。

另一方面，产品市场上所决定的国民收入又会影响货币需求，从而影响利率，这又是产品市场对货币市场的影响。可见，产品市场和货币市场是相互联系的，相互作用的，而收入和利率正是在这种相互联系中决定的。

该模型要求同时达到下面的两个条件（如图1所示）：

（1）$I(i)=S(Y)$

（2）$M/P=L_1(i)+L_2(Y)$

其中，I为投资，S为储蓄，M为名义货币量，P为物价水平，M/P为实际货币量，Y为总产出，i为利率。

两条曲线交点处表示产品市场和货币市场同时达到均衡。

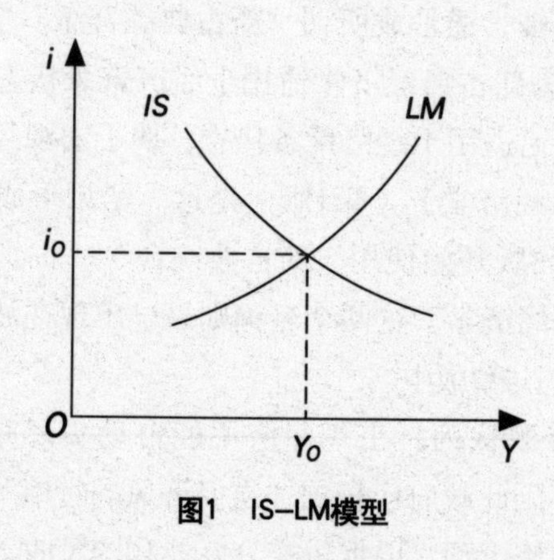

图1　IS—LM模型

003
货币主义学派

货币主义学派(Monetarism)，又称“芝加哥学派”(Chicagoschool)，是反对凯恩斯主义的急先锋。其创始人及主要代表是美国经济学家弗里德曼（Milton Friedman，1912–2006），他从1950年就开始反对凯恩斯主义。

弗里德曼认为，长期内存在“自然失业率”（Natu ralrate of unemployment），即在没有货币因素干扰的情况下，当劳动市场在竞争中达到均衡时，由技术水平、风俗习惯、资源数量等实际因素决定的固有的失业率，包括自愿失业（Voluntaryun employment）、摩擦性失业（Frictionalun employment）和结构性失业（Structuralun employment）等。自然失业率是保持零通货膨胀率的最低失业率。当政府采取扩张性财政政策与货币政策时，短期内由于货币幻觉，实际工资（Realwages）暂时下降，厂商扩大生产，增加就业，但长期内，由于“适应性预期”（Adaptive expectation），工人会要求提高名义工资（Nominalwage），引起实际工资和失业率回升，结果造成通货膨胀（Inflation）。

货币学派的理论特点主要在于以下两点：坚持经济自由，强调货币作用。

货币学派认为，在社会经济发展过程中，市场机制的作用是最重要的。他们坚持自由市场和竞争是资源和收入合理分配的最有效方法，是导致个人和社会最大福利的最佳途径，如果政府干预经济，就将破坏市场机制的作用，阻碍经济发展，甚至造成或加剧经济的动乱。因此，他们旗帜鲜明地反对任何形式的国家干预，特别是反对第二次世界大战后凯恩斯主义的理论和政策主张，认为除了货币之外，政府什么也不必管。

他们从现代货币数量说出发，把货币推到极端重要的地位。认为当代一切经济活动都离不开货币信用形式，一切经济政策和调节手段都要借助货币量的变动（扩张或收缩）来发挥作用。因此，一切经济变量的变动都与货币有关。货币推动力是说明产量、就业和物价变化的最主要因素，而货币推动力最可靠的测量指标就是货币供应量。由于货币供应量的变动取决于货币当局的行为，因此，货币当局就能通过控制货币供应量来调节整个经济。主张把政府在经济中的作用减低到为自由市场经济能自如地活动提供一个稳定的支架，这就需要政府有效地将货币供应的增长控制在既适度又稳定的水平上，方法是实行“单一规则”，即固定货币供应增长率的货币政策。除此以外，不应该也用不着对经济多加干预。

由于这些政策主张顺应了西方经济在新形势下发展的需要，因此赢得了许多的赞同者和追随者，并且得到官方的特别赏识。1979年，以撒切尔夫人为首相的英国保守党政府将货币学派理论付诸实施，奉行了一整套完整的货币主义政策；美国里根总统上台后提出的“经济复兴计划”中，也把货币学派提出的制订一种稳定的货币增长政策作为主要项目；瑞士、日本等国被认为是“成功地控制了通货膨胀”的国家，自称其“成功的秘密”就在于实行了货币学派的“稳定的货币供应增长率”政策。货币学派一时声名鹊起，被普遍看做凯恩斯学派之后的替代者，弗里德曼更是被称为“反通货膨胀的旗手”。

004 供给学派

供给学派（Supply-sideschool），又称“里根经济学”，认为：凯恩斯主义扩张性财政政策，一方面刺激总需求，使人们过度依赖政府，另一方面导致高税收，抑制企业家的积极性，影响供给，结果导致经济滞胀。该学派重新肯定萨伊定律（Say's law），主张减税节支，减少干预，实行自由放任政策，刺激企业家精神，促进供给。但实际执行时，“减税容易节支难”，造成高赤字、高利率、高汇率、高外债等一系列恶果。

供给学派又分“极端供给学派”和“温和供给学派”，前者以美国南卡罗来纳大学商学院教授拉弗（Arthur.B.Laffer，1940- ，又译“拉弗尔”、“拉菲尔”等）为主要代表，用“拉弗曲线”（Laffer curve）描述税收与税率之间的关系（一般情况下，税率越高，政府的税收就越多；但税率的提高超过一定的限度时，企业的经营成本提高，投资减少，收入减少，即税基减小，反而导致政府的税收减少，描绘这种税收与税率关系的曲线叫做拉弗曲线），为减税提供理论依据。

后者以美国哈佛大学教授费尔德斯坦（Martin Stuart Feldstein，1939-　）为代表，提出“费尔德斯坦曲线”（Feldstein curve），认为：在通货膨胀率不变的条件下，财政赤字的增加会引起资本形成率下降，即财政赤字与资本形成存在替换关系；在保证资本形成率不变的前提下，财政赤字的增加将导致通货膨胀，财政赤字与通货膨胀率呈正相关关系。强调要靠资本积累和市场刺激而不是利用政府干预来减轻社会弊病，代表作：《美国税收刺激、国民储蓄与资本积累》。

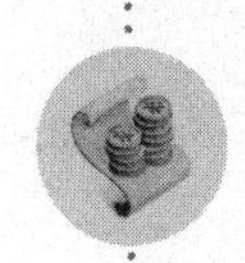

005 新自由主义学派

新自由主义学派（Neo-liberalism）　广义的“新自由主义学派”包括货币主义、理性预期学派、供给学派等，狭义的“新自由主义学派”，仅指以英籍奥地利经济学家哈耶克（Friedrich Augustvon Hayek，1899-1992）为主要代表的新自由主义学派，主要阵地在奥地利维也纳大学、英国伦敦经济学院、美国芝加哥大学、德国弗赖堡大学等，故又称“新奥国学派”、“新维也纳学派”、“伦敦-芝加哥学派”和“弗赖堡学派”等。

该学派崇尚个人自由，认为自由是创造一切价值的源泉。强调个人无需服从任何人，只需服从法律，法治的关键在于保证个人自由。反对人治，认为人治导致权力被滥用，即使权力被思想高尚的人掌握，也会给社会带来祸患。主张思想自由，认为思想国家化是“真理的末日”。主张经济自由和私有制。对于20世纪30年代的大萧条，认为是由于货币供给不足或投资过度造成的，市场能够自行调节，无需国家干预。对于1960～1970年代发生的失业和通货膨胀，认为是由于国家垄断货币发行权，使市场机制受到干扰以及政府扩大财政赤字造成的。因此，主张“货币非国家化”，由私营银行提供竞争性货币。

006
新剑桥凯恩斯学派

新剑桥凯恩斯学派（Neo-Cambridge school） 又称“凯恩斯左派”、“李嘉图学派”，代表人物是英国经济学家罗宾逊夫人（Joan Robinson，1903-1983）。从收入分配角度着手，认为经济增长率取决于投资率，而投资率取决于储蓄率。在资本主义经济条件下，国民收入分为工资和利润两部分，储蓄率也分解为工资收入者的储蓄率与利润收入者的储蓄率两部分，当利润占的比重提高时，整个储蓄率上升，促进经济增长，因此经济增长必然伴随收入不平等的加剧。既反对新古典综合派的财政干预政策，也反对自由放任政策，认为前者只强调充分就业，不问就业的具体内容，导致“繁荣中的贫困”；至于后者，则认为市场机制是个效率极差的调节器，20世纪30年代的大危机就证明了它的失败。对于货币主义者推崇备至的货币嗤之以鼻，认为货币与产量之间仅存在微弱的联系。最后，该学派主张通过税收和补助来消除社会收入不均等和阶级差别等改良主义措施。

007
公共选择学派

公共选择学派（Publicchoices chool） 主要代表人物是美国经济学家布坎南（James Mcgill Buchanan，1919- ），1962年他与图洛克（Gordon Tullock，1922- ）合著《同意的计算》一书，从经济学角度研究政府行为，认为：政治家是理性经济人，旨在追求个人利益最大化，政治活动就是许多不同利益集团出于自利动机进行的交易。政治交易通常通过一定的投票规则进行决策，在民主前提下，政府的决策会反映“中间投票人”（Medianvoter）的利益，但现实生活中，由于人与人之间不平等，政府的决策往往倾向于某些特殊利益集团，而特殊利益集团则会有意识地影响政府决策，从中谋取好处，即所谓“寻租”（Rentseeking）。政府的职责本来是代表公共利益，弥补市场机制不足，提供公共物品，但由于种种原因，常常导致“政府失灵”（Government failure）或“公共失灵”（Public failure）。因此，对现行民主制度表示怀疑，主张按市场机制思路，完善政府规则，防止滥用权力。经济方面，主张有规则的经济政策，反对凯恩斯主义相机抉择的政策干预。

008 新凯恩斯主义

20世纪90年代以后，西方经济学进入新发展阶段，帕金（M.Parkin）称之为“新凯恩斯主义”（Neo-keynesian school），主要代表人物有美国斯坦福大学的斯蒂格利茨，哈佛大学的曼昆和萨墨斯，麻省理工学院的布兰查德和罗泰姆伯格，哥伦比亚大学的费尔普斯（EdmundS Phelps，1933-　），伯克利加州大学的阿克洛夫（George.A.Akerlof，1940-　）和耶伦，威斯康星大学的格特勒以及普林斯顿大学的伯南克等。

新凯恩斯主义的主要特点有：（1）强调政府有用；（2）强调用微观经济学原理解释宏观经济现象；（3）加强了对市场垄断势力、价格歧视、信息不对称、外在经济、博弈论、委托-代理关系、公共物品等现象的研究；（4）用总需求-总供给模型（AD-AS模型）取代IS-LM模型；（5）各流派融合发展。

009 激进经济学

激进经济学是20世纪60年代后期，主要在美国形成的一个经济学流派的理论，也称为激进政治经济学派。该学派提出一些大体上以马克思的政治经济学观点为依据，或与之相接近的论点，来批判

资产阶级经济理论和分析当代资本主义的经济问题。事实上，观点属于这个流派并具有相当影响的，还有一些老一辈经济学家，如巴兰、斯威齐等，人们习惯地把他们称为“老左派”，而把20世纪60年代后期出现的激进政治经济学派称为“新左派”，这是当前西方“左派经济学派”中的一支重要力量。

010 奥地利学派

19世纪70年代以后，马克思主义在工人队伍中迅速传播，而为资本家辩护的种种经济学说，诸如成本论、效用论、节欲论等都纷纷破产。奥地利学派以主观唯心精神来“改造”传统经济学以便对付马克思主义的意图，受到了资产阶级的热烈欢迎。20世纪30年代以后，以米塞斯和哈耶克为代表的一些奥地利经济学家继承了奥地利学派的传统理论并作了一些补充。他们反对马克思主义，也反对主张国家调节经济的凯恩斯主义，竭力鼓吹自由主义，崇拜市场自发势力而诽谤社会主义的计划经济。通常称之为新奥地利学派，又称维也纳学派。主要代表人物有米塞斯、哈耶克、梅耶、斯特里格、哈伯勒、摩尔根斯坦等。这一学派的主要代表人物是奥地利经济学家，活动中心最初设在维也纳大学，故此得名。

011 边际效用学派

边际效用学派是在19世纪70年代初，作为传统经济学的对立面出现的。它的奠基者是三位几乎同时各自独立提出主观价值论的经济学家：英国的杰文斯、奥地利的门格尔和法国的瓦尔拉斯。杰文斯在1871年发表的《政治经济学理论》中，提出了“最后效用程度”价值论。边际效用学派在方法论上以反对德国历史学派相标

榜，主张抽象演绎法。他们把人类社会的经济生活归结为人的无限欲望和数量有限的资源之间的关系，把人的欲望及其满足作为研究的对象和出发点。

012
供给学派

20世纪70年代在美国兴起的一个资产阶级经济学流派。该学派强调经济的供给方面，认为需求会自动适应供给的变化，因而得名。该学派认为，生产（供给）的增长决定于劳动力和资本等生产要素的供给和有效利用。个人和企业提供生产要素和从事经营活动是为了谋取报酬，对报酬的刺激能够影响人们的经济行为。自由市场会自动调节生产要素的供给和利用，应当消除阻碍市场调节的因素。这个学派的主要代表人物之一的A.B.拉弗把供给经济学解释为“提供一套基于个人和企业刺激的分析结构。人们随着刺激而改变行为，为积极性刺激所吸引，见消极性刺激就回避。政府在这一结构中的任务在于使用其职能去改变刺激以影响社会行为。”

013
剑桥学派

剑桥学派（Cambridge school）是19世纪末20世纪初，由英国经济学家马歇尔创建的一个学派。由于马歇尔和他的忠实门生庇古、罗伯逊等长期在英国剑桥大学任教，所以被称为剑桥学派。又由于其创始人马歇尔提出的“均衡价格论”既继承了这个时期的庸俗经济学传统，以生产费用解释价值决定，又融合了19世纪70年代后以边际效用解释价值决定的庸俗学说，故又被称为“新古典学派”。

剑桥学派的理论在方法论上的特点是：用“只有渐进没有突变”的所谓连续原理分析经济现象，认为在经济现象之间，经济概

念之间都存在连续关系，没有严格的区分；用力学中的均衡概念和数学中的“增量”概念，来分析商品和生产要素的供求均衡及其价格的决定。在分析的同时，假定其他条件不变，即使用所谓局部均衡法；在静态均衡分析的框框内引进时间因素，以区别在长短不同的时期内，供求状况的不同变化所达成的不同均衡状态；用主观心理动机解释人类的经济行为，认为人类的经济生活都是由追求“满足”和避免“牺牲”这两类动机支配的，这两种动机决定着商品和各种生产要素的需求和供给。

剑桥学派的核心内容是均衡价格论。他们用边际效用递减规律决定的，不同需求量和相应需求的价格所构成的需求曲线，与用边际生产费用递增规律决定的，不同供给量和相应的供给价格所构成的供给曲线，说明一种商品的均衡价格的决定。他们用均衡价格衡量商品的价值，从而以均衡价格论代替价值论。

这个学派所传播的经济学说，主要包括在马歇尔于1890年出版的《经济学原理》一书中。该书继承19世纪初以来的英国庸俗经济学传统，兼收并蓄，用折中主义的方法把供求论、生产费用论、边际效用论、边际生产力论等融合在一起，建立了一个以完全竞争为前提，以“均衡价格论”为核心的完整的庸俗经济学体系。该书一出版，就被吹捧为政治经济学发展史上的一个“里程碑”，与斯密的《国富论》和李嘉图的《政治经济学及赋税原理》相提并论。马歇尔的学说，通过其忠实门生，特别是庇古，在教学和著作中加以阐发和传播，形成学派，在19世纪末20世纪初的资产阶级经济学界占有支配地位。

014
重农学派

重农学派是18世纪50～70年代的法国资产阶级古典政治经济学学派。重农学派以自然秩序为最高信条，视农业为财富的唯一来源

和社会一切收入的基础，认为保障财产权利和个人经济自由是社会繁荣的必要因素。

重农学派在鼎盛时期以“经济学家”称谓。其成员之一杜邦·德·奈穆尔于1767年编辑出版了一本题名为《菲西奥克拉特，或最有利于人类的管理的自然体系》的魁奈著作选集，首次提出了源于希腊文“自然”和“统治”两字的合辞作为他们理论体系的名称。但在当时，这个新名称没有得到通用。斯密在1776年发表的《国富论》中，依据他们“把土地生产物看做各国收入及财富的唯一来源或主要来源”的学说，把他们称为“农业体系”，汉语则意译为“重农学派”。

015 货币主义

货币主义是20世纪50、60年代在美国出现的一个资产阶级经济学流派，亦称货币学派，以挑战凯恩斯主义的面貌出现。其领袖人物为米尔顿·弗里德曼。他在1976年10月获得诺贝尔经济学奖。货币主义用经济政策的滞后性质反对根据情况而制订的货币政策，主张实行单一规则的货币政策，即把货币存量作为唯一的政策工具，由政府宣布一个长期不变的货币增长率，这个货币增长率在保证物价水平稳定不变的条件下与预计的实际国民收入在长期内会有的平均增长率相一致。

货币学派在理论上和政策主张方面，强调货币供应量的变动是引起经济活动和物价水平发生变动的根本的和起支配作用的原因。布伦纳于1968年使用“货币主义”一词来表达这一流派的基本特点，此后被广泛沿用于西方经济学文献之中。

第二次世界大战后，美英等发达资本主义国家，长期推行凯恩斯主义扩大有效需求的管理政策，虽然在刺激生产发展、延缓经济危机等方面起了一定作用，但同时却引起了持续的通货膨胀。

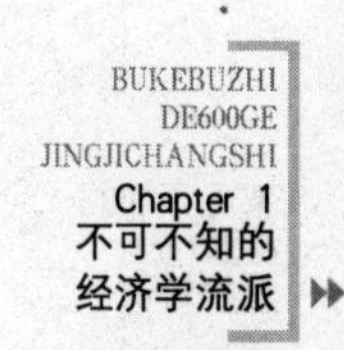

弗里德曼从20世纪50年代起，以制止通货膨胀和反对国家干预经济相标榜，向凯恩斯主义的理论和政策主张提出挑战。他在1956年发表《货币数量论—重新表述》一文，对传统的货币数量说作了新的论述，为货币主义奠定了理论基础。

此后，弗里德曼和他的同事们在理论细节方面不断进行琢磨补充，并且利用美国有关国民收入和货币金融的统计资料，进行了大量经济计量学方面的工作，为他的主要理论观点提供 了论据。

自20世纪60年代末期以来，美国的通货膨胀日益剧烈，特别是1973～1974年在所有发达资本主义国家出现的剧烈的物价上涨与高额的失业同时并存的“滞胀”现象，凯恩斯主义理论无法作出解释，更难提出对付这一进退维谷处境的对策。于是货币主义开始流行起来，并对美英等国的经济政策产生了重要影响。货币主义的代表在美国有哈伯格、布伦纳和安德森等人，在英国有莱德勒和帕金等人。

弗里德曼在《货币数量论—重新表述》一文中认为，货币数量说这个词语只是表示一项研究方法，而不是一个具有确定意义的理论的名称。它是关于货币需求的理论，而不是产出量或货币收入或价格水平的理论。在这篇论文中，弗里德曼在凯恩斯流动偏好函数基础上作了一些发展补充，建立自己的货币需求函数。

货币主义认为引起名义国民收入发生变化的主要原因，在于货币当局决定的货币供应量的变化。假如货币供应量的变化会引起货币流通速度的反方向变化，那么货币供应量的变化对于物价和产量会发生什么影响将是不确定的、无法预测的。

弗里德曼突出强调货币需求函数是稳定的函数，正在于尽可能缩小货币流通速度发生变化的可能性及其对产量和物价可能产生的影响，以便在货币供应量与名义国民收入之间建立起一种确定的可以作出理论预测的因果关系。

弗里德曼强烈反对国家干预经济，主张实行一种“单一规则”的货币政策。这就是把货币存量作为唯一的政策工具，由政府公开宣布一个在长期内固定不变的货币增长率，这个增长率应该是在保证物价水平稳定不变的条件下，与预计的实际国民收入在长期内会有的平均增长率相一致。

20世纪70～80年代在美国出现的合理预期派认为，预期在决定物价和产量的进程中居于最重要地位，因为企业和居民户将及早懂得判断经济事变，从而他们会预料到政府的行为，并在事前采取行动来抵消政府的政策措施。所以，任何具有稳定作用的经济政策的前途都是黯淡的。甚至在短期内，也只有未被预料到的政策行动才会对真实产量有影响。这样，合理预期就与极端货币主义观点连在一起了。

Chapter 2

不可不知的经济学著作

经济学是一门关于智慧的学问。在经济学发展的历程中，经济学家们不断思索现实经济中的问题、探讨理想的经济学模式、钻研合理的解决经济问题的方案，这些都是思想的风暴，都是智慧的结晶，于是，才有了这些经典的经济学著作。如果想了解经济学到底在研究什么，那么就不得不了解经济学家们的经典著作，这样才能对经济学有深刻的理解。本章，就将为你揭开经济学的面纱，看看经济学家们所钻研的课题都有哪些。

016
《国富论》

英国亚当·斯密所著的《国富论》，全名为《国民财富的性质和原因的研究》，此书初版于1776年，就是美国《独立宣言》发表的那一年。

《国富论》共分五卷。它从国富的源泉——劳动，说到增进劳动生产力的手段——分工，因分工而起交换，论及作为交换媒介的货币，再探究商品的价格，以及价格构成的成分——工资、地租和利润。

书中总结了近代初期各国资本主义发展的经验，批判吸收了当时的重要经济理论，对整个国民经济的运动过程做了系统的描述，被誉为“第一部系统的伟大的经济学著作”。同时，《国富论》的首次出版标志着经济学作为一门独立学科的诞生，在资本主义社会的发展方面，《国富论》起了重大的促进作用。

《国富论》的编者马克斯·勒纳评论说：“这是一本将经济学、哲学、历史、政治理论和实践计划奇怪地混合在一起的书，一本由有着高深学问和明敏见识的人所写的书。这个人有强大的分析能力，能对他的笔记本中所有的材料进行筛选；又有强大的综合能力，能按照新的和引人注目的方式将其重新组合起来，斯密对他当时的学术领域的各种思想是极为敏感的。他像后来的马克思一样，不是一个关在自己房子里的与世隔绝的学者，他仿佛全身装着天线，能收到并吸收所能接触到的一切信息。他在封建欧洲解体之末、近代世界开始之时写作，在这个世界中，封建制度仍以既得利益集团经常表现的顽固性在坚持。他正是为反对这种利益集团而写作的。结果是，他的书不只是为图书馆架藏而写的，它对经济决策和国家政策产生了深刻的影响，它形成了我们今天住在其中的整个生活环境。”

017

马尔萨斯与《人口论》

托马斯·罗伯特·马尔萨斯是亚当·斯密的继承者之一，1798年匿名发表的《论影响社会改良有前途的人口原理，并论葛德文、孔多塞和其他作家的推测》，就是《人口论》的最初版本。

《人口论》讲述了人文社会科学元典是人类对于自身及其社会的深刻反思和研究，不仅有对人类价值和精神的独特性、意外性、复杂性和创造性的情感性描述和目的性表达，也有对人类文化和社会的类型、模式、变迁、机制及其多样性的事实揭示、因果说明和理想设计。从某种意义上说，它们造就了我们的心灵、行为和生活，具有永恒的意义和不朽的价值。马尔萨斯的基本论题是人口增长有超过食物供应增长趋势的思想。它以“土地报酬递减规律”为基础，认为由于“土地报酬递减规律”的作用，食物生产只能以算术级数增加，赶不上以几何级数增加的人口需要，并认为这是“永恒的人口自然规律”。

此书所产生的重大影响，使马尔萨斯成为影响世界历史的七个经济学家之一。

018

《政治经济学概论》

让·巴蒂斯特·萨伊（Jean Baptiste Say 1767-1832），19世纪法国著名经济学家，曾经被称为当时西方政治经济学“王国”里的“王子”。

萨伊最主要的著作是《政治经济学概论》，其副标题是“财富的生产、分配和消费”。于1803年在巴黎出版，萨伊生前曾再版五次，并译成了德文、西班牙文、意大利文和英文，成为当时欧洲经济学学科的大学教科书。

萨伊在此书中首先表明的观点是劳动、资本和土地是一切生产所不可缺少的三个生产要素，最重要的是他指出了生产劳动创造的不是物质而是效用，也就是满足我们某种需要的效用！他认为效用是评价商品价值的基础，商品的价值是由其效用决定的，而价值决定商品的成本，从而让人们对于商品的概念有了一个全新的理解和认识！

《政治经济学概论》法文第四版的编者比德尔曾这样评论这部书："自从亚当·斯密的《国民财富的性质和原因的研究》这一部深奥的独创性著作问世之后，在欧洲出版的政治经济学论著，得到人们普遍注意和受到权威批评家显著称赞的，没有一本比得上萨伊的《政治经济学概论》。"

019
李嘉图《政治经济学与赋税原理》

大卫·李嘉图（1772–1823）英国证券经纪人、经济学家，主要贡献："劳动价值论"。李嘉图与马尔萨斯一起，把社会的主流观点由乐观主义变为悲观主义，使经济学变成了"令人消沉的科学"。他认为地主靠社会的损失致富，而工人和工业资本家是受损者。他在此书中提出了"劳动价值论"。本书中他阐明的比较优势理论是现代自由贸易政策的理论基础。李嘉图是伦敦交易所里成功的投机商人，又能在理论经济学领域作作不朽贡献，实属天才。

本书中他阐明的比较优势理论是现代自由贸易政策的理论基础。索罗斯在投机之余，也写些《全球资本主义危机》之类的书，不过其理论造诣比之李嘉图则相距太远。

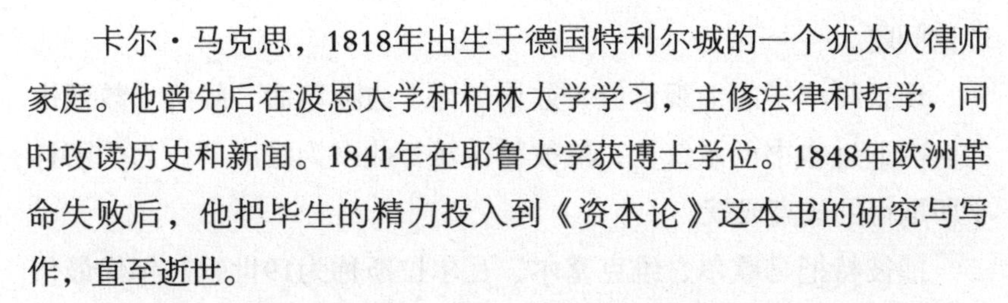

020 马克思《资本论》

卡尔·马克思，1818年出生于德国特利尔城的一个犹太人律师家庭。他曾先后在波恩大学和柏林大学学习，主修法律和哲学，同时攻读历史和新闻。1841年在耶鲁大学获博士学位。1848年欧洲革命失败后，他把毕生的精力投入到《资本论》这本书的研究与写作，直至逝世。

《资本论》是马克思主义政治经济学的经典文献，是卡尔·马克思从青年时代起就开始探索、一生为之呕心沥血的学术研究的产物。马克思在《资本论》中研究了资本主义社会的发生和发展，揭露了它的内在本质和矛盾。其基础是剩余价值学说，马克思根据这一学说揭示了资本主义剥削的秘密。《资本论》以深沉犀利的笔触揭示了资本主义积累的普遍规律，对资本主义及其辩护士进行了严厉的指控，并在政治经济学上完成了一个伟大的革命。全书所涉及的有关政治学、社会学、历史和文化的研究，都反映着马克思的历史唯物主义观和阶级斗争学说。因此，《资本论》也是一部伟大的哲学著作，同时，以其对英国社会经济历史的高度概括又可称得上是一部伟大的历史著作。此书教会我们看待经济问题时必须分析社会权力结构。正是因为社会权力结构的压倒性偏移，使得表面看似平等的契约背后蕴含着极大的不平等。

马克思的剩余价值理论撇开学理而言，就其改变世界的力量之大，够入选最重要的经济学著作。

021 瓦尔拉斯《纯粹经济学要义》

本书作者是19世纪晚期西方边际主义经济学的奠基人之一。本书是其代表作，也是西方边际主义经济学的经典著作，在西方经济

学发展史上占重要地位。全书共八篇，分别论述了经济学的对象、商品交换理论、生产和再生产理论、流通理论以及发展问题和非完全竞争问题等。书中还运用了许多数学公式和几何图形，帮助阐明理论问题。

现代经济学的主观价值（效用）论、边际革命、经济学数理化的转向通过本书而系统化，熊彼特曾赞誉此书为经济学作为严密科学所取得的最高成就。

熊彼特把马歇尔、维克塞尔、瓦尔拉斯称为19世纪70年代最伟大的三个经济学家，瓦尔拉斯所开创的“瓦尔拉斯一般均衡”现在早已经成为宏观经济分析不可缺少的一部分，在微观经济学以及应用经济学领域也被广泛运用于分析。

022
费雪《利息理论》

欧文·费雪（1867−1947），耶鲁大学教授、经济学家，主要贡献：货币理论的原则。费雪被公认为美国第一位数理经济学家，他使经济学变成了一门更精密的科学。他提高了现代对于货币量和总体物价水平之间关系的认识。他的交换方程大概是解释通货膨胀原因的理论中最成功的。费雪认为可以保持总体物价水平的稳定，而价格水平的稳定会使得整个经济保持稳定。1923年，他创办了数量协会，是第一家以数据形式向大众提供系统指数信息的组织。费雪是经济计量学发展的领导者，加大了统计方法在经济理论中的应用。

此书是迄今为止最伟大的关于资本理论的研究，在马克思发现剩余价值的地方，他看见的是放弃当前消费而承担未来的不确定性的风险的报酬。

023
凯恩斯《就业、利息和货币通论》

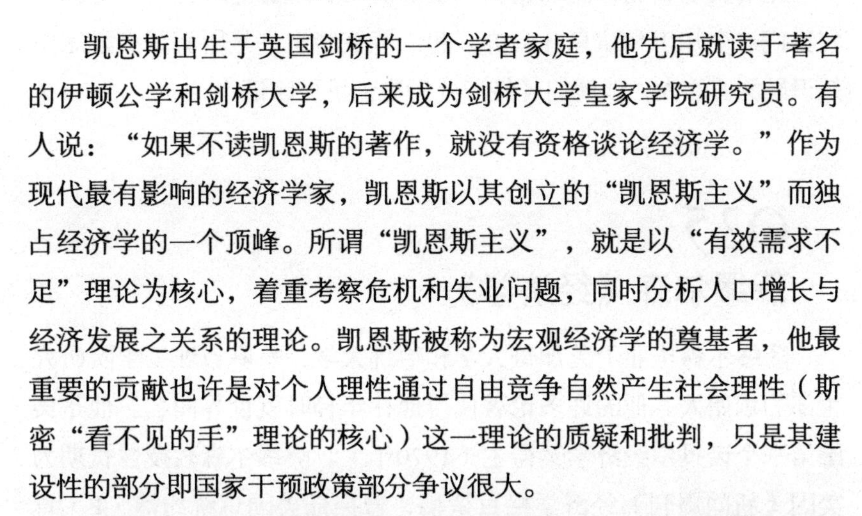

凯恩斯出生于英国剑桥的一个学者家庭，他先后就读于著名的伊顿公学和剑桥大学，后来成为剑桥大学皇家学院研究员。有人说：“如果不读凯恩斯的著作，就没有资格谈论经济学。”作为现代最有影响的经济学家，凯恩斯以其创立的“凯恩斯主义”而独占经济学的一个顶峰。所谓“凯恩斯主义”，就是以“有效需求不足”理论为核心，着重考察危机和失业问题，同时分析人口增长与经济发展之关系的理论。凯恩斯被称为宏观经济学的奠基者，他最重要的贡献也许是对个人理性通过自由竞争自然产生社会理性（斯密“看不见的手”理论的核心）这一理论的质疑和批判，只是其建设性的部分即国家干预政策部分争议很大。

《就业、利息和货币通论》是“凯恩斯主义”最重要的代表性著作。此书出版以后，在西方国家引起了巨大的轰动，并为西方各国广泛采用。“通论”中提出的关于政府应采取积极的财政政策以消除失业和克服萧条的新理论，奠定了现代西方宏观经济学的理论基础，以至于凯恩斯被誉为“经济学领域的哥白尼”。

024
熊彼特《经济发展理论》

约瑟夫·阿洛伊斯·熊彼特（1883-1950年），美籍奥地利人，是当代西方著名经济学家。《经济发展理论》一书是他早期成名之作。熊彼特在这本著作里首先提出的“创新理论”（Innovation Theory），当时曾轰动西方经济学界，并且一直享有盛名。此书关于企业家的“创新”是经济增长之源的理论，已经预见到我们这个知识和信息社会的兴起。他首次将创新视为经济增长的内生变量。我国研究自己的社会主义经济运行和发展问题也提到了重要的日

程，尽管各方观点不同，却都涉及熊彼特《经济发展理论》一书的主要内容。

此书关于企业家的“创新”是经济增长之源的理论，已经预见到我们这个知识和信息社会的兴起。熊彼特也许是所有经济学家中知识最渊博的人，读他的《经济分析史》足可印证。

025
萨缪尔森《经济学》

萨缪尔森毕业于芝加哥大学和哈佛大学，是麻省理工学院研究生部的创始人。他的许多论著使得他在年轻时就世界闻名。他是美国第一个诺贝尔经济学奖得主（1970年）。萨缪尔森教授曾长期为美国《新闻周刊》经济学栏目撰稿，曾担任美国总统约翰·F·肯尼迪的经济顾问，属于那种能够同普通民众进行交流和沟通的为数极少的科学家之一。萨缪尔森常出席国会听证，为联邦储备、财政部、许多私人机构和非营利机构担任咨询专家。

萨缪尔森的《经济学》是现在所有经济学教科书的“鼻祖”，初版于1948年。把微观经济学与宏观经济学结合在一起是他的首创。现在所有教科书都沿用了这个体系。这本书内容全面而丰富，以基础知识为中心，而且及时全面地反映了经济学发展的最新成果，表现了一位经济学大师的大气，被称为“经济学的百科全书”。从该书的第14版起，著名的青年经济学家诺德豪斯加盟，使这本书总能跟上最新的潮流。

把一本教科书选为最重要的经济学著作，会遭到很多人的质疑。本书作为最成功和发行量最大的经济学教科书，在把经济学知识标准化、体系化方面的贡献比当代任何一个人都多。以其改变经济学知识的传播和复制方式的力量之大，入选最重要的经济学著作。

026
布坎南《同意的计算》

这是一本原创性的纯理论著作，本书被作者布坎南视为现代公共选择理论的第一杰作。一般认为公共选择理论是把经济学的分析方法运用于政治领域的讨论而形成的。布坎南在接受诺贝尔经济学奖的演讲中进一步指出，市场与政治之间的重要差异并不在于人们追求的价值或利益的不同，而在于人们追求他们的不同利益时所处的条件。布坎南和塔洛克合著的“杰作”《同意的计算》是第一次尝试，意在取得我们称为“政治宪法的经济理论”。在《同意的计算》一书中，布坎南和塔洛克更多的关注不同决策规则对参与集体决策的行为主体所可能产生的影响，而在公共选择理论基础上发展起来的立宪经济学（Constitutional Economics），则明确显示了要对整个经济理论从方法论到体系作一番讨论，拓展经济理论的雄心。《同意的计算》一书所进行的探索，将会对市场选择行为的研究产生重要的影响。

本书开创的“公共选择”理论，使宪政民主制可以用数理工具定量分析，为经济和政治的制度研究开辟了全新的路径。

027
科斯《企业的性质》

在经济学数学化的年代，科斯的著作甚至连最简单的微积分都不用，就其思考方式和写作方式而论，堪称当代的斯密。他著作很少，但篇篇都是开风气之作，其关注真实世界经济运行的理论取向，是改变主流经济学思考和写作方式的大胆突破。

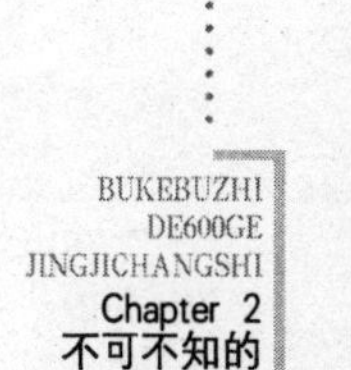

一般认为，科斯1937年在《企业的性质》一文中作出了一个突出贡献，就是指出市场与企业是两种互相替代的经济制度或者经济组织。二者的主要区别在于，在市场上是由价格机制来配置资源

的，而在企业中是由权威（企业家的指挥）来配置资源的。但由于这两种配置机制都要耗费交易成本，因此，企业的出现一定是因为它“能节约某些市场运行的成本”。

028
洛文《第二次世界大战的经济后果》

该书作者为20世纪30年代美国著名国际经济和劳工问题专家洛文（Lewis Letovsky Lorwin，1883-1970），他是一位坚持民主观点、主张资本主义改良的学者，支持罗斯福的“新政”。他在本书中对民主主义与纳粹-法西斯主义做了详细的比较和分析，特别着重研究两者在社会经济问题上的区别。对于轴心国获胜的后果如何严重，作者在“如果纳粹获胜”一篇中作了极为准确的预言，第二次世界大战后为缴获的德国外交和财政文件所证实。

令人惊叹的是，作为洛文的代表作之一，《第二次世界大战的经济后果》实际上写于20世纪30、40年代之交，却在很大程度上准确预见到了第二次世界大战的进程和战后世界的变化。对民主主义与纳粹法西斯主义作了详细的比较和分析，特别着重研究两者在社会经济问题上的区别。洛文的大量预言，为第二次世界大战后缴获的德国外交和财政文件所证实。对研究第二次世界大战经济、外交和政治史都具有重大的参考价值。

029
《资本主义与自由》

《资本主义与自由》（Capitalism and Freedom），作者：米尔顿·弗里德曼（Milton Friedman，1912-2006），1976年诺贝尔经济学奖得主。被誉为：20世纪最好的50本书之一、National Review杂志整理的20世纪最好的100本非小说书籍列表上排名第10、第二次世界大战后所发行的最具影响力的书籍之一。弗里德曼的《资本主义与自由》一书出版之后在理论界掀起了一场思想的革命，它使经济自由主义深入到经济学界的每个角落。这本书至今已经卖出超过五十万本，并且被翻译为18种语言。这本书指出自由市场在理论上和实践上都是应该被提倡的概念，并且对此提出了许多惊人的结论。

030
《财富的分配》

《财富的分配》被誉为："以现代方式出现的第一部主要的美国著作"。《财富的分配》一书是美国第一代经济学家约翰·贝茨·克拉克的代表作，作者在本书中提出了"边际生产力"的理论，奠定了美国经济学的理论基础。全书是以静态经济学作为研究对象，论述了边际生产率说，被誉为"以现代方式出现的第一部主要的美国著作"。正是这部著作，开创了"美国学派"，同时也使克拉克成为边际学派在美国的首要代表。

031
《数字化生存》

《数字化生存》可以说是20世纪信息技术及理念发展的圣经。此书的流行和传播对20世纪信息时代的启蒙、发展产生了深远的影响。此书深入浅出地讲解了信息技术的基本概念、趋势和应用、巨大的价值和数字时代的宏伟蓝图，阐明了信息技术、互联网对时代和人们生活的影响和价值。作者尼葛洛庞帝成为信息技术投资和趋势分析领域的教父，他的知名度和因此带来的无形价值不可估量。

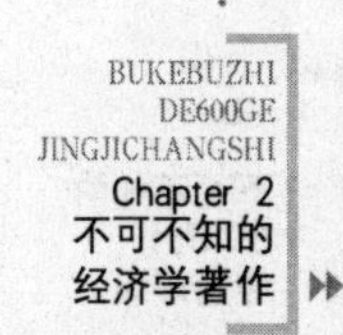

032
《摩根财团》

《摩根财团》一书叙述银行和金融社会150年中的历史，囊括了华尔街和伦敦金融区的历次景气和恐慌，对现代金融世界的兴起所作的铺陈深入透彻，令人手不释卷。《摩根财团》荣获1990年美国国家图书奖，也许是迄今为止有关美国银行王朝历史的第一部鸿篇巨制。本书与畅销书《福特》和《洛克菲勒》一样，展现了史诗小说般的宏大场面和磅礴气势，追溯了J.P.摩根帝国从维多利亚时代在伦敦默默创业开始，一直到1987年股市崩溃时期的历史。本书是一卷丰富的历史全景图，描述了摩根四代人和他们所创造的威力巨大而又秘不外露的公司——J.P.摩根公司（摩根担保公司）、摩根斯坦利和摩根建富。

033
《经济学原理》

《经济学原理》的作者，是哈佛大学的一位青年经济学教授格列高里·曼昆（N. Gregory Mankiw）。这本书1998年在美国出版时创造了两项吉尼斯世界纪录：一是这本书还没有完稿时，出版商就出价250万美元买下版权，从而创下经济学著作卖价的吉尼斯世界纪录；二是这本书一出版便很快风行美国，其畅销速度和畅销数量又创下吉尼斯世界纪录。《美国新闻和世界报道》早在1998年4月6日就报道说，格列高里·曼昆的《经济学原理》已经被美国大约350所大学用作经济学教科书，这时，这本书问世还不到3个月。这本书之所以迅速火暴，其主要原因是这本书从内容、体系结构到表述、体例都体现了“经济学学生的入门教科书”的定位。

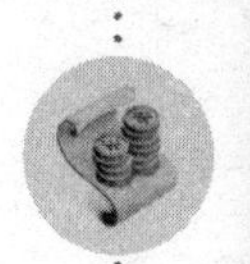

034
《利息与价格》

《利息与价格》是魏克塞尔关于价格理论的一本名著，发表于1898年。众所周知，凯恩斯在20世纪30年代出版了《就业、利息和货币通论》，提倡通过宏观调控来达到经济稳定，引发了一场凯恩斯革命，其实这种国家干预主义思想完全可以追溯到激进主义者魏克塞尔。另外，《利息与价格》对凯恩斯的货币理论也有重大影响，这一点，在凯恩斯的《货币论》中我们可以看得很清楚。《利息与价格》是他对经济学界最大的贡献，此书提出的累积过程学说，使得处于分离状态的传统经济理论和货币理论融为一体，从而为现代货币经济理论的发展奠定了重要的理论基础。

035
《价值与资本》

1936年凯恩斯发表《就业、利息和货币通论》，从而创立了以国家干预经济为其灵魂的宏观经济学。第二次世界大战后，宏观经济学得到了广泛的传播，并一跃升为主流经济学。在宏观与微观经济学之间，无论就其基本问题、分析方法，还是政策含义，都存在着深刻的差异和矛盾，两者的内容相互隔绝。为解决宏观和微观经济学之间的这些矛盾，经济学家们力图使宏观理论和微观理论相互沟通，相互协调；力求重构宏观经济理论，使之牢牢地建立在微观经济学的基础之上。而英国著名经济学家约翰·理查德·希克斯则是这一领域的先驱，他在1939年出版的专著《价值与资本》开创了宏观经济学微观化研究的先河。希克斯没有盲从于凯恩斯的《就业、利息和货币通论》，认为凯恩斯的经济学还是一种萧条经济学，而是以马歇尔、瓦尔拉和维克塞尔的理论为基础，力图把宏观经济学和微观经济学“结合”在一起，从此奠定了宏观经济学微观化的研究基础。

036
《有闲阶级论》

托尔斯坦·本德·凡勃伦（美国人，1857–1929）的破空之作《有闲阶级论》问世于1899年。他通过研究制度的起源，观察社会上的经济现象，尤其是上层阶层的有闲特权与消费特征，来探讨制度与经济现象之间的奥妙关系。更具体地说，书中对社会现象、消费行为、人类心理的剖析入木三分，阐明了习惯、文化和制度如何塑造人类行为，以及人类行为的变化怎样影响经济。他从有闲阶级的角度出发，阐明了这样一个主旨：什么是经济人的本质，社会为什么会产生有闲阶级，“有闲”本身的经济意义是什么？

100多年过去了，相似的经济现象在世界各地，包括经济迅速发展的中国，不断演绎，诸如人们对金融投资的热衷，对教育文化的重视，对时尚品牌的追逐，对享乐主义的崇尚……这本百年经典同样可以解释今天你我身边的经济现象。

《有闲阶级论》一问世，立即引起轰动，成为当时知识分子人手一册的风行之作，当时的一位社会学家告诉凡勃伦：“这部大作引起了东海岸的震惊。”这本书引起广泛的震惊与其独特的视角及行文风格有关系，因为过去从未有过一本书以如此尖酸刻薄的用语，对社会作如此冷静的剖析。他的著述成为经济学内外用于社会批评的学说和警句格言的一个源泉。

凡勃伦在书中力图用进化思想来研究现代经济生活。认为工业体制要求勤劳、合作、不断改进技术，而统治企业界人士却只追求利益和炫耀财富，这两者的矛盾限制了生产的发展和技术的进步。但随着技术发展、技术人员的地位也日益重要，一旦这两者相联合，取得管理社会经济的权力，那么追求利润的“企业主制度”就会被摈弃。这本书曾引起文艺界的广泛兴趣，认为是对社会的一种讽刺。

037
《说谎者的扑克牌》

《说谎者的扑克牌》是华尔街上金融家们玩的一种休闲游戏，以最善于瞒骗他人而实行心理欺诈者为胜。迈克尔·刘易斯将其用为隐喻。描述了自己在华尔街最大的投资银行之一的所罗门兄弟公司里四年的工作经历——从意外受雇、接受培训，直到成长为只凭一个电话即可以调动数百万美元资金的明星交易员。在书中，刘易斯将投资世界中许多不为人知的技巧、诀窍和手段娓娓道来，披露了自己是如何参透华尔街的波谲云诡逐步掌握投资走势的，让读者有了感同身受的体验。

038
《门口的野蛮人》

《门口的野蛮人》讲述一起被奉为典故的交易——对RJRNabisco公司的250亿美元杠杆收购——的故事（作者之一是《财富》的高级撰稿人）。好的商业新闻所必备的一切在书中应有尽有——诡计、香烟、从别人那里抢来的老婆，还有足以令华尔街覆灭的贪得无厌。要想了解人性中可悲的贪婪，最好看的莫过于本书。书中所描述的发生在1988年的雷诺-纳贝斯克公司收购案，曾经让世界受到惊吓。KKR公司收购雷诺-纳贝斯克，按照KKR的开价总价高达250亿美元，但是这场当年如同天文数字的融资并购，KKR只从自己兜里掏出区区1500万美元的现金，余下99.94%的资金全靠垃圾债券大王迈克尔·米尔肯玩搬钱游戏。当然，米尔肯不是第一次，也不是最后一次玩这种伎俩了，他靠发行垃圾债券，将融资并购案变成了一场合法的诈骗。

039
《国民经济学原理》

《国民经济学原理》（Principles of Economics），经济科学史上“边际主义革命”的中流砥柱之一，近代经济学就是从这本书开始起家的。卡尔·门格尔（Carl Menger，1840年2月23日－1921年2月26日）：奥地利学派的创始人，主观价值论的集大成者。首次出版于1871年的《国民经济学原理》被誉为：经济科学史上“边际主义革命”的中流砥柱之一、近代经济学起家之一、奥地利学派不可动摇的基石的理论著作。

040
《通往奴役之路》

《通往奴役之路》（The Roadto Serfdom）是诺贝尔经济学奖得主弗里德里希·哈耶克的最知名著作，这本书最先在1944年于英国由RoutledgePress出版，接着在1944年9月由芝加哥大学出版。读者文摘在1945年4月也出版了稍微减缩的版本，最后总共销售超过60万本。Look杂志在1950年左右出版了加上图片的版本，后来又被通用汽车公司以小册子形式大量发放。

Chapter 3

不可不知的经济学门类

经济学是一门庞大的学科。说它庞大，不仅是因为世界范围内国家众多，每个国家都有自己的经济模式和问题；也是因为自从有了人类，经济就与人们的生活息息相关。经济学也是一门历史悠久的学科；还因为在现代社会中，人们生活的各个环节都与经济密不可分，每种经济现象都值得专门研究。因此，经济学按照其关注的对象不同、研究的方法不同等，可以分为许多门类。想要了解经济学，就要把它看做一株大树，不仅要了解其全貌，也要辨识其每个分叉。这一章，就让我们了解一下经济学的不同门类吧。

041
发展经济学

20世纪40年代后期，在西方国家逐步形成的一门综合性经济学分支学科，以发展中国家的经济发展为主要研究对象。发展经济学是当代资产阶级经济学的一个分支，它具有当代资产阶级经济学固有的庸俗性质。发展经济学有上述的庸俗观点，但也有一些有益的成分。它所分析研究的发展中国家的发展经验和教训，其本身是有参考价值的。发展经济理论中对一些局部的、具体的问题的分析，并非都是谬误。

042
比较经济学

比较经济学是对比研究不同社会制度或同一社会制度的不同国家的经济理论、制度的学科。它通过比较分析，衡量优劣，判明利弊，总结经验，作为一国经济体制改革、经济结构调整以及制定有关经济政策的依据。它的着重点在经济理论方面，但也涉及许多与应用经济学有关的问题。比较经济学的兴起与20世纪30年代资本主义世界经济危机（1929～1933）的爆发和前苏联第一个五年计划的实施密切相关。空前严重的大危机，在西方资产阶级经济学界引起了巨大的震动。

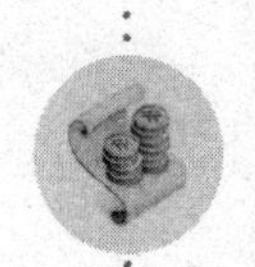

043 财政学

财政学是研究以国家为主体的财政分配关系的形成和发展规律的学科。研究国家如何从社会生产成果中分得一定份额，并用以实现国家职能的需要，包括财政资金的取得、使用、管理及由此而反映的经济关系。另一种观点认为，财政是为了满足社会公共需要而对社会剩余产品进行的分配，财政学是研究剩余产品分配中的分配关系的学科。

044 数量经济学

数量经济学是在马克思主义经济理论指导下，以质的分析为基础，用数学方法和计算技术，研究经济数量关系及其变化规律的科学。是社会主义经济科学的一个新分支。数量经济学的内容主要包括社会主义扩大再生产的经济数学分析、部门联系平衡的研究、国民经济的最优计划和管理、经济预测及其方法的研究，在经济管理中应用系统论、控制论、信息论及其方法的研究，各种微观经济问题的经济数学分析和研究，以及建立和运用经济数学模型的理论和方法等。各种经济数学模型的建立和运用，在数量经济学的研究中占据中心的地位。

045 经济计量学

经济计量学是西方资产阶级经济学中关于如何计量经济关系实际数值的分支学科。经济计量学在20世纪30年代诞生之初，研究多限于计量方法的探讨，实际计量工作还较少，且多集中于需求分

析，能够算做实际宏观经济计量分析的，只有丁伯根关于美国经济周期的研究。第二次世界大战以后，美国经济学家克莱因等人不断提高丁伯根开创的宏观经济计量的规模和深度，到20世纪60年代形成一个向企业出售经济计量预测劳务的兴旺行业。为了改进实际经济计量的效果，西方经济计量学家持续在计量方法技术上下工夫，除去加大模型、扩充数据库、改进软件包以外，在估算方法上也有不少进展。

046
城市经济学

研究城市产生、成长、城乡融合的整个发展过程中的经济关系及其规律的经济学科。20世纪以来，特别是第二次世界大战后，在世界各国，大量农村人口转入城市，城市规模迅速扩大，城市经济结构也发生了重大变化。这些变化带来了城市的一系列社会经济问题，这在经济发达的工业化国家中尤为突出，如：人口膨胀、失业增加、贫富悬殊、交通拥挤、住宅紧张、地价昂贵和环境恶化等。一些经济学家、社会学家为了探索产生这些问题的根源，寻求解决的方法，开始把城市作为一个整体进行系统的分析研究，于是产生了城市经济学。

047
服务经济学

服务经济学是研究在服务产品的生产和流通过程中，发生的人与人之间的经济关系及其规律的学科。服务是一个极为广泛的概念，服务经济学研究的对象和范围，是生产和经营服务产品的服务业的经济活动。在商品经济条件下，服务产品是商品。同一般商品一样，服务产品的二重性是由创造服务产品的服务劳动的二

重性决定的，即服务劳动的具体形式创造使用价值，服务劳动作为人类脑力和体力的支出形成价值。服务产品的价值论是劳动价值论的一部分，是对劳动价值论的补充和发展，也是服务经济学的理论基础。

048 技术经济

技术经济的产生与西方的管理科学和工程经济、前苏联的技术经济分析的发展有密切的关系。20世纪30年代以来，在西方工业发达国家曾先后产生了对工程项目和生产经营决策进行分析计算的一些方法，如可行性研究、价值工程等。这一时期，前苏联在规划、设计和工程建设项目中也开展了技术经济论证、分析工作，后来又将论证分析方法普遍用于生产企业，逐渐形成了一套比较完整的技术经济静态分析方法。这套方法于20世纪50年代传入中国，并应用于重点建设项目的论证和生产企业经营状况的分析。20世纪50年代末期开始，中国经济学界认真总结经济建设中正反两方面的经验，广泛地开展了对经济效果理论及其分析、评价方法的研究。20世纪60年代初期，创立了中国的技术经济学。20世纪70年代后期和20世纪80年代初，先后成立了全国的和部门、省、市、自治区的技术经济研究会，在一些大专院校创办了技术经济专业，开设了技术经济学课程。

049 价格经济学

现代的价格经济学是一门年轻的、正在发展和完善的学科。价格经济学的研究对象包括价格形成规律、价格变化规律、比价和差价以及怎样运用价格杠杆为生产经营服务等。

在现实经济生活中，各种商品价格相互之间具有系列衔接关系，既有纵向联系的差价关系，又有横向联系的比价关系。价格运动不仅会发生水平的变化，还将引起种种连锁反应。要认识这种关系，须研究适合于计划商品经济的合理的价格体系。探索价格运动的目的，是为了把握价格运动的规律性，以便发挥价格的杠杆作用，为生产经营服务，从而使价格经济学研究对象同研究目的统一起来。

050 人口经济学

人口经济学是研究社会发展过程中人口与经济相互关系及其变化规律的学科。人口运动和经济运动的对立统一运动，构成了人口经济运动及相应的人口经济关系，人口经济学的任务就是揭示人口经济关系运动的规律性。人口经济学作为一门新兴的边缘学科，主要是考察人口变动对经济增长或经济发展的影响。一般来说，人口经济学属于应用经济学的范畴。

051 教育经济学

教育经济学是研究教育和经济之间关系的经济学分支学科。教育经济学，是研究教育在经济和社会发展中的作用、教育投资的有效利用及其经济收益的一门新兴学科，是介于经济学、教育学、数学之间的边缘学科、交叉学科。教育经济学研究在20世纪20、30年代的中国曾出现过萌芽，但由于后来连年的战争，教育经济学并没有在当时的基础上发展成一门独立的学科。普遍的观点认为教育经济学作为一门独立的学科，对其系统的介绍和专门的研究在中国开始于20世纪70年代末80年代初。

052 微观经济学

微观经济学又称个体经济学，小经济学，是宏观经济学的对称。微观经济学主要以单个经济单位（单个的生产者、单个的消费者、单个市场的经济活动）作为研究对象，分析单个生产者如何将有限的资源分配在各种商品的生产上以取得最大的利润；单个消费者如何将有限的收入分配在各种商品的消费上以获得最大的满足。同时，微观经济学还分析单个生产者的产量、成本、使用的生产要素数量和利润如何确定；生产要素供应者的收入如何决定；单个商品的效用、供给量、需求量和价格如何确定等。

053 宏观经济学

宏观经济学是以国民经济总过程的活动为研究对象，因为主要考察就业总水平、国民总收入等经济总量，因此，宏观经济学也被称作就业理论或收入理论。

宏观经济学和微观经济学并不分开，“宏观”就是在“微观”的基本思维基础上发展的。但“宏观”又区别于“微观”。“微观”研究的是某个组织、部门或个人在经济社会上怎么样作出决策以及这些决策会对经济社会有什么影响。而“宏观”则是研究整个的经济社会如何运作，并找出办法，让经济社会运行得更加稳定、发展得更快。

Chapter 4

不可不知的常用名词

日常生活中，我们经常听到各种各样的经济学名词，什么GDP、经济增长之类的，这些名词看似很高深，好像经济学是一门遥不可及的学问。其实不然，经济学既然源于生活，那就与每个人的生活相关，每个人都能由浅入深地了解经济学。比如经济学的名词，其实都是说明日常生活中的各种现象。不信？那就读一下本章，你就会发现，原来，那些经济学名词真的就存在你的生活中，是你生活不可或缺的一部分。

054
消费

宏观经济学中，指某时期一人或一国用于消费品的总支出。严格地说，“消费”应仅指这一时期中那些完全用掉了的（分享过的或吃掉了的）消费品。但在实际上，消费支出包括所有已购买的商品，而这其中许多商品的使用时间要远远超出考察时期，如家具、衣物和汽车等。

055
GDP

GDP即英文gross domestic product的缩写，也就是国内生产总值（港台地区有翻译为国内生产茂额、本地生产总值）。通常对GDP的定义为：一定时期内（一个季度或一年），一个国家或地区的经济中所生产出的全部最终产品和提供劳务的市场价值的总值。

GNP

GNP是指一个国家（或地区）所有国民在一定时期内新生产的产品和服务价值的总和。GNP是按国民原则核算的，只要是本国（或地区）居民，无论是否在本国境内（或地区内）居住，其生产和经营活动新创造的增加值都应该计算在内。比方，我国的居民通过劳务输出在境外所获得的收入就应该计算在GNP中。

057
市场

卖者和买者相互作用以决定商品价格和交易数量的一种安排。有些市场（如股票市场和跳蚤市场）有实在的空间场所；而另一些市场则是由电话或计算机连接起来的。现在，还有一种市场是在互联网络上展开的。

058
市场份额

市场份额指一个企业的销售量（或销售额）在市场同类产品中所占的比重。市场份额是企业的产品在市场上所占份额，也就是企业对市场的控制能力。企业市场份额的不断扩大，可以使企业获得某种形式的垄断，这种垄断既能带来垄断利润，又能保持一定的竞争优势。

059
市场经济

市场经济（又称为自由市场经济或自由企业经济）是一种经济体系，在这种体系下产品和服务的生产及销售完全由自由市场的自由价格机制所引导，而不是像计划经济一般由国家所引导。

在市场经济里并没有一个中央协调的体制来指引其运作，但是在理论上，市场将会透过产品和服务的供给和需求产生复杂的相互作用，进而达成自我组织的效果。市场经济的支持者通常主张，人们所追求的私利其实是一个社会最好的利益。亚当·斯密说：“借由追求他个人的利益，往往也使他更为有效地促进了这个社会的利

益，而超出他原先的意料之外。我从来没有听说过有多少好事是由那些佯装增进公共利益而干预贸易的人所达成的。”

060
通货膨胀

通货膨胀（Inflation）一般指：因货币供给大于货币实际需求，而引起的一段时间内物价持续而普遍地上涨现象。其实质是社会总需求大于社会总供给（供远小于求）。

通货膨胀在现代经济学中意指整体物价水平上升。一般性通货膨胀为货币之市值或购买力下降，而货币贬值为两经济体间之币值相对性降低。前者用于形容全国性的币值，而后者用于形容国际市场上的附加价值。两者之相关性为经济学上的争议之一。

纸币流通规律表明，纸币发行量不能超过它所象征地代表的金银货币量，一旦超过了这个量，纸币就要贬值，物价就要上涨，从而出现通货膨胀。通货膨胀只有在纸币流通的条件下才会出现，在金银货币流通的条件下不会出现此种现象。因为金银货币本身具有价值，作为贮藏手段的职能，可以自发地调节流通中的货币量，使它同商品流通所需要的货币量相适应。而在纸币流通的条件下，因为纸币本身不具有价值，它只是代表金银货币的符号，不能作为贮藏手段，因此，纸币的发行量如果超过了商品流通所需要的数量，就会贬值。

061
补贴

补贴是指一成员方政府或任何公共机构向某些企业提供的财政捐助以及对价格或收入的支持，以直接或间接增加从其领土输出某种产品或减少向其领土内输入某种产品，或者对其他成员方利益形成损害的政府性措施。其特征如下。

（1）补贴是一种政府行为：此处的政府行为是广义概念，不仅包括中央和地方政府的补贴行为，而且还包括政府干预的私人机构的补贴行为。

（2）补贴是一种财政行为：即政府公共账户存在开支。

（3）补贴必须授予被补贴方某种利益：一般认为这种利益是受补贴方从某项政府补贴计划中取得了某些它在市场中不能取得的价值。

（4）补贴应具有专向性：专向性补贴是指政府有选择或有差别地向某些企业提供的补贴。

062 资本

按照马克思主义政治经济学的观点，资本是一种可以带来剩余价值的价值，它在资本主义生产关系中是一个特定的政治经济范畴，它体现了资本家对工人的剥削关系，因此，资本并不完全是一个存量的概念。然而今天我们来单独研究宏观经济存量核算时，“资本”泛指一切投入再生产过程的有形资本、无形资本、金融资本和人力资本。从投资活动的角度看，资本与流量核算相联系，而作为投资活动的沉淀或者累计结果，资本又与存量核算相联系。

063 经济效率

所谓效率是指资源的有效配置所实现的帕累托最优状态：社会资源的配置已达到这样一种状态，一种资源的任何重新配置，都不可能使任何一个人收入增加而不使另一个人的收入减少。换句话说，社会已经达到人尽其才、物尽其用，不存在任何浪费资源的现象，以致每个劳动者都实现了经济收入最大化。这就是效率。

经济效率是用时间来衡量的经济活动的效果。它用单位时间内所完成的某种经济工作的数量和质量来表示。单位时间完成的经济任务越多，经济效率就越高。反之，经济效率就越低。

064
资本收益率

资本收益率又称资本利润率，是指企业净利润（即税后利润）与所有者权益（即资产总额减负债总额后的净资产）的比率。用以反映企业运用资本获得收益的能力。也是对企业经济效益的一项评价指标。资本收益率的内涵可分为实收资本收益率、自有资本收益率、总资本收益率、经营资本收益率、人力资本收益率等。

资本收益率越高，说明企业自有投资的经济效益越好，投资者的风险越少，值得投资和继续投资。因此，它是投资者和潜在投资者进行投资决策的重要依据。对企业经营者来说，如果资本收益率高于债务资金成本率，则适度负债经营对投资者来说是有利的；反之，如果资本收益率低于债务资金成本率，则过高的负债经营就将损害投资者的利益。

065
出口盈余

盈余就是利润的意思。在一国对外贸易中，当出口总额大于进口总额称为贸易顺差，这时就出现出口盈余；当进口总额大于出口总额称为贸易逆差，这时就会出现出口赤字。出口盈余是衡量一个国家对外贸易收支状况的一个重要标志。从一般意义上讲，一国出现出口盈余，反映一个国家在对外贸易收支上处于有利地位，表明它在世界市场的商品竞争中处于优势。但从长期趋势看，一国的进出口贸易额应该保持平衡。

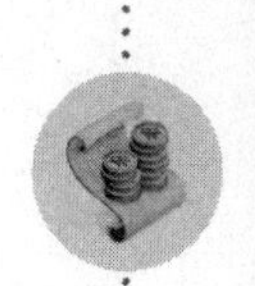

066
存款准备金

是指金融机构为保证客户提取存款和资金清算需要而准备的在中央银行的存款，中央银行要求的存款准备金占其存款总额的比例就是存款准备金率。

067
担保

表示负责、保证做到或保证不出问题。它是一种承诺，是对担保人和被担保人行为的一种约束。担保一般发生在经济行为中，如被担保人到时不履行承诺，一般由担保人代被担保人先行履行承诺。担保一般有口头担保和书面担保，但只有书面担保才具有真正的法律效力。

现今，债权担保的意义已不仅是单纯的担保问题，而且可能通过担保借贷关系的安全实现来推动借贷关系的蓬勃展开，对促进资金融通起到了不容忽视的积极作用。债权担保主要是通过媒介来发挥促进资金融通的作用。

068
国际货币基金组织

国际货币基金组织（IMF）是政府间的国际金融组织，1945年成立，1947年成为联合国的专门机构，总部设在美国华盛顿。至今，IMF已有184个成员国，其宗旨是促进国际货币合作、稳定成员国经济。IMF可以提供资金来帮助国际收支不平衡的成员国，比如旨在暂时缓和国际收支不平衡的短、中期贷款，其资金来自于各成员认缴的份额。成员享有提款权，即按所缴份额的一定比例借用外汇。

069
华尔街

华尔街（WallStreet）是一条位于美国纽约市下曼哈顿的狭窄街道。东起百老汇，向西一路延伸至东河旁的南街，横跨纽约曼哈顿的金融中心。今日，“华尔街”一词已超越这条街道本身，成为附近区域的代称，同时也可以借指对整个美国经济具有影响力的金融市场和金融机构。

华尔街是纽约证券交易所的第一个常驻地，至今仍是几个主要交易所的总部，包括：纽约证交所、纳斯达克、美国证券交易所、纽约商业交易所和纽约期货交易所。全纽约50多万金融业员工，华尔街就占了10多万人。

亚托罗·迪·莫迪卡（Arturo Di Modica）所雕塑的公牛可以说是华尔街的代表。

070
汇率

亦称“外汇行市或汇价”。一国货币兑换另一国货币的比率，是以一种货币表示另一种货币的价格。由于世界各国货币的名称不同，币值不一，所以一国货币对其他国家的货币要规定一个兑换率，即汇率。

071
回购

股票回购是指上市公司利用现金等方式，从股票市场上购回本公司发行在外的一定数额的股票的行为。公司在股票回购完成后可以将所回购的股票注销。但在绝大多数情况下，公司将回购的股票

作为“库藏股”保留，仍属于发行在外的股票，但不参与每股收益的计算和分配。库藏股日后可移作他用，如发行可转换债券、雇员福利计划等，或在需要资金时将其出售。

072
坏账

是指企业无法收回或收回的可能性极小的应收款项。对于坏账的确认国际上没有一个统一的量化标准，而根据坏账的定义，一般认为有确凿证据或明显迹象表明已无法收回的应收账款即为坏账。

073
雷曼

雷曼兄弟公司是为全球公司、机构、政府和投资者的金融需求提供服务的一家全方位、多元化投资银行。雷曼兄弟公司自1850年创立以来，是全球最具实力的股票和债券承销和交易商之一。同时，公司还担任全球多家跨国公司和政府的重要财务顾问，并拥有多名业界公认的国际最佳分析师。拥有158年历史的雷曼兄弟公司在美国抵押贷款债券业务上连续40年独占鳌头。但在信贷危机冲击下，公司持有的巨量与住房抵押贷款相关的“毒药资产”在短时间内价值暴跌，将公司活活压垮。报告显示，雷曼兄弟2008年第三季度巨亏39亿美元，创下该公司成立158年历史以来最大季度亏损。雷曼兄弟一度打算出售旗下资产管理部门的多数股权，并分拆价值300亿美元的房地产资产，以期在美国金融危机中生存下来。2008年9月15日，由于陷于严重的财务危机，美国第四大投资银行雷曼兄弟公司当日宣布将申请破产保护。雷曼破产申请显示负债6130亿美元。

074
蓝筹股

在所属行业内占有重要支配性地位、业绩优良、成交活跃、红利优厚的大公司股票被称为蓝筹股。“蓝筹”一词源于西方赌场，在西方赌场中，有三种颜色的筹码，其中蓝色筹码最为值钱，具有较高的货币价值。

股票成为蓝筹股的基本支持条件有：

（1）萧条时期，公司能够制订出保证公司发展的计划与措施；

（2）繁荣时期，公司能发挥最大能力创造利润；

（3）通胀时期，公司实际盈余能保持不变或有所增加。

075
利率

又称利息率。表示一定时期内利息量与本金的比率，通常用百分比表示，按年计算则称为年利率。其计算公式是：

利息率=利息量/本金。

利率（Interest Rates），就其表现形式来说，是指一定时期内利息额同借贷资本总额的比率。

076
美元本位制

所谓美元本位制，就是世界各国的储备资产、贸易和国际收支结算、汇率乃至货币政策，都要与美元挂钩。第二次世界大战以来，美元占全球储备资产比例、国际结算比例、外汇交易比例、全球流动性资产比例均在80％以上，许多国家的货币汇率，都是直接或间接与美元固定。

美元本位制下，美元之发行却没有任何外部约束。全球货币供应量和通胀水平，很大程度上取决于美国政府的财政政策和货币政策。在美元本位制下，美元与主要货币之间汇率浮动。

077
美联储

美国联邦储备系统（The Federal Reserve System或者Federal Reserve，非正式称为The Fed）简称美联储，是美国的中央银行。

美国联邦储备系统由位于华盛顿特区的中央管理委员会和12家分布全国各主要城市的地区性的联邦储备银行组成。本·伯南克为现任美联储管理委员会主席。

美联储的主要任务：管理及规范银行业；通过买入及售出美国国债来执行货币政策；维持一个坚挺的支付系统；美联储不能发行美国国债。其他任务包括：经济教育；社会超越；经济研究。

美联储的组织构成：美联储包括一个管理委员会。七名委员会成员由美国总统指定并由议会通过。成员任期14年，并且不能连任。一个成员可以在本身任期之余接任另一个成员剩余的任期。联邦开放市场委员会由七名委员会成员和五名联邦储备银行的代表组成。来自第二区纽约的代表是永久成员，其他银行成员以两年或三年为限轮值代表席位。

联邦基金利率是美联储执行其货币政策的重要手段，其他次要手段包括调整商业银行存款准备金率、公开市场操作和调整贴现率等。

078
美国联邦基准利率

基准利率也叫再贷款利率或再贴现利率。基准利率，首先是一个市场化的利率，有广泛的市场参与性，能够充分地反映市场供

求关系；其次它是一个传导性利率，在整个利率体系中处于支配地位，关联度强，影响大；最后它要具备一定的稳定性，便于控制。

世界上最著名的基准利率有伦敦同业拆放利率（LI-BOR）和美国联邦基准利率。

079
破产

破产，是指当债务人的全部资产不足以清偿到期债务时，债权人通过一定程序将债务人的全部资产供其平均受偿，从而使债务人免除不能清偿的其他债务，并由法院宣告破产解散。实行企业破产制度，有利于强化企业的风险意识，促使企业改善经营管理，提高企业的竞争力。通过企业破产，及时淘汰落后的企业，有利于社会资源的合理配置和产业结构的合理调整。

080
破产保护

破产保护是一个法律程序，它是一个解决企业破产的另类方案。当一个公司临近倒闭之时，既可以选择申请破产保护，通过"重组"业务，争取再度盈利；也可以选择直接进行破产清算，停止全部业务的经营。公司在申请破产保护后，破产公司仍可照常运营，公司管理层可以继续负责公司的日常业务。如果公司选择直接进行破产清算，其全部业务将完全停止，公司资产将由破产财产托管人来进行拍卖，所得资金用来偿还公司债务。由于申请破产保护的公司拥有120天的保护期，并在此期间内，申请人可以不受债权人追讨债务的侵扰，所以这种方法常被用在公司遇到短期财务困难时，避免因债权人催讨债务而导致公司无法运作。

081
顺差/逆差

在对外贸易中，一定时期内（一般是一年）若一国的出口额大于进口额，则称为出超，即贸易顺差，表明一国外汇有净收入，外汇储备增加，该国商品国际竞争力强，在国际市场上处于有利的地位；若进口额大于出口额，称为入超，即贸易逆差，或叫贸易赤字，表明一国的外汇储备减少，该国商品国际竞争力弱，在国际市场上处于不利的地位。

082
商品期货

商品期货是指标的物为实物商品的期货合约。商品期货历史悠久，种类繁多，主要包括农副产品、金属产品、能源产品等几大类。

具体而言，农副产品约20种，包括玉米、大豆、小麦、稻谷、燕麦、大麦、黑麦、猪肚、活猪、活牛、小牛、大豆粉、大豆油、可可、咖啡、棉花、羊毛、糖、橙汁、菜子油等，其中大豆、玉米、小麦被称为三大农产品期货；金属产品9种，包括金、银、铜、铝、铅、锌、镍、钯、铂；化工产品5种，有原油、取暖用油、无铅普通汽油、丙烷、天然橡胶；林业产品2种，有木材、夹板。

083
石油输出国组织（OPEC）

1960年9月，由伊朗、伊拉克、科威特、沙特阿拉伯和委内瑞拉的代表在巴格达开会，决定联合起来共同对付西方石油公司，维护石油收入，14日，五国宣告成立石油输出国组织（Organization of

Petroleum Exporting Countries——OPEC），简称“欧佩克”。随着成员的增加，欧佩克发展成为亚洲、非洲和拉丁美洲一些主要石油生产国的国际性石油组织。欧佩克总部设在维也纳。现在，欧佩克旨在通过消除有害的、不必要的价格波动，确保国际石油市场上石油价格的稳定，保证各成员国在任何情况下都能获得稳定的石油收入，并为石油消费国提供足够、经济、长期的石油供应。

084
世界银行

世界银行（the World Bank）是世界银行集体的俗称，“世界银行”这个名称一直是用于指国际复兴开发银行（IBRD）和国际开发协会（I-DA）。这些机构联合向发展中国家提供低息贷款、无息信贷和赠款。它是一个国际组织，其一开始的使命是帮助在第二次世界大战中被破坏国家的重建。今天它的任务是资助国家克服穷困，各机构在减轻贫困和提高生活水平的使命中发挥独特的作用。

国际货币基金组织与世界银行同是在布雷顿森林会议上决定成立的组织。世界银行不是一般意义上的“银行”，它是联合国的专门机构之一，拥有185个成员国。每个世界银行集团的机构的拥有权在于其成员国政府，这些成员国的表决权按其所占股份的比例不同。2004年11月1日美国拥有16.4%的表决权，日本7.9%，德国4.5%，英国和法国各4.3%。由于任何重要的决议必须由85%以上的表决权决定，美国一国可以否决任何改革。

085
看不见的手

亚当·斯密于1776年提出的概念，揭示自由放任的市场经济中所存在的一个悖论。认为在每个参与者追求他或她的私利的过程

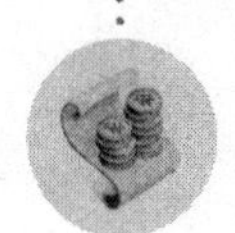

中，市场体系会给所有参与者带来利益，就好像有一只吉祥慈善的看不见的手，在指导着整个经济过程。

086 银根

指金融市场上的资金供应。现代经济生活中，银根一词也往往被用来借喻中央银行的货币政策。一国中央银行或货币当局为减少信贷供给，提高贷款利率，消除因需求过旺而带来的通货膨胀压力所采取的货币政策，称为紧缩银根。反之，为阻止经济衰退，通过增加信贷供给，降低贷款利率，促使投资增加，带动经济增长而采取的货币政策，称为放松银根。紧缩银根和放松银根都是通过一定的货币政策工具来实现的，如公开市场业务、调整法定准备率和再贴现率。银根过紧或过松，都会对经济带来不利影响，因此，适时适量调整银根是十分必要的。

087 央行

中央银行，简称央行，负责控制国家货币供给、信贷条件，监管金融体系，特别是商业银行和其他储蓄机构。

在大多数国家中央银行均属国有，至少都有一定程度的自主性，让政府得以介入货币政策。所谓独立的中央银行意义是允许央行在免除政治力干扰的规范下运作，这种案例包括美国联邦储备局、英格兰银行（1997年）、印度准备银行（1935年）、墨西哥银行（1993年）、日本银行、加拿大银行、澳大利亚储备银行和欧盟央行。

央行主要职责是维持该国货币稳定性与供给，但更常见的工作还包括控制贴现率以及在金融危机发生时担任银行部门急用借款者的最后支柱，通常是国家金融体系不可或缺的一部分。

088
注资

指上市公司的母公司将资产注入上市公司内，一些实力雄厚的股东或母公司有炒卖注资概念的条件，对股价有积极作用。若母公司或大股东以折价注入资产给上市公司，反映母公司有心壮大上市公司规模，对股价起刺激作用。相反，若母公司以高溢价注入资产，则要小心，这对上市公司不利，对股价会带来卖压。

089
外汇风险

从事对外经济、贸易、投资及金融的公司、企业组织、个人及国家外汇储备的管理与营运等，通常在国际范围内收付大量外币，或持有外币债权债务，或以外币标示其资产、负债价值。由于各国使用的货币不同，加上各国间货币汇率经常变化，因此在国际经济往来中，在国际收付结算的时候，就会产生外汇风险。

090
国际收支

国际收支包括经常项目（CurrentAccount）和资本项目两部分。在国际交往中一般要进行货币收付，因此常将一国在一定时期内与其他国家和地区进行的政治、经济、文化等往来所发生的货币收支总和，称为国际收支。在国际收支中通常使用外汇，所以国际收支又实际上是指一定时期内外汇收支的总和。这是一种狭义的概念，它只反映一定时期内具有外汇收支的交易，而不包括那些没有外汇收支的交易，如易货贸易和无偿援助等。广义的国际收支是指一国

在一定时期内与其他国家和地区之间的各种经济交易和往来的全部记录，无论是否具有外汇收支。它是特定时期内的一种统计报表，反映：①一国与他国之间的商品、劳务和收益等交易行为；②该国持有的货币黄金、特别提款权的变化以及与他国债权、债务关系的变化；③凡不需要偿还的单方转移项目和相应的科目，由于会计上必须用来平衡的尚未抵消的交易。

091 外债

根据国际货币基金组织和世界银行的定义，外债是任何特定的时间内，一国居民对非居民承担的具有契约性偿还责任的负债，不包括直接投资和企业资本。根据我国国家外汇管理局的定义，外债是中国境内的机关、团体、企业、事业单位、金融机构或者其他机构对中国境外的国际金融组织、外国政府、金融机构、企业或者其他机构用外国货币承担的具有契约性偿还义务的全部债务。

092 出口信贷

是指国家为了支持本国产品的出口，加强国际竞争，对本国产品给予利息贴补并提供担保的方法，鼓励本国商业银行对本国出口商或外国进口商（或银行）提供较市场利率略低的贷款，以解决买方支付进口商品资金的需要。

093
贴现

是指银行应客户的要求，买进其未到付款日期的票据，或者说，购买票据的业务叫贴现。办理贴现业务时，银行向客户收取一定的利息，称为贴现利息或折扣。具体程序是银行根据票面金额及既定贴现率，计算出从贴现日起到票据到期日止这段时间的贴现利息，并从票面金额中扣除，余额部分支付给客户。票据到期时，银行持票据向票据载明的支付人索取票面金额的款项。

094
再贴现

是商业银行以未到期的合格票据再向中央银行贴现。对中央银行而言，再贴现是买进票据，让渡资金；对商业银行而言，再贴现是卖出票据，获得资金。再贴现是中央银行的一项主要的货币政策工具。中央银行可以通过提高或降低再贴现率来影响金融机构向中央银行借款的成本，从而影响货币供应量和其他经济变量。

095
CPI

消费者物价指数（Consumer Price Index），英文缩写为CPI，是反映与居民生活有关的商品及劳务价格统计出来的物价变动指标，通常作为观察通货膨胀水平的重要指标。如果消费者物价指数升幅过大，表明通胀已经成为经济不稳定因素，央行会有紧缩货币政策和财政政策的风险，从而造成经济前景不明朗。因此，该指数过高的升幅往往不被市场欢迎。例如，在过去12个月，消费者物价指数上升2.3%，那表示，生活成本比12个月前平均上升2.3%。当

生活成本提高，你的金钱价值便随之下降。也就是说，一年前收到的一张100元纸币，今日只可以买到价值97.75元的商品或服务。一般说来当CPI>3%的增幅时我们称为Inflation，就是通货膨胀；而当CPI>5%的增幅时，我们把它称为Serious Inflation，就是严重的通货膨胀。

096
PPI

生产者物价指数（PPI）：生产者物价指数主要的目的在于衡量各种商品在不同的生产阶段的价格变化情形。一般而言，商品的生产分为三个阶段：一、原始阶段：商品尚未做任何的加工；二、中间阶段：商品尚需作进一步的加工；三、完成阶段：商品至此不再做任何加工手续。

PPI是衡量工业企业产品出厂价格变动趋势和变动程度的指数，是反映某一时期生产领域价格变动情况的重要经济指标，也是制定有关经济政策和国民经济核算的重要依据。目前，我国PPI的调查产品有4000多种（含规格品9500多种），覆盖全部39个工业行业大类，涉及调查种类186个。

097
双头垄断

双头垄断是一种寡头垄断形式，只有两个竞争者存在于市场当中。实际上，一般来说是两个主要竞争对手统治了市场。双头垄断是指一个行业只有两家卖主（或两家厂商）的市场类型，又称“双边垄断”。双头垄断的重要特征是：这两家厂商相互独立，一家厂商调整其产量或价格，必定会引起市场的变动，也就是影响到对手的销售情况，从而引起对手的反应，反过来影响到首先进行调整的

厂商。双头垄断下的厂商价格主要是相互达成协议或默契，以制订一个共同价格，限制产量或瓜分市场。

098
恩格尔曲线

恩格尔曲线反映的是所购买的一种商品的均衡数量与消费者收入水平之间的关系。它是以19世纪德国的统计学家恩斯特·恩格尔的名字命名的。

它反映在商品价格和其他因素不变时收入的变化引起需求量怎样的变化。正常商品中，恩格尔曲线由左下朝右上倾斜，表明随着收入的增加，X的消费量也随之增加；而劣质商品则相反，随着收入的增加，X的消费量下降。恩格尔一直致力于研究家庭收入和各项支出之间的关系，在1857年，他提出了著名的恩格尔定律，即随着收入的上升，食品在总支出中的比重是下降的。从统计结果来看，世界各地小至家庭，大至国家基本上都遵循这一定律，因此我们常常将恩格尔系数即食品在总开支中的比重作为衡量经济发展水平的一个指标。通常认为，恩格尔系数超过50%的经济尚处于维持温饱的生计经济，而小于30%的则是富裕经济。当然，这一标准并不是绝对的，个别经济在一定时期内可能会出现经济发展与恩格尔系数相背离的情况。恩格尔还发现，随着收入提高，衣着、住房在总开支中的比重基本维持不变，而奢侈品、教育、娱乐、储蓄等比重是上升的。

099
边际成本

边际成本实际上是在任何产量水平上，增加一个单位产量所需要增加的工人工资、原材料和燃料等变动成本。当增加一个单位

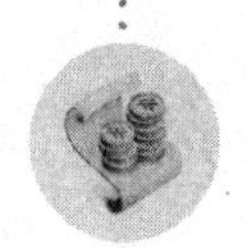

产量所增加的收入（单位产量售价）高于边际成本时，是合算的；反之，就是不合算的。所以，任何增加一个单位产量的收入不能低于边际成本，否则必然会出现亏损；只要增加一个产量的收入能高于边际成本，即使低于总的平均单位成本，也会增加利润或减少亏损。因此计算边际成本对制订产品决策具有重要的作用。

100 需求曲线

需求曲线是显示价格与需求量关系的曲线，是指其他条件相同时，在每一价格水平上买主愿意购买的商品量的表或曲线。其中需求量是不能被观测的。需求曲线可以以任何形状出现，可以符合需求定理的需求曲线只可以是向右下倾斜的。

需求曲线通常以价格为纵轴（y轴），以需求量为横轴（x轴），在一条向右下倾斜、且为直线的需求曲线中，在中央点的需求的价格弹性等于一，而以上部分的需求价格弹性大于一，而以下部分的需求价格弹性则小于一。

101 市场需求曲线

市场需求曲线表示在整个市场中产品的价格和它的需求量之间的关系。在完全竞争的产品市场上，市场需求曲线可以由单个消费者的需求曲线简单地横向加总得到。当完全竞争市场中劳动的价格下降的时候，所有的厂商都会增加对劳动的使用量，于是产品的市场供给曲线将会向右移动，产品的价格下降，产量上升。产品的价格下降，将会导致边际产品价值曲线的移动，从而厂商的要素需求曲线也会发生变动。当要素的价格上升时，所有厂商都会减少对要素的使用量，于是产品的市场供给曲线会向左移动，从而产品的价

格上升，要素的边际产品价值曲线也会发生移动，要素的需求曲线跟着移动。

102
总供给曲线

总供给曲线（Aggregate supply curve）表明了价格与产量的相结合，即在某种价格水平时整个社会的厂商所愿意供给的产品总量。所有厂商所愿意供给的产品总量取决于他们在提供这些产品时所得到的价格，以及他们在生产这些产品时所必须支付的劳动与其他生产要素的费用。因此，总供给曲线反映了要素市场（特别是劳动市场）与产品市场的状态。

103
价格消费曲线

价格消费曲线是指在一种商品的价格水平和消费者收入水平为常数的情况下，另一种商品价格变动所对应的两种商品最佳购买组合点组成的轨迹。也就是当某一种物品的价格改变时的消费组合。

104
消费者剩余

消费者为取得一种商品所愿意支付的价格与他取得该商品而支付的实际价格之间的差额。产生差额的原因在于：除最后一单位外，该商品用货币表示的边际效用（以美元表示）都大于其价格。在一定条件下（利用需求曲线图），消费者剩余的货币价值可以用需求曲线以下、价格线以上的面积来衡量。

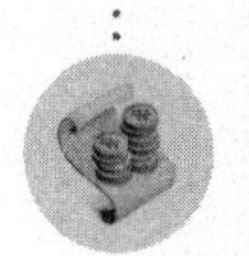

105
生产者剩余

生产者剩余（producer surplus）是指卖者出售一种物品或服务得到的价格减去卖者的成本。如电影公司提供一部电影的成本是5元，可票价是20元，那么生产者剩余是15元。生产者剩余衡量生产者所得到的额外利益。

生产者剩余也可视为经济地租。

106
跨国公司

跨国公司，又称多国公司、国际公司、超国家公司和宇宙公司等。20世纪70年代初，联合国经济及社会理事会组成了由知名人士参加的小组，较为全面地考察了跨国公司的各种准则和定义后，于1974年做出决议，决定联合国统一采用“跨国公司”这一名称。

107
纳什均衡

纳什均衡，又称为非合作博弈均衡，是博弈论的一个重要术语，以约翰·纳什命名。约翰·纳什1948年作为年轻数学博士生进入普林斯顿大学。其研究成果见于题为《非合作博弈》（1950）的博士论文。该博士论文导致了《n人博弈中的均衡点》（1950）和题为《非合作博弈》（1951）两篇论文的发表。纳什在上述论文中，介绍了合作博弈与非合作博弈的区别。他对非合作博弈的最重要贡献是阐明了包含任意人数局中人和任意偏好的一种通用解概念，也就是不限于两人零和博弈。该解概念后来被称为纳什均衡。

108
自然垄断

自然垄断是指这样一种行业，在此行业中，在产量大到足以满足全部市场的情况下商品的平均成本达到最小，因此不可能存在竞争，仅有的一个厂商就成为垄断者。早期的自然垄断概念与资源条件的集中有关，主要是指由于资源条件的分布集中而无法竞争或不适宜竞争所形成的垄断。在现代这种情况引起的垄断已不多见。而传统意义上的自然垄断则与规模经济紧密相连，指一个企业能以低于两个或者更多的企业的成本为整个市场供给一种物品或者劳务，如果相关产量范围存在规模经济时自然垄断就产生了。

109
寡头垄断

寡头垄断又称寡头、寡占，一种由少数卖方（寡头）主导市场的市场状态。英语中这个词来源于希腊语中“很少的卖者”。寡头垄断是同时包含垄断因素和竞争因素而更接近于完全垄断的一种市场结构。它的显著特点是少数几家厂商垄断了某一行业的市场，这些厂商的产量占全行业总产量中很高的比例，从而控制着该行业的产品供给。寡头垄断又称为双占垄断或双头垄断。

110
完全竞争

完全竞争是这样一种市场结构，在其中同质的商品有很多卖者，没有一个卖者或买者能控制价格，进入很容易并且资源可以随时从一个使用者转向另一个使用者。例如，许多农产品市场就具有完全竞争市场这些特征。

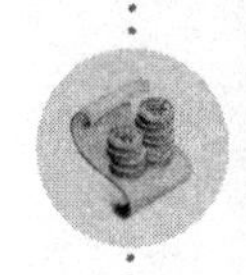

111
本票

本票（PROMISSORY NOTES）是一个人向另一个人签发的，保证即期或定期或在可以确定的将来的时间，对某人或其指定人或持票人支付一定金额的无条件书面承诺。

112
支票

支票是出票人签发，委托办理支票存款业务的银行或者其他金融机构在见票时无条件支付确定的金额给收款人或持票人的票据。

支票出票人签发的支票金额，不得超出其在付款人处的存款金额。如果存款低于支票金额，银行将拒付。这种支票称为空头支票，出票人要负法律上的责任。

支票可分为现金支票和转账支票。支票一经签发即可流通转让，具有通货作用，成为替代货币发挥流通手段和支付手段职能的信用流通工具。运用支票进行货币结算，可以减少现金的流通量，节约货币流通费用。

113
汇票

汇票是由出票人签发的，要求付款人在见票时或在一定期限内，向收款人或持票人无条件支付一定款项的票据。汇票是国际结算中使用最广泛的一种信用工具。

汇票是随着国际贸易的发展而产生的。国际贸易的买卖双方相距遥远，所用货币各异，不能像国内贸易那样方便地进行结算。从出口方发运货物到进口方收到货物，中间有一个较长的过程。在

这段时间一定有一方向另一方提供信用，不是进口商提供货款，就是出口商赊销货物。若没有强有力中介人担保，进口商担心付了款收不到货，出口商怕发了货收不到款，这种国际贸易就难以顺利进行。后来银行参与国际贸易，作为进出口双方的中介人，开出信用证，一方面向出口商担保，货物运出口，开出以银行为付款人的汇票，发到银行，银行保证付款，同时又向进口商担保，能及时收到他们所进口的货物单据，到港口提货。

114 信用

从经济学的角度来看，信用行为实际上是一种借贷行为，它建立在相互信任的基础上，是以偿还为条件而暂时让渡某种商品或一定量货币的使用权，以满足借入方暂时的需求，并约定在归还时给借出方一定的经济补偿。

115 商业信用

商业信用是企业间在买卖商品时，以延期付款形式即赊销或预付货款等形式提供的信用。典型的商业信用实际包括两个同时发生的经济行为：商品买卖行为和借贷行为。因此，商业信用并不能简单的理解成以商品提供信用。

116 银行信用

银行信用是由银行以贷款的形式提供给借款人的信用。典型的银行信用有两个要素：一是以金融机构做媒介，二是直接以货币为借贷

对象。银行信用是在商业信用基础上产生并发展起来的，它在一定程度上克服了商业信用的局限，是现代信用经济中的重要形式。

117
国家信用

国家信用实质上是伴随着国家机器的产生而产生的，它与国家财政直接相关。国家为了正常运转，必须有一定支出，比如政府投资，各种支出如教育支出、社会福利支出、军费支出等。如果财政收入足以支付这些支出，则不需要额外筹资。但若财政收入不足以弥补这些支出，产生财政赤字。这时国家往往会通过发行公债等形式筹资以弥补财政赤字。国家信用就在这种情况下产生了，它使国家凭借自身信用筹集资金，用于弥补财政资金的不足，满足政府的各项支出，从而确保了国家职能的实现。

118
消费信用

消费信用是商业企业、银行以及其他授信机构向消费者个人提供的信用。它可以帮助消费者解决暂时支付能力不足的困难，满足其对某些商品，特别是需要大笔支出的耐用消费品的需求，既帮助消费者超前消费，也促进了商品的销售。

119
国际信用

国际信用是在国际市场上发生的借贷行为。包括以赊销商品形式提供的国际商业信用、以银行贷款形式提供的国际银行信用以及各国政府间相互提供的信用。国际信用促进了国际贸易的发展和繁荣，帮助获得信用的国家促进自身经济发展。

120
升值

货币升值也叫“货币增值”。是指某国货币相对于其他国家来说价值增加或上升了。

商品的价值增加通常是件好事（货币本身也是商品），但某一国家的货币价值增加，对于该国家来说，却不是件好事。因为某国货币增值，会直接影响到该国家的宏观经济。

具体表现为：

（1）出口有所限制。某国的货币升值了，那相对来说，其他国家的货币贬值了，那出口的利润就会减少。这样，出口商就可能减少一定程度的出口商品。

（2）一定量的外汇“人间蒸发”。某国的货币升值了，其他国家的货币就贬值了。这样一来，以前所赚的外汇就不那么值钱了。

121
贬值

当一国货币相对外币价格下降时，称该货币发生贬值。例如，当美元汇率从1美元兑换6法郎下降到1美元兑换4法郎时，美元就发生了贬值。与贬值相对的是“升值”（appreciation），它在一种货币汇率上升时出现。

122
失业率

是指失业人口占劳动人口的比率(一定时期全部就业人口中有工作意愿而仍未有工作的劳动力数字)，旨在衡量闲置中的劳动产能。在美国，失业率每月第一个周五公布，在台湾地区，则于每月23日

由行政院主计处公布。失业数据的月份变动可适当反映经济发展。大多数资料都经过季节性调整。失业率被视为落后指标。

123
特别提款权（SDR）

国际货币基金组织创设的一种储备资产和记账单位，亦称“纸黄金”。它是国际货币基金组织分配给会员国的一种使用资金的权利。会员国在发生国际收支逆差时，可用它向基金组织指定的其他会员国换取外汇，以偿付国际收支逆差或偿还基金组织的贷款，还可与黄金、自由兑换货币一样充作国际储备。但由于其只是一种记账单位，不是真正的货币，使用时必须先换成其他货币，不能直接使用贸易或非贸易的支付。

124
最低可持续失业率

指一种失业率水平。在该水平上，导致工资上升和价格膨胀的压力和导致工资下降和价格收缩的压力二者，处于平衡状态，所以通货膨胀既不上升也不下降；LSUR代表在长期内不存在通货膨胀上升压力的情况下所能获得的最低失业率。也正是这样的一种失业率，在该失业率水平上，长期的菲利普斯曲线（Phillipscurve）是垂直的。

125
摩擦性失业

摩擦性失业（Frictional unemployment），是指人们在寻找工作或转换工作过程中的失业现象。增加职业训练计划与提高信息沟通（使失业者能确实掌握就业机会）可降低这方面的失业。

126
结构性失业

结构性失业（Structual unemployment），指市场竞争的结果或者是生产技术改变而造成的失业。结构性失业通常较摩擦性失业持久，因为结构性失业常表示人员需要再训练或是迁移才能找到工作。

127
自然失业率

自然失业率（natural rate of unemployment），指充分就业下的失业率。

为摩擦性失业率及结构性失业率加总之和。由于人口结构的变化、技术的进步、人们的消费偏好改变等因素，社会上总会存在着摩擦性失业和结构性失业。就长期而言，景气循环带来的失业情形常会消弭无踪，社会上只留下自然失业现象，“自然”的定义并不明确，没有人能明确地指出一个社会的自然失业率是多少，它会随着人口结构的变化、技术进步、产业升级而变化，以台湾地区而言，一般认为自然失业率是介于1.5%～2.5%之间。

128
兼并

一个公司收购另一个公司的行为，通常以一个企业收购另一企业股票的形式发生。主要形式包括：①纵向兼并，发生在两个企业处在生产过程的不同阶段的时候（如铁矿和钢锭）；②横向兼并，发生在两个企业处在同一个市场中的情况下（如两个汽车制造商）；③混合兼并，发生在两个企业在两个没有关联的市场中各自经营的场合（如鞋带制造业和炼油业）。

129
WTO

WTO是世界贸易组织的简写，即WorldTradeOrganization。世贸组织是一个独立于联合国的永久性国际组织。1995年1月1日正式开始运作，负责管理世界经济和贸易秩序，总部设在瑞士日内瓦莱蒙湖畔。1996年1月1日，它正式取代关贸总协定临时机构。其宗旨是：促进经济和贸易发展，以提高生活水平、保证充分就业等。

Chapter 5

不可不知的经济学原理

经济学是智慧的结晶，它源于生活又高于生活。不要以为经济学只是学院里的老学究没事用来消遣的理论游戏。其实，弄懂了经济学也就是理解了你的生活，经济学的很多原理都能应用到生活中去，指导你的工作、学习、投资等。比如理性人假设、木桶原理、马太效应、二八法则、奥卡姆剃刀定律等，都是很有用的经济学原理。学好了这些，就像拿着一本地图在手中，会对你的人生起到很好的作用。

130

理性人假设

微观经济学理论的建立是以一定的假设条件作为前提的。在微观经济分析中，根据所研究的问题和所要建立的理论的不同需要，假设条件存在着差异。但是，在众多不同经济理论的各自不同的假设条件中，有一个假设条件是所有的经济理论均具备的一个基本假设条件，就是“合乎理性的人”的假设条件。

在经济学里，“合乎理性的人”的假设通常简称为“理性人”或者“经纪人”的假设条件。西方经济学家指出，所谓的“理性人”的假设是对在经济社会中从事经济活动的所有人的基本特征的一个一般性的抽象。这个被抽象出来的基本特征就是：每一个从事经济活动的人都是利己的。也可以说，每一个从事经济活动的人所采取的经济行为都是力图以自己的最小经济代价去获得自己的最大经济利益。西方经济学家认为，在任何经济活动中，只有这样的人才是“合乎理性的人”，否则，就是非理性的人。

131

零和游戏原理

当你看到两位对弈者时，你就可以说他们正在玩“零和游戏”。因为在大多数情况下，总会有一个赢，一个输，如果我们把获胜计算为得1分，而输棋为-1分，那么，这两人得分之和就是：1+（-1）=0。

这正是“零和游戏”的基本内容：游戏者有输有赢，一方所赢正是另一方所输，游戏的总成绩永远是零。零和游戏原理之所以广受关注，主要是因为人们发现在社会的方方面面都能发现与“零和游戏”类似的局面，胜利者的光荣后面往往隐藏着失败者的辛酸和苦涩。从个人到国家，从政治到经济，似乎无不验证了世界正是一个巨大的“零和游戏”场。这种理论认为，世界是一个封闭的系统，财富、资源、机遇都是有限的，个别人、个别地区和个别国家财富的增加必然意味着对其他人、其他地区和国家的掠夺，这是一个“邪恶进化论”式的弱肉强食的世界。

但20世纪人类在经历了两次世界大战，经济的高速增长、科技进步、全球化以及日益严重的环境污染之后，“零和游戏”观念正逐渐被“双赢”观念所取代。人们开始认识到“利己”不一定要建立在“损人”的基础上。通过有效合作，皆大欢喜的结局是可能出现的。但从“零和游戏”走向“双赢”，要求各方要有真诚合作的精神和勇气，在合作中不要耍小聪明，不要总想占别人的小便宜，要遵守游戏规则，否则“双赢”的局面就不可能出现，最终吃亏的还是自己。

132 华盛顿合作规律

华盛顿合作规律说的是：一个人敷衍了事，两个人互相推诿，三个人则永无成事之日。多少有点类似于我们“三个和尚”的故事。人与人的合作不是人力的简单相加，而是要复杂和微妙得多。在人与人的合作中，假定每个人的能力都为1，那么10个人的合作结果就有时比10大得多，有时甚至比1还要小。因为人不是静止的动物，而更像方向各异的能量，相推动时自然事半功倍，相互抵触时则一事无成。我们传统的管理理论中，对合作研究得并不多，最直观的反映就是，目前的大多数管理制度和行业都是致力于减少人力的无谓消耗，而非利用组织提高人的效能。换言之，不妨说管理的主要目的不是让每个人做到最好，而是避免内耗过多。21世纪将是一个合作的时代，值得庆幸的是，越来越多的人已经认识到真诚合作的重要性，所以正在努力学习合作。

133
酒与污水定律

酒与污水定律是指，如果把一匙酒倒进一桶污水中，你得到的是一桶污水；如果把一匙污水倒进一桶酒中，你得到的还是一桶污水。几乎在任何组织里，都存在几个难弄的人物，他们存在的目的似乎就是为了把事情搞糟。他们到处搬弄是非、传播流言、破坏组织内部的和谐。最糟糕的是，他们像果箱里的烂苹果，如果你不及时处理，它会迅速传染，把果箱里其他苹果也弄烂，“烂苹果”的可怕之处在于它那惊人的破坏力。一个正直能干的人进入一个混乱的部门可能会被吞没，而一个无德无才者能很快将一个高效的部门变成一盘散沙。组织系统往往是脆弱的，是建立在相互理解、妥协和容忍的基础上的，它很容易被侵害、被毒化。破坏者能力非凡的另一个重要原因在于，破坏总比建设容易。一个能工巧匠花费时日精心制作的陶瓷器，一头驴子一秒钟就能毁坏掉。如果拥有再多的能工巧匠，也不会有多少像样的工作成果。如果你的组织里有这样的一头驴子，你应该马上把它清除掉；如果你无力这样做，你就应该把它拴起来。

134
水桶定律

水桶定律是讲，一只水桶能装多少水，完全取决于它最短的那块木板。这就是说任何一个组织都可能面临的一个共同问题，即构成组织的各个部分往往决定了整个组织的水平。

构成组织的各个部分往往是优劣不齐的，而劣质部分往往又决定整个组织的水平。

“水桶定律”与“酒与污水定律”不同，后者讨论的是组织中的破坏力量，而“最短的木板”却是组织中有用的一个部分，只不过比其他部分差一些，你不能把它们当成烂苹果扔掉。强弱只是相对而言的，无法消除。问题在于你容忍这种弱点到什么程度。如果它严重到成为阻碍工作的瓶颈，就不得不有所动作。

如果你在一个组织中，你应该：

（1）确保你不是最薄弱的部分；

（2）避免或减少这一薄弱环节对你成功的影响；

（3）如果不幸，你正处在这一环节中，你还可以采取有效的方法改进，或者转职去谋另一份工作。

135 蘑菇管理

蘑菇管理是许多组织对待初出茅庐者的一种管理方法。初学者被置于阴暗的角落（不受重视的部门，或打杂跑腿的工作），浇上一头大粪（无端的批评、指责、代人受过），任其自生自灭（得不到必要的指导和提携）。相信很多人都有这样一段“蘑菇”的经历，但这不一定是什么坏事，尤其是当一切都刚刚开始的时候。当上几天“蘑菇”，能够消除我们很多不切实际的幻想，让我们更加接近现实，看问题也更加实际。而对一个组织而言，通常对新进的人员都是一视同仁，从起薪到工作都不会有大的差别。无论你是多么优秀的人才，在刚开始的时候都只能从最简单的事情做起。“蘑菇”的经历对于成长中的年轻人来说，是羽化前必须经历的一步。所以，如何高效率地走过生命中的这一段，从中尽可能吸取经验，成熟起来，并树立良好的值得信赖的个人形象，是每个刚入社会的年轻人必须面对的课题。

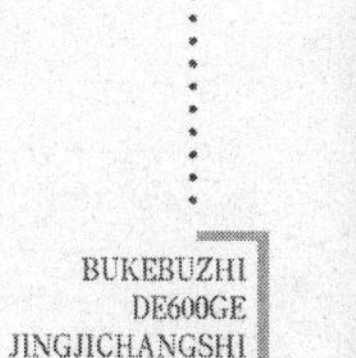

136 奥卡姆剃刀定律

如果你认为只有焦头烂额、忙忙碌碌地工作才可能取得成功，那么，你错了。事情总是朝着复杂的方向发展，复杂会造成浪费，

而效能则来自于单纯。在你做过的事情中可能绝大部分是毫无意义的，真正有效的活动只是其中的一小部分，而它们通常隐含于繁杂的事物中。找到关键的部分，去掉多余的活动，成功并不那么复杂。奥卡姆剃刀：如无必要，勿增实体。12世纪，英国奥卡姆的威廉对无休无止的关于“共相”、“本质”之类的争吵感到厌倦，主张唯名论，只承认确实存在的东西，认为那些空洞无物的普遍性要领都是无用的累赘，应当被无情地“剔除”。他主张，“如无必要，勿增实体。”这就是常说的“奥卡姆剃刀”。这把剃刀曾使很多人感到威胁，被认为是异端邪说，威廉本人也受到伤害。然而，这并未损害这把刀的锋利，相反，经过数百年越来越锋利，并早已超越了原来狭窄的领域而具有广泛的、丰富的、深刻的意义。奥卡姆剃刀定律在企业管理中可进一步深化为简单与复杂定律：把事情变复杂为简单，把事情变简单为复杂。这个定律要求，我们在处理事情时，要把握事情的主要实质，把握主流，解决最根本的问题。尤其要顺应自然，不要把事情人为地复杂化，这样才能把事情处理好。

137
二八法则

你所完成的工作中80%的成果，来自于你20%的付出；而80%的付出，只换来20%的成果。

1897年意大利经济学者帕累托偶然注意到19世纪英国人的财富和收益模式。

在调查取样中，他发现大部分的财富流向了少数人手里，同时，他还发现一件非常重要的事情：即某一个族群占总人口数的百分比和他们所享有的总收入之间有一种微妙的关系。他在不同时期或不同国度都见过这种现象。不论是早期的英国，还是其他国家，甚至从早期的资料中，他都发现这种微妙关系一再出现，而且在数学上呈现出一种稳定的关系。

后人对于帕累托的这项发现给予了不同的命名，例如帕累托法则、帕累托定律、80/20定律、最省力的法则、不平衡原则等。

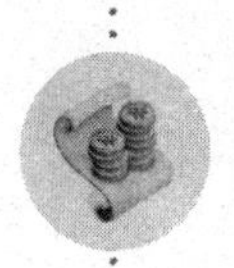

138 遛狗理论

“遛狗理论”是一种价值决定价格的思维方式。价格是由供求关系决定的，而不是价值，价值是人们对未来价格的一种模糊判断。

如果要重新阐述“遛狗理论”，那么就是一个动物爱好者很喜欢观察某条狗，每天为了能够观察到这条狗，他会猜测狗的游逛路径，然后提前一点到相应的位置去等狗的出现。狗的游逛路径并不是由观察者所决定的，而是由其他因素所决定，就如同价格由供求关系所决定。

在供求关系中我们知道有时候市场会出现大量的投机需求，这会在短期极大地影响价格的波动。但是投机需求是不稳定的，短时间的影响后又会回到真实需求为主导。这就仿佛观察者通过以往的经验分析知道狗每天都会在一根电线杆处撒尿，所以他提前会到那根电线杆那边去等，但是某次狗被路过的顽皮孩子给惊吓了而到处狂奔，但是观察者知道顽皮孩子的惊吓只是一时的，他只需要耐心地在电线杆那边等，过一段时间狗又会乖乖的跑到电线杆处撒尿了。

139 马太效应

《新约马太福音》中有这样一个故事。

一个国王远行前，交给3个仆人每人一锭银子，吩咐他们：“你们去做生意，等我回来时，再来见我。”国王回来时，第一个仆人说：“主人，你交给我的一锭银子，我已赚了10锭。”于是国王奖励他10座城邑。第二个仆人报告说：“主人，你给我的一锭银子，

我已赚了5锭。”于是国王奖励了他5座城邑。第三个仆人报告说：“主人，你给我的一锭银子，我一直包在手巾里存着，我怕丢失，一直没有拿出来。”

于是国王命令将第三个仆人的一锭银子也赏给第一个仆人，并且说：“凡是少的，就连他所有的也要夺过来。凡是多的，还要给他，叫他多多益善。”这就是马太效应。看看我们周围，就可以发现许多马太效应的例子。朋友多的人会借助频繁的交往得到更多的朋友；缺少朋友的人会一直孤独下去。金钱方面更是如此，即使投资回报率相同，一个比别人投资多10倍的人，收益也多10倍。这是个赢家通吃的社会，善用马太效应，赢家就是你。对企业经营发展而言，马太效应则告诉我们，要想在某一个领域保持优势，就必须在此领域迅速做大。当你成为某个领域的领头羊的时候，即使投资回报率相同，你也能更轻易地获得比弱小的同行更大的收益。而若没有实力迅速在某个领域做大，就要不停地寻找新的发展领域，才能保证获得较好的回报。

140 手表定理

手表定理是指一个人有一只表时，可以知道现在是几点钟，而当他同时拥有两只手表时却无法确定了。两只表并不能告诉一个人更准确的时间，反而会让看表的人失去对准确时间的信心。你要做的就是选择其中较信赖的一只，尽力校准它，并以此作为你的标准，听从它的指引行事。记住尼采的话：“兄弟，如果你是幸运的，你只需有一种道德而不要贪多，这样，你过桥更容易些。”如果每个人都“选择你所爱，爱你所选择”，无论成败都可以心安理得。然而，困扰很多人的是：他们被“两只表”弄得无所适从，心力交瘁，不知自己该信仰哪一个。还有人在环境、他人的压力下，违心选择了自己并不喜欢的道路，为此而郁郁终生，即使取得了受人瞩目的成就，也体会不到成功的快乐。手表定理在企业经营管理方面给我们一种非常直观的启发，就是对同一个人或同一个组织的管理不能同时采用两种不同的方法，不能同时设置两个不同的目标。甚至每一个人不能由两个人来同时指挥，否则将使这个企业或这个人无所适从。手表定理所指的另一层含义在于，每个人都不能同时挑选两种不同的价值观，否则，你的行为将陷于混乱。

141 不值得定律

不值得定律最直观的表述是：不值得做的事情，就不值得做好。这个定律似乎再简单不过了，但它的重要性却时时被人们忽略。不值得定律反映出人们的一种心理。一个人如果从事的是一份自认为不值得做的事情，往往会保持冷嘲热讽、敷衍了事的态度。不仅成功率小，而且即使成功，也不会觉得有多大的成就感。

哪些事值得做呢？一般而言，这取决于三个因素。

（1）价值观。只有符合我们价值观的事，我们才会满怀热情去做。

（2）个性和气质。一个人如果做一份与他的个性气质完全背离的工作，他是很难做好的。如一个好交往的人成了档案员，或一个害羞者不得不每天和不同的人打交道。

（3）现实的处境。同样一份工作，在不同的处境下去做，给我们的感受也是不同的。例如，在一家大公司，如果你最初做的是打杂跑腿的工作，你很可能认为是不值得的，可是，一旦你被提升为领班或部门经理，你就不会这样认为了。

总结一下，值得做的工作是：符合我们的价值观，适合我们的个性与气质，并能让我们看到期望。如果你的工作不具备这三个因素，你就要考虑换一个更合适的工作，并努力做好它。

因此，对个人来说，应在多种可供选择的奋斗目标及价值观中挑选一种，然后为之而奋斗。“选择你所爱的，爱你所选择的”，才可能激发我们的奋斗毅力，也才可以心安理得。而对一个企业或组织来说，则要很好地分析员工的性格特性，合理分配工作。如让

成就欲较强的职工单独或牵头来完成具有一定风险和难度的工作，并在其完成时给予及时的肯定和赞扬；让依附欲较强的职工更多地参加到某个团体中共同工作；让权力欲较强的职工担任一个与其能力相适应的主管。同时要加强员工对企业目标的认同感，让员工感觉到自己所做的工作是值得的，这样才能激发职工的热情。

142
菲利普斯曲线

社会面临通货膨胀与失业之间的短期交替关系。

人们通常认为降低通货膨胀会引起失业暂时增加。通货膨胀与失业之间的这种交替关系被称为菲利普斯曲线。当政府减少货币量时，它就减少了人们支出的数量。较低的支出与居高不下的价格结合在一起就减少了企业销售的物品与劳务量。销售量减少又引起企业解雇工人，就暂时增加了失业。

143
市场失灵

市场失灵是指市场无法有效率地分配商品和劳务的情况。对经济学家而言，这个词汇通常用于无效率状况特别重大时，或非市场机构较有效率且创造财富的能力较私人选择为佳时。另一方面，市场失灵也通常被用于描述市场力量无法满足公共利益的状况。在此着重于经济学主流的看法。经济学家使用模型化理论解释或了解这个状况，市场失灵的两个主要原因为：

成本或利润价格的传达不适合，进而影响个体经济市场决策机制；

欠佳的市场结构。

市场失灵在某些经济体的存在通常引起究竟应否由市场力量引导运作的争论。而这也产生要用什么来取代市场的争议。最常见对市场失灵的反应是由政府部门产出部分产品及劳务。然而，政府干预亦可能造成非市场的失灵。

144 沉没成本

人们在决定是否去做一件事情的时候，不仅是看这件事对自己有没有好处，而且也看过去是不是已经在这件事情上有过投入。我们把这些已经发生不可收回的支出，如时间、金钱、精力等称为“沉没成本”。

在经济学和商业决策制订过程中会用到“沉没成本”的概念，代指已经付出且不可收回的成本。沉没成本常用来和可变成本做比较，可变成本可以被改变，而沉没成本则不能被改变。在微观经济学理论中，做决策时仅需要考虑可变成本。如果同时考虑到沉没成本（这被微观经济学理论认为是错误的），那结论就不是纯粹基于事物的价值作出的。

比如，如果你预订了一张电影票，已经付了票款且假设不能退票。此时你付的价钱已经不能收回，就算你不看电影钱也收不回来，电影票的价钱算作你的沉没成本。

145 影子价格

影子价格是投资项目经济评价的重要参数，它是指社会处于某种最优状态下，能够反映社会劳动消耗、资源稀缺程度和最终产品需求状况的价格。影子价格是社会对货物真实价值的度量，只有在完善的市场条件下才会出现。然而这种完善的市场条件是不存在的，因此现成的影子价格也是不存在的，只有通过对现行价格的调整，才能求得它的近似值。

146

贸易获利

贸易使每个人可以专门从事自己最擅长的活动。通过与他人交易，人们可以按较低的价格买到各种各样的物品与劳务。

经济中每个家庭都与其他所有家庭竞争，但是把你的家庭与所有其他家庭隔绝开来并不会过得更好，如果是这样的话，你的家庭就必须自己种粮食，做衣服，盖房子。

国家和家庭一样也能从相互交易中获益。

147

市场经济之手

在一个市场经济中，中央计划者的决策被千百万企业和家庭的决策所取代。这些企业和家庭在市场上相互交易，价格和个人利益引导着他们的决策，他们仿佛被一只“看不见的手”所指引，引起了合意的市场结果。

148

经济增长

经济增长（economic growth），通常是指在一个较长的时间跨度上，一个国家人均产出（或人均收入）水平的持续增加。较早的文献中是指一个国家或地区在一定时期内的总产出与前期相比实现的增长。

决定经济增长的直接因素如下。

一是投资量。一般情况下，投资量与经济增长成正比。

二是劳动量。在劳动者同生产资料数量、结构相适应的条件下，劳动者数量与经济增长成正比。

三是生产率。生产率是指资源（包括人力、物力、财力）利用的效率。提高生产率也对经济增长直接做出贡献。

149 索罗经济增长模型

索罗经济增长模型（Solowgrowthmodel），罗伯特·索罗所提出的发展经济学中著名的模型，又称做新古典经济增长模型、外生经济增长模型，是在新古典经济学框架内的经济增长模型。

模型假设。

（1）该模型假设储蓄全部转化为投资，即储蓄–投资转化率假设为1。

（2）该模型假设投资的边际收益率递减，即投资的规模收益是常数。

（3）该模型修正了哈罗德–多马模型的生产技术假设，采用了资本和劳动可替代的新古典科布–道格拉斯生产函数，从而解决了哈罗德–多马模型中经济增长率与人口增长率不能自发相等的问题。

因为在科布–道格拉斯生产函数中，劳动数量既定，随资本存量的增加，资本的边际收益递减规律确保经济增长稳定在一个特定值上。该模型没有投资的预期，因此回避了有保证的经济增长率与实际经济增长率之间的不稳定，就此可得出结论：经济稳定增长。

150 创新理论

创新（Innovationtheory）是奥地利经济学家J·熊波特提出用以解释经济波动与发展的一个概念。所谓创新是指一种新的生产函数，或者说是生产要素的一种“新组合”。生产要素新组合的出现会刺激经济的发展与繁荣。当新组合出现时，老的生产要素组合仍

然在市场上存在。新老组合的共存必然给新组合的创新者提供获利条件。而一旦用新组合的技术扩散，被大多数企业获得，最后的阶段——停滞阶段也就临近了。在停滞阶段，因为没有新的技术创新出现，因而很难刺激大规模投资，从而难以摆脱萧条。这种情况直到新的创新出现才被打破，才会有新的繁荣的出现。

总之，该理论把周期性的原因归之为科学技术的创新，而科学技术的创新不可能始终如一地持续不断地出现，从而必然有经济的周期性波动。

151 纯货币理论

该理论主要由英国经济学家霍特里（R.Hawtrey）在1913-1933年的一系列著作中提出的。纯货币理论认为货币供应量和货币流通度直接决定了名义国民收入的波动，而且极端地认为，经济波动完全是由于银行体系交替地扩张和紧缩信用所造成的，尤其以短期利率起着重要的作用。现代货币主义者在分析经济的周期性波动时，几乎一脉相承地接受了霍特里的观点。但应该明确肯定的是，把经济周期性循环唯一地归结为货币信用扩张与收缩是欠妥的。

152 投资过度理论

投资过度理论把经济的周期性循环归因于投资过度。由于投资过多，与消费品生产相对比，资本品生产发展过快。资本品生产的过度发展促使经济进入繁荣阶段，但资本品过度生产而导致的过剩又会促进经济进入萧条阶段。

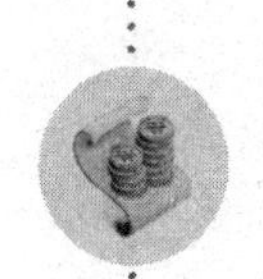

153
消费不足理论

消费不足理论的出现较为久远。早期有西斯蒙第和马尔萨斯，近代则以霍布森为代表。该理论把经济的衰退归因于消费品的需求赶不上社会对消费品生产的增长。这种不足又根据源于国民收入分配不公所造成的过度储蓄。该理论一个很大的缺陷是，它只解释了经济周期危机产生的原因，而未说明其他三个阶段，因而在周期理论中，它并不占有重要位置。

154
古典贸易理论

关于国际贸易发生的原因与影响，最早是由英国古典学派经济学家在劳动价值学说基础上，从生产成本方面提出的，其包括绝对优势（absoluteadvantage）与比较优势学说（comparativeadvantage）。这又被人们称为古典贸易理论。从本质上讲，古典贸易理论是从生产技术差异的角度，来解释国际贸易的起因与影响的。只不过，在古典生产函数中，劳动是唯一的生产要素，因此，生产技术差异就具体化为劳动生产率的差异，在这种情况下，劳动生产率差异就是国际贸易的一个重要起因。

155
绝对优势论

绝对优势论是指由英国古典经济学的奠基人亚当·斯密提出的贸易理论，即各国以生产成本的绝对差异为基础、发挥各自的优势进行国际分工，并通过自由贸易增进共同利益的国际贸易理论。

斯密认为，分工是市场交换的基础，也是促进劳动生产率提

高的最主要因素。分工和市场交换，可以极大地促进社会财富的增进。这是市场经济的基本规律，同样适用于不同国家之间的分工和交换。他认为，如果一个国家生产某种商品的成本绝对低于他国，即在该商品的生产上具有绝对优势，那么它就应该大量生产和出口该商品；反之，则应从国外进口。斯密主张，各国都应该按照这一原理，选择自身具有优势的产品进行专业化生产，然后相互交换，这对贸易双方都有好处。

不过，该理论不能解释当绝对优势集中在一方时出现的国际分工和国际贸易。李嘉图在斯密的绝对优势论的基础上，提出了“相对优势论”，解决了这一问题。

156 垄断优势理论

垄断优势理论（Monopolistic Advantage Theory）又称所有权优势理论或公司特有优势理论，是最早研究对外直接投资的独立理论，是由对外直接投资理论的先驱，美国麻省理工学院教授海默（Stephan Hymer）于1960年在他的博士论文中首先提出的。麻省理工学院C·P·金德贝格在20世纪70年代对海默提出的垄断优势进行的补充和发展。它是一种阐明当代跨国公司在海外投资具有垄断优势的理论。此理论认为，考察对外直接投资应从“垄断优势”着眼。

157 比较优势理论

比较优势理论（Comparedwith Advantage Theory），又称比较成本说，是英国经济学家大卫·李嘉图（David Ricardo，1772-1823年）的学说。1817年李嘉图在斯密绝对成本学说的基础上，运用国际贸易“2×2模型”，提出了比较成本学说。代表作：《政治经济

学及赋税原理》，书中对自由贸易理论作了重要的补充，提出了按比较成本进行国际分工的学说，以相对成本论取代绝对成本论，把比较成本说由流通过程深入到生产过程，因而使自由贸易理论更加具有科学性和现实性。这一学说，在日后的发展中形成了一个庞大的经济学理论体系，在斯密奠基上正式建立起了古典经济学的大厦。李嘉图的比较优势理论对于自由贸易的贡献很大，被看成是支配国际贸易的永恒“规律”。

158 卢卡斯模型

卢卡斯的模型实际上是“专业化人力资本积累增长模式”。卢卡斯模型揭示了人力资本增值越快，则部门经济产出越快；人力资本增值越大，则部门经济产出越大。卢卡斯模型的贡献在于承认人力资本积累不仅具有外部性，而且与人力资本存量成正比。卢卡斯模型的贡献在于承认人力资本积累（人力资本增值）是经济得以持续增长的决定性因素和产业发展的真正源泉。

159 理性预期

理性预期是在有效地利用一切信息的前提下，对经济变量作出的在长期中平均说来最为准确的，而又与所使用的经济理论、模型相一致的预期。美国的一种资产阶级经济学理论。因在经济分析中假定经济行为的主体对未来事件的“预期”是合乎理性的而得名。又译合理预期。理性预期的思想最初由美国经济学家J·F·穆思在《合理预期和价格变动理论》一文中提出，20世纪70年代由芝加哥大学的R.E.卢卡斯和明尼苏达大学的T·J·萨金特和N·华莱士等人作出了进一步发展，并逐渐形成理性预期学派。

160
凯恩斯货币需求理论

凯恩斯货币需求理论是货币经济理论最显著的发展之一，它是众所周知的凯恩斯革命的重要组成部分，在经济发展史中具有十分重要的地位。凯恩斯货币需求理论对经济理论和经济政策也产生了重要影响，它构成了众多货币经济论题讨论的经济学基础，也是分析评价宏观经济政策绩效的理论基础之一。但是，凯恩斯货币需求理论也非止于完善，随着现代经济理论的进一步发展和对微观基础的日益强调，凯恩斯主义的货币需求理论也显示出若干缺陷，因此，从现代经济学多元发展的角度重新认识凯恩斯货币需求理论发展及其局限，这对促进货币需求问题的理论研究和正确认识货币政策的作用均具有十分重要的启示意义。

161
投资乘数理论

投资乘数理论（Investment Multiplier Theory）普遍理解为：在有效需求不足，社会有一定数量的存货可以被利用的情况下，投入一笔投资可以带来数倍于这笔投资的国民收入的增加，因而投资乘数理论是关于投资变化和国民收入变化关系的理论。

162
收入支出说

从货币收支的循环往复运动着手，研究实际的收入、产出、就业以及整个经济发展水平和货币价值的一种西方经济理论。其核心思想是：货币收支运动以现实的经济过程为依据，货币支出增加，社会有效需求增加，就业增加，生产发展，商品供给增加，社会的实际收入水平提高；相反，货币支出减少，社会的有效需求下降，失业增加，生产萎缩，商品供给减少，社会的实际收入水平下降，而货币收入与支出的对比就决定了一般物价水平和货币价值。

163 社会化理论

社会化理论（socializationtheory），是一种认为教育的主要功能在于维护资本主义经济制度生存和发展的激进理论。教育经济的新学说中影响较大的主要理论有三种：筛选假设理论、劳动力市场划分理论和社会化理论，它们并称为第二代人力资本理论。

164 劳动价值论

劳动价值论是关于商品价值由无差别的一般人类劳动，即抽象劳动所创造的理论。劳动决定价值这一思想最初由英国经济学家配第提出。亚当·斯密和大卫·李嘉图也对劳动价值论作出了巨大贡献。商品价值决定于体现和物化在商品中的社会必要劳动量的理论。价值是一个商品经济范畴。产品成为商品以交换为前提。交换就有个比率的问题。价值以这个比率，也就是以交换价值为其具体的表达形式。因此，价值的实质往往被模糊了。人们是在长期的历史过程中，逐渐认识价值和劳动的关系的。

165 刘易斯模式

刘易斯模式又称无限过剩劳动力发展模式或双元结构发展模式。一种从经济结构上探讨发展中国家经济发展的理论模式。由美国发展经济学家刘易斯于1954年、1955年先后发表的《劳动力无限

供给条件下的经济发展》和《经济增长理论》中创立。刘易斯从新古典学派的经济发展观点出发，认定发展中国家一般存在着双元经济结构，即国民经济具有两种性质不同的结构或部门。一个是仅能糊口、维持最低生活水平、以土著方法进行生产的“自给农业部门”，在农业部门中，存在着低到零甚至负数生产率的“过剩劳动力”；另一个是以现代化方法进行生产的“资本主义部门”，该部门中的劳动生产率远比农业部门要高。

166 收入效应

收入效应指由商品的价格变动所引起的实际收入水平变动，进而由实际收入水平变动所引起的商品需求量的变动。它表示消费者的效用水平发生变化。具体来说就是当你在购买一种商品时，如果该种商品的价格下降了，对于你来说，你的名义货币收入是固定不变的，但是价格下降后，你的实际购买力增强了，你就可以买更多的该种商品。这种实际货币收入的提高，会改变消费者对商品的购买量，从而达到更高的效用水平，这就是收入效应。

167 泰勒规则

泰勒（Taylor）规则是常用的简单货币政策规则之一，由泰勒于1993年针对美国的实际数据提出。泰勒规则描述了短期利率如何针对通胀率和产出变化调整的准则，其从形式上看来非常简单，但对后来的货币政策规则研究具有深远的影响。泰勒规则启发了货币政策的前瞻性。如果中央银行采用泰勒规则，货币政策的抉择实际上就具备了一种预承诺机制，从而可以解决货币政策决策的时间不一致问题。只有在利率完全市场化的国家才有条件采用泰勒规则。

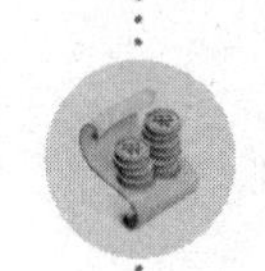

168 使用价值

使用价值（valueinuse），是一切商品都具有的共同属性之一。任何物品要想成为商品都必须具有可供人类使用的价值；反之，毫无使用价值的物品是不会成为商品的。使用价值是物品的自然属性。马克思主义政治经济学认为，使用价值是由具体劳动创造的，并且具有质的不可比较性。比如人们不能说橡胶和香蕉哪一个使用价值更多。使用价值是价值的物质基础，和价值一起，构成了商品二重性。

169 斯密定理

斯密定理（smiththeorem）的具体含义是，只有当对某一产品或者服务的需求随着市场范围的扩大增长到一定程度时，专业化的生产者才能实际出现和存在。随着市场范围的扩大，分工和专业化的程度不断提高。反过来，如果市场范围没有扩大到一定程度，即需求没有多到使专业生产者的剩余产品能够全部卖掉时，专业生产者不会实际存在。“通过分工促进经济增长”的论断即被称为“斯密定理”。概括来说，斯密定理就是市场规模限制劳动分工假说，斯密定理作为古典主流经济学的理论核心，并没有随着古典经济学理论体系的解体而消失，也并没有随着凯恩斯主义等形形色色新学派的出现而退出经济学舞台；相反，包括斯密定理在内的一些古典经济学理论仍然被现代经济学家广泛用来研究现代经济问题，得出了重要的理论成果，使一些古典经济学理论发出夺目的理论光彩。

170
锡克模式

计划性市场经济模式，亦称“锡克模式”，该模式是由前捷克斯洛伐克经济学家奥塔·锡克总结提出的。锡克认为社会主义经济运行中的微观平衡应由市场机制来解决，只有宏观经济平衡才应由政府制订有约束力的国民收入分配计划来实现。锡克提出的“计划与市场相结合”的模式的全部细节在他的著作《民主的社会主义经济》一书中展开。

171
交易费用理论

交易费用理论（transactioncosttheory）是整个现代产权理论大厦的基础。1937年，著名经济学家罗纳德·科斯（Ronald·Cosas）在《企业的性质》一文中首次提出交易费用理论。该理论认为，企业和市场是两种可以相互替代的资源配置机制，由于存在有限理性、机会主义、不确定性与小数目条件使得市场交易费用高昂，为节约交易费用，企业作为代替市场的新型交易形式应运而生。交易费用决定了企业的存在，企业采取不同的组织方式最终目的也是为了节约交易费用。

172
不平衡增长理论

不平衡增长理论是非均衡增长论的理论之一，是美国经济学家赫希曼1958年在《经济发展战略》一书提出的，核心内容包括三大部分，即“引致投资最大化”原理、“联系效应”理论和优先发展“进口替代工业”原则。不平衡增长理论主张发展中国家应有选择

地在某些部门进行投资，通过其外部经济使其他部门逐步得到发展的经济学说。赫希曼从主要稀缺资源应得到充分利用的认识出发，提出了不平衡增长。汉斯·辛格、金德伯格、罗斯托等人都主张这一理论。

173 不完全契约理论

不完全契约理论（incompletecontractingtheory/GHMmodel），即GHM模型，Grossman－Hart－Moore模型，GHM模型或称所有权–控制权模型，是由格罗斯曼和哈特（Grossman&Hart，1986年提出）、哈特和莫尔（Hart&Moore，1990年提出）等共同创立的，因而这一理论又被称为GHM理论或GHM模型，国内学者一般把他们的理论称之为“不完全合约理论”或不完全契约理论，因为该理论是基于如下分析框架：以合约的不完全性为研究起点，以财产权或（剩余）控制权的最佳配置为研究目的。是分析企业理论和公司治理结构中控制权的配置对激励和对信息获得的影响的最重要分析工具。GHM模型直接承继科斯、威廉姆森等开创的交易费用理论，并对其进行了批判性发展。其中，1986年的模型主要解决资产一体化问题，1990年的模型发展成为一个资产所有权一般模型。

174 世界体系理论

世界体系理论（The Theory of World System），伊曼纽尔·沃勒斯坦（Immanuel Wallerstein）认为，“世界体系是一个社会体系，它具有范围、结构、成员集团、合理规则和凝聚力”。并进一步分析，迄今为止只存在过两种不同的世界体系：一种是世界帝国，在这些世界帝国中，存在一个控制大片地域的单一政治体系，不论其

有效控制程度减弱到什么程度；而在另一类体系中，在其所有的，或几乎所有的空间不存在这样的单一政治体系。为了方便也是由于没有更合适的术语，人们用“世界经济体”描述后者。

175 产业竞争力理论

产业竞争力理论（Industrial Competitiveness）也称国家竞争优势理论。这是竞争战略和国际竞争力领域的国际权威之一，是哈佛商学院著名学者迈克尔·波特教授提出的。他在《国家竞争优势》一书中提出了全球竞争的基本原则：要问的不再是为什么某个国家有竞争力，而是为什么某个国家在某个产业特别具有竞争力，进而提出国家竞争优势的“钻石理论”。

176 三元悖论

三元悖论，也称三难选择，它是由美国经济学家保罗·克鲁格曼就开放经济下的政策选择问题所提出的，其含义是：本国货币政策的独立性，汇率的稳定性，资本的完全流动性不能同时实现，最多只能同时满足两个目标，而放弃另外一个目标。

177 破窗理论

“破窗理论”，也称“破窗谬论”，源于一个叫黑兹利特的学者在一本小册子中的一个比喻（也有人认为这一理论是法国19世纪经济学家巴斯夏作为批评的靶子而总结出来的，见其著名文章《看得见的与看不见的》）。黑兹利特说，假如小孩打破了窗户，必将导致破窗人更换玻璃，这样就会使安装玻璃的人和生产玻璃的人开工，从而推动社会就业。在这里，学者是为了说明孩童的行为与政府的行为所能产生的后果，从而彻底地否定凯恩斯主义的政府干预政策。“破窗理论”就是典型的“破坏创造财富”。把这样的谬论放之于洪灾，放之于地震，放之于战争，好像都很合适。

178 规模效应

经济学中的规模效应是根据边际成本递减推导出来的，就是说企业的成本包括固定成本和变动成本，混合成本则可以分解为这两种成本，在生产规模扩大后，变动成本同比例增加而固定成本不增加，所以单位产品成本就会下降，企业的销售利润率就会上升。

规模效应因此又称规模经济，即因规模增大带来的经济效益提高，但是规模过大可能产生信息传递速度慢且造成信息失真、管理官僚化等弊端，反而产生“规模不经济”。

179 品牌效应

品牌效应，顾名思义，是由品牌为企业带来的效应，它是商业社会中企业价值的延续，在当前品牌先导的商业模式中，品牌意味着商品定位、经营模式、消费族群和利润回报。树立企业品牌需要企业拥有很强的资源统合能力，将企业本质的一面通过品牌展示给世人。树立的方法：广告、公关、日常行销、售后售前服务都对品牌树立有直接影响。品牌效应是品牌在产品上的使用，为品牌的使用者所带来的效益和影响，是品牌使用的作用。品牌是商品经济发展到一定阶段的产物，最初的品牌使用是为了使产品便于识别，品

牌迅速发展起来，是在近代和现代商品经济的高度发达的条件下产生，其得以迅速发展即在于品牌使用给商品的生产者带来了巨大的经济效益和社会效益。品牌效应正是在这种背景下受到世界各国企业重视的。

180
金融发展理论

金融发展理论是随着发展经济学的产生而产生的，但在发展经济学的第一阶段（20世纪40年代末到60年代初期），西方发展经济学家并没有对金融问题进行专门研究，因为此阶段结构主义发展思路处于主导地位，在唯计划、唯资本和唯工业化思想的指导下，金融因成为工业化、计划化和资本积累的工具而处于附属和被支配地位，其发展被忽视。金融发展理论，主要研究的是金融发展与经济增长关系的关系，即研究金融体系（包括金融中介和金融市场）在经济发展中所发挥的作用，研究如何建立有效的金融体系和金融政策组合以最大限度地促进经济增长及如何合理利用金融资源以实现金融的可持续发展并最终实现经济的可持续发展。

181
机会成本

“天下没有白吃的午餐。”为了得到一件东西，通常不得不放弃另一件东西。作出决策要求我们在一个目标与另一个目标之间有所取舍。

学生面临如何分配学习时间的交替，父母在购物、旅游和储蓄间面临交替，社会面临效率与平等的交替。

效率：社会能从其稀缺资源中得到最多东西的特性。

平等：经济成果在社会成员中公平分配的特性。

182
市场经济

在一个市场经济中，中央计划者的决策被千百万企业和家庭的决策所取代。这些企业和家庭在市场上相互交易，价格和个人利益引导着他们的决策，他们仿佛被一只“看不见的手”所指引，引起了合意的市场结果。

价格指引这些个别决策者在大多数情况下实现了整个社会福利最大化的结果。

当许多企业和家庭在物品与劳务市场上相互交易时通过他们的分散决策配置资源的经济。

183
政府干预

政府干预经济的原因有两类：促进效率和促进平等。经济学家用市场失灵这个词来指市场本身不能有效配置资源的情况。

市场失灵的一个可能原因是外部性。污染的例子：如果一家化工厂不承担排放烟尘的全部成本，它就会大量排放。

另一个可能原因是市场势力。假设镇里只有一口井，这口井的所有者对水的销售就有市场势力。政府有时可以改善市场结果并不意味着它总能这样。

市场失灵：市场本身不能有效配置资源的情况。外部性：一个人的行动对旁观者福利的影响。市场势力：一个经济活动者对市场价格有显著影响的能力。

184 生产率

一个工人一小时所生产的物品与劳务量。一国的生活水平取决于它生产物品与劳务的能力用什么来解释各国和不同时期中生活水平的巨大差别呢？答案之简单出人意料。几乎所有生活水平的变动都可以归因于各国生产率的差别：一个工人一小时所生产的物品与劳务量的差别。同样，一国的生产率增长率决定了平均收入增长率。

Chapter 6

不可不知的投资常识

当下，经济增长、通货膨胀、金融危机已经成为热门话题，大家都懂得一个道理，赚得多并不一定会成为富人，如何让自己的财富保值增值才是硬道理。其实，经济学就是关于钱的学问，懂了经济学，你才能知晓如何去投资。本章就让我们从最基本的投资常识开始，揭开财富的面纱，看看究竟怎样才能让你的财富在通货膨胀中避免缩水，让你稳稳地站在富人的队列中。

185
股票

股票是一种由股份有限公司签发的用以证明股东所持股份的凭证，它表明股票的持有者对股份公司的部分资本拥有所有权。由于股票包含有经济利益，且可以上市流通转让，股票也是一种有价证券。

股票的用途有三点。其一是作为一种出资证明，当一个自然人或法人向股份有限公司参股投资时，便可获得股票作为出资的凭据；其二是股票的持有者可凭借股票来证明自己的股东身份，参加股份公司的股东大会，对股份公司的经营发表意见；其三是股票持有人凭借着股票可获得一定的经济利益，参加股份公司的利润分配，也就是通常所说的分红。

186
长期投资

是指不满足短期投资条件的投资，即不准备在一年或长于一年的经营周期之内转变为现金的投资。企业管理层取得长期投资的目的在于持有而不在于出售，这是与短期投资的一个重要区别。

187
基金

现在投资者关注最多的基金就是证券投资基金。证券投资基金是一种间接的证券投资方式。基金管理公司通过发行基金单位，集

中投资者的资金，由基金托管人（即具有资格的银行）托管，由基金管理人管理和运用资金，从事股票、债券等金融工具投资，然后分享收益，共担投资风险。根据基金单位是否可增加或赎回，可分为开放式基金和封闭式基金。

188 股指期货

全称为“股票指数期货”，是以股价指数为依据的期货，是买卖双方根据事先的约定，同意在未来某一个特定的时间按照双方事先约定的股价进行股票指数交易的一种标准化协议。国内即将推出以沪深300指数为标的股指期货。

189 风险投资

风险投资正确的解释其实是创业投资！是对高成长创业企业提供资本支持的投资行为！典型的风险投资要承担放弃一定的公司所有权及管理控制权。但风险投资者通常希望在退出时获得每年20%～50%的投资回报。在美国，典型的单项投资额一般在50万至500万美元之间。风险投资采用专业机构进行资本管理！

190 联邦基金利率

这是由美联储公开市场委员会所设定的利率，是美联储的存托银行向另一家存托银行借出短期贷款的利率。美联储通过提高利率来抑制借款，减缓经济并且降低通胀风险。通过降低利率来鼓励借款，使得货币充裕来刺激经济发展。

191
承销

为公司发行股票作承销人，这样的集团公司可能来自一个财团，实行风险共担，确保股票成功发行。股票承销有两种组织形式：最佳效果型和严格承诺型。第一种类型，承销人有购买股票的选择权，并有权决定是否出售股票，如果不成功，可以取消发行并放弃一切费用。这种组织形式在投机性强的股票和新公司发行中应用较多。对后一种类型，承销人要买入发行者要发行的全部股票。

192
投资银行

投资银行相当于股票承销人或代理商，作为股票发行者和投资者之间的媒介。投资银行家通过再次发行或协调处理前期发行的股票的分配，维持已经发行股票的市场，或为公司私募寻找买家。

193
私募

指向小规模数量的投资者（通常35个以下）出售股票，此方式可以免除如在美国证券交易委员会（SEC）的注册程序。投资者要签署一份投资书声明，购买目的是投资而不是为了再次出售。

194
牛市

所谓“牛市”，也称多头市场，指证券市场行情普遍看涨，延续时间较长的大升市。此处的证券市场，泛指常见的股票、债券、期货、外汇、可转让定存单、衍生性金融商品及其他各种证券。

多头是指投资者对股市看好，预计股价将会看涨，于是趁低价时买进股票，待股票上涨至某一价位时再卖出，以获取差额收益。一般来说，人们通常把股价长期保持上涨势头的股票市场称为多头市场。多头市场股价变化的主要特征是一连串的大涨小跌。

195 熊市

所谓“熊市”，也称空头市场，指行情普遍看淡，延续时间相对较长的大跌市。一般来说，熊市经历的时间要比牛市短，大约只占牛市的三分之一至二分之一。不过每个熊市的具体时间都不尽相同，因市场和经济环境的差异会有较大的区别。

空头是投资者和股票商认为现时股价虽然较高，但对股市前景看坏，预计股价将会下跌，于是把手中的股票及时卖出，待股价跌至某一价位时再买进，以获取差额收益。采用这种先卖出后买进、从中赚取差价的交易方式称为空头。人们通常把股价长期呈下跌趋势的股票市场称为空头市场，空头市场股价变化的特征是一连串的大跌小涨。

196 外汇

广义的外汇是指能够进行国际支付的货币。狭义的外汇指的是以外国货币表示的，为各国普遍接受的，可用于国际间债权债务结算的各种支付手段。它必须具备三个特点：可支付性（必须以外国货币表示的资产）、可获得性（必须是在国外能够得到补偿的债权）和可换性（必须是可以自由兑换为其他支付手段的外币资产）。

197
外汇汇率

又称汇价，是指两个国家货币间的比价，通常用两种货币间的比率来表示。如欧元兑美元的汇率表示为：EUR/USD=1.5940，表示1欧元=1.5940美元。随着每个国家经济政治等方面的变化，某国的货币在国际金融市场会出现相对贬值或增值，外汇汇率也随之变化，我们做外汇交易就是根据外汇汇率的变化而赢取差额利润。

198
产业投资

产业投资是指一种对企业进行股权投资和提供经营管理服务的利益共享、风险共担的投资方式。产业投资不同于银行贷款，产业投资是为企业提供股权投资，能够量化投资项目，帮助企业实现股权和资产结构优化。因此产业投资机构要求参与管理，协助企业制订中长期发展战略及营销战略规划，评估投资和经营计划的时间进度，销售和财务预测的合理性等一系列方案。这一切作为，促使产业投资者在投资领域不得不做到“长袖善舞”，而这一点，对于处置不良资产尤为重要。如对于创业投资来讲，产业投资关注成长速度高于GDP增长速度的行业，能够快速发展且有着超额利润。

199
标准差

标准差是一种表示分散程度的统计观念。标准差已广泛运用在股票以及共同基金投资风险的衡量上，主要是根据基金净值于一段时间内波动的情况计算而来的。一般而言，标准差愈大，表示净值

的涨跌愈剧烈，风险程度也愈大。实务的运作上，可进一步运用单位风险报酬率的概念，同时将报酬率的风险因素考虑在内。所谓单位风险报酬率是指衡量投资人每承担一单位的风险，所能得到的报酬，以夏普指数最常为投资人运用。

200
产业投资基金

产业投资基金是一大类概念，国外通常称为风险投资基金和私募股权投资基金，一般是指向具有高增长潜力的未上市企业进行股权或准股权投资，并参与被投资企业的经营管理，以期所投资企业发育成熟后通过股权转让实现资本增值。根据目标企业所处阶段不同，可以将产业基金分为种子期或早期基金、成长期基金、重组基金等。产业基金涉及多个当事人，具体包括基金股东、基金管理人、基金托管人以及会计师、律师等中介服务机构，其中基金管理人是负责基金的具体投资操作和日常管理的机构。

201
分散风险

在证券投资上，是指将资金分配在多种资产上，而这些资产的回报率相互之间的关联性比较低，以达分散风险的目的。这样做既可以降低风险，又不会损及收益。近年来推出的各种银行、理财和基金系统的QDII产品为中国投资者提供了投资全球、分散风险和资产配置的更多选择。同美国市场的走向关联度最高的是加拿大，但也只有73%。而同中国内地A股市场关系较为密切的香港股票市场同美国股票市场在这10年间的关联度只有51%。这就进一步说明，通过QDII产品将资产的一部分投资于海外市场仍然能够提供有效的风险分散。

202
公司型基金

指基金本身为一家股份有限公司，公司通过发行股票或受益凭证的方式来筹集资金。投资者购买了该家公司的股票，就成为该公司的股东，凭股票领取股息或红利、分享投资所获得的收益。公司型基金在法律上是具有独立“法人”地位的股份投资公司。公司型基金依据基金公司章程设立，基金投资者是基金公司的股东，享有股东权，按所持有的股份承担有限责任、分享投资收益。基金公司设有董事会，代表投资者的利益行使职权。公司型基金在形式上类似于一般股份公司，但不同于一般股份公司的是，它委托基金管理公司作为专业的财务顾问或管理公司来经营与管理基金资产。

203
避险基金

避险基金（也称对冲基金），并不是单指某一种基金，避险基金之下其实还可以根据投资报酬投资风险与净值波动程度等三个因素，细分成多种不同类型的避险基金。避险基金一定不会用你我都知道的懒人投资法进行，因为这种投资方式的目的，不是着眼在短期内累积可观的报酬；避险基金也不会用打游击战的方式分散投资标的，因为这样很容易让抓到大好机会的基金经理人少赚好几笔。不同类型的避险基金，会利用不同的聪明赚钱法来达到低风险高报酬的投资目标。

204
场内基金

场内就是股票市场，也就是大家说的二级市场。场外就理解成为股票交易市场外，就是银行、证券公司的代销，基金公司的直销

方式，也就是熟悉的开放式基金销售渠道。封闭式基金，ETF基金只能在场内购买（对大投资者，ETF可以在“一级”市场购买），也就是只能在股票市场购买。其他开放式基金可以在场外购买，就是大家都熟知的方式，其中LOF基金可以在场内购买。目前共有5只以沪深两市指数为标的的ETF，它们分别以上证50、上证180、小板指数、红利指数、深证100指数为标的。投资者既可以在二级市场买卖ETF份额，又可以向基金管理公司申购、赎回ETF份额，不过申购赎回必须以组合证券（或有少量现金）换取基金份额或者以基金份额换回组合证券（或有少量现金）。

205 非交易过户

基金的非交易过户是指在继承、赠与、破产支付等非交易原因情况下发生的基金单位所有权转移的行为。非交易过户也需到基金的销售机构办理。

（1）继承是指基金持有人死亡，其持有的基金单位由其合法的继承人继承。

（2）捐赠仅指基金持有人将其合法持有的基金单位捐赠给福利性质的基金会或社会团体。

（3）司法强制执行是指司法机构依据生效司法文书将基金持有人持有的基金单位强制判决划转给其他自然人、法人、社会团体或其他组织。

206 公募基金

公募基金是受政府主管部门监管的，向不特定投资者公开发行受益凭证的证券投资基金，这些基金在法律的严格监管下，有着信

息披露、利润分配、运行限制等行业规范。例如目前国内证券市场上的封闭式基金属于公募基金。公募基金和私募基金各有千秋，它们的健康发展对金融市场的发展都有至关重要的意义。然而目前得到法律认可的只有公募基金，市场的需要远远得不到满足。

207 私募基金

所谓私募基金，是指通过非公开方式，面向少数投资者募集资金而设立的基金。由于私募基金的销售和赎回都是通过基金管理人与投资者私下协商来进行的，因此它又被称为向特定对象募集的基金。

208 全部资金

用来为生产管理中所需购买生产线、收购其他业务所提供的资金。它可以处于公司发展中的任何阶段，资金的来源可以是任何上市公司或私人的企业。

209 种子投资

为希望在6个月到1年的期间内公开上市的公司进行融资，以支付上市准备期间所发生的费用。通常融资是由机构组织进行的，以便将来可以从公开发行的承销过程中获得收益回报。

210
股权

股权是所有者对公司兴趣所在，是以投资者所拥有的股票数目来体现。股权是指股份制企业投资者的法定所有权，以及由此而产生的投资者对企业拥有的各项权利。包括自益权和共益权。从经济学角度看，股权是产权的一部分，即财产的所有权，而不包括法人财产权。从会计学角度看，二者本质是相同的，都体现财产的所有权；但从量的角度看可能不同，产权指所有者的权益，股权则指资本金或实收资本。

211
成长型基金

根据投资风险与收益的不同，投资基金可分为成长型投资基金、收益型投资基金和平衡型投资基金。成长型基金以资本长期增值为投资目标，其投资对象主要是市场中有较大升值潜力的小公司股票和一些新兴行业的股票。为达成最大限度的增值目标，成长型基金通常很少分红，而是经常将投资所得的股息、红利和盈利进行再投资，以实现资本增值。成长型基金主要以股票作为投资主要标的。成长型股票基金是基金市场的主流品种。根据对股票型基金评级体系，成长型基金是与价值型基金相对而设立的，在定义成长型基金时，主要是根据基金所持有的股票特性进行划分的。成长型基金所持有的股票一般具有较高的业绩增长纪录，同时也具有较高的市盈率与市净率等特性。

212
收入型投资基金

收入型基金主要投资于可带来现金收入的有价证券，以获取当期的最大收入为目的。收入型基金资产成长的潜力较小，损失本

金的风险相对也较低，一般可分为固定收入型基金和股票收入型基金。固定收入型基金的主要投资对象是债券和优先股，因而尽管收益率较高，但长期成长的潜力很小，而且当市场利率波动时，基金净值容易受到影响。股票收入型基金的成长潜力比较大，但易受股市波动的影响。

213
平衡型投资基金

平衡型基金将资产分别投资于两种不同特性的证券上，并在以取得收入为目的的债券及优先股和以资本增值为目的的普通股之间进行平衡。这种基金一般将25%～50%的资产投资于债券及优先股，其余的投资于普通股。平衡型基金的主要目的是从其投资组合的债券中得到适当的利息收益，与此同时又可以获得普通股的升值收益。投资者既可获得当期收入，又可得到资金的长期增值，通常是把资金分散投资于股票和债券。平衡型基金的特点是风险比较低，缺点是成长的潜力不大。

214
货币市场基金

货币市场基金（MoneyMarketFund，简称MMF）是指投资于货币市场上短期（一年以内，平均期限120天）有价证券的一种投资基金。该基金资产主要投资于短期货币工具如国库券、商业票据、银行定期存单、政府短期债券、企业债券等短期有价证券。货币基金只有一种分红方式——红利转投资。货币市场基金每份单位始终保持在1元，超过1元后的收益会按时自动转化为基金份额，拥有多少基金份额即拥有多少资产。而其他开放式基金是份额固定不变，单位净值累加的，投资者只能依靠基金每年的分红来实现收益。

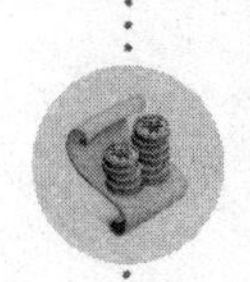

215
指数基金

指数基金是20世纪70年代以来出现的新的基金品种。为了使投资者能获取与市场平均收益相接近的投资回报，产生了一种功能上近似或等于所编制的某种证券市场价格指数的基金。其特点是：它的投资组合等同于市场价格指数的权数比例，收益随着当期的价格指数上下波动。当价格指数上升时基金收益增加，反之收益减少。基金因始终保持当期的市场平均收益水平，因而收益不会太高，也不会太低。指数基金的优势是：第一，费用低廉，指数基金的管理费较低，尤其交易费用较低。第二，风险较小。由于指数基金的投资非常分散，可以完全消除投资组合的非系统风险，而且可以避免由于基金持股集中带来的流动性风险。第三，以机构投资者为主的市场中，指数基金可获得市场平均收益率，可以为股票投资者提供更好的投资回报。第四，指数基金可以作为避险套利的工具。对于投资者尤其是机构投资者来说，指数基金是他们避险套利的重要工具。指数基金由于其收益率的稳定性和投资的分散性，特别适用于社保基金等数额较大、风险承受能力较低的资金投资。

216
国际基金

它是基金资本来源于国内但投资于境外金融市场的投资基金。由于各国经济和金融市场发展的不平衡性，因而在不同国家会有不同的投资回报，通过国际基金的跨国投资，可以为本国资本带来更多的投资机会以及在更大范围内分散投资风险，但国际基金的投资成本和费用一般也较高。国际基金有国际股票基金、国际债券基金和全球商品基金等种类。

217
离岸基金

它是基金资本从国外筹集并投资于国外金融市场的基金。离岸基金的特点是两头在外。离岸基金的资产注册登记不在母国，为了吸引全球投资者的资金，离岸基金一般都在素有“避税天堂”之称的地方注册，如卢森堡、开曼群岛、百慕大等，因为这些国家和地区对个人投资的资本利得、利息和股息收入都不收税。

218
海外基金

它是基金资本从国外筹集并投资于国内金融市场的基金。利用海外基金通过发行受益凭证，把筹集到的资金交由指定的投资机构集中投资于特定国家的股票和债券，把所得收益作为再投资或作为红利分配给投资者，它所发行的受益凭证则在国际著名的证券市场挂牌上市。海外基金已成为发展中国家利用外资的一种较为理想的形式，一些资本市场没有对外开放或实行严格外汇管制的国家可以利用海外基金。

219
基金拆分

基金拆分，又称拆分基金，是指在保持基金投资人资产总值不变的前提下，改变基金份额净值和基金总份额的对应关系，重新计算基金资产的一种方式。

220
直接投资

直接投资是指投资者将货币资金直接投入投资项目，形成实物资产或者购买现有企业的投资，通过直接投资，投资者便可以拥有全部或一定数量的企业资产及经营的所有权，直接进行或参与投资的经验管理。直接投资包括对现金、厂房、机械设备、交通工具、通讯、土地或土地使用权等各种有形资产的投资和对专利、商标、咨询服务等无形资产的投资。其主要形式有：①投资者开办独资企业，直接开店等，并独自经营；②与当地企业合作开办合资企业或合作企业，从而取得各种直接经营企业的权利，并派人员进行管理或参与管理；③投资者参加资本，不参与经营，必要时可派人员任顾问或指导；④投资者在股票市场上买入现有企业一定数量的股票，通过股权获得全部或相当部分的经营权，从而达到收买该企业的目的。

221
间接投资

间接投资是指投资者以其资本购买公司债券、金融债券或公司股票等各种有价证券，以预期获取一定收益的投资，由于其投资形式主要是购买各种各样的有价证券，因此也被称为证券投资。与直接投资相比，间接投资的投资者除股票投资外，一般只享有定期获得一定收益的权利，而无权干预被投资对象对这部分投资的具体运用及其经营管理决策；间接投资的资本运用比较灵活，可以随时调用或转卖，更换其他资产，谋求更大的收益；可以减少因政治经济形势变化而承担的投资损失的风险；也可以作为中央银行为平衡银根松紧而采取公开市场业务时收买或抛售的筹码。

222 分红保险

分红保险是指保险公司将其实际经营成果优于定价假设的盈余，按一定比例向保单持有人进行分配的人寿保险新产品。分红保险是世界各国寿险公司规避利率风险，保证自身稳健经营的有效手段。相对于传统保障型的寿险保单，分红保单向保单持有人提供的是非保障的保险利益，红利的分配还会影响保险公司的负债水平、投资策略以及偿付能力。

223 意外伤害保险

意外伤害险，是指被保险人由于意外原因造成身体伤害或导致残废、死亡时，按照约定给付保险金的人身保险，通常包括丧失工作能力、丧失手足或失明、因伤致死及医疗费用等给付。

伤害必须是人体的伤害，人工装置以代替人体功能的假肢、假眼、假牙等，不是人身天然躯体的组成部分，不能作为保险对象。

伤害必须是意外事故所致，是指外来的剧烈的偶然发生的事故。只有同时具备“外来”、“剧烈”、“偶然”三个条件，才能构成该合同的保险事故。

224 医疗保险

医疗保险是指被保险人在保险有效期间，因疾病所导致的各种医疗费用，或因疾病所致残废或死亡，保险公司依照合同的规定，给付赔偿的一种保险。

人吃五谷杂粮，受到风吹日晒，难免就会生病，大大小小的疾病让人痛苦不堪不说，还要支付巨额的费用，不是每个家庭都有那么多钱可以临时拿出来的。有医疗保险作为后盾，一切生活都可以安心许多。

225 养老保险

养老保险，说白了就是在你到法定退休年龄后可以领到退休金的保险。为解决劳动者在达到国家规定的解除劳动义务的劳动年龄界限，或因年老丧失劳动能力退出劳动岗位后的基本生活而建立的一种社会保险制度。据预测，我国到2035年，60岁以上的人口将接近4亿，占那时总人口的27.5%。到那时，一对夫妻将要供养8个老人。因此，养老保险必须引起大家的重视。

一般来说，当你和公司签订合同的时候，都要给你购买养老保险，这是法律性的东西。人不可能永远不退休，当你退休在家的时候，只有靠养老保险才能经受得住家庭的生活突变。

226 失业保险

失业保险是职工在暂时失去工作或转换职业期间，没有经济收入，生活发生困难时，由政府提供物质帮助的一项社会福利制度。政府建立失业保险基金，并以税收优惠的形式负担部分费用，职工和用人单位按工资收入的不同比例，按月向社会保险经办机构缴费，职工失业后，可持有关证明，向当地劳动就业机构申请领取政府的失业救济金。

失业、下岗，这些词在今天已经不再陌生了，2003年我国失业人数约有800万。大学生毕业就意味着失业的事情也不是怪事了。因此，在这样的现实中，有一份失业保险作为后备，就有了基本的生活保障。

227 投资型保险

投资型保险兼具投资理财和保险保障的双重功效，既能满足居民资产保值增值的需求，又能为居民的家庭财产和人身提供保障，因此受到青睐。不过，如何选择投资型保险确有讲究。

投资型保险有投资联结险、分红保险、万能险等。

投资联结险在投资回报上，主要与保险公司的投资收益或经营业绩有关。保险公司资金运作得好，经营效率高，投保人就能获得较好的收益。也就是说，保险公司与投保人利益均享，风险共担。平安世纪理财、新华人寿的“创世之约”个人终身寿险、光大永明人寿等都属于投资联结保险。

分红保险在养老和储蓄方面是个很好的选择。它集保险和投资功能于一体，基本上按期返还，甚至还会有分红。平安“千禧红”、“鸿利”属于分红保险，泰康人寿的“世纪长乐”属于终身分红保险。

万能保险与其他投资型保险不同，其投资金额只是保户所交保费的一部分。保险公司要在保费扣除各种费用后（如保单管理费、贷款账户管理费、附加险保险费，有的公司还要收取部分领取手续费和退保手续费），再拿剩下的钱进行投资。

228 银行理财产品

银行理财产品也是重要一项，由银行代理理财。银行理财产品也是人们进行日常投资的一个主要投向。与股票和基金相比，银行理财产品具有门槛高和流动性略差的特点。在选取理财产品时，要兼顾到自己的投资偏好和理财需求，同时也要适当地考虑到市场这个外在因素对理财产品“潮流”所带来的影响。

229 无记名式国债

无记名式国债是一种票面上不记载债权人姓名或单位名称的债券，通常以实物券形式出现，又称实物券或国库券。券面上印有中华人民共和国国库券字样，通常面额有100元、500元、1000元等券种，背面印有中华人民共和国财政部印章，并印有防伪识别符号。我国从建国起，20世纪50年代发行的国债和从1981年起发行的国债主要是无记名式国库券。无记名式国库券的一般特点是：不记名、不挂失，可以上市流通。由于不记名、不挂失，其持有的安全性不如凭证式和记账式国库券，但购买手续简便。由于可上市转让，流通性较强。上市转让价格随二级市场的供求状况而定，当市场因素发生变动时，其价格会产生较大波动，因此具有获取较大利润的机会，同时也伴随着一定的风险。一般来说，无记名式国库券更适合金融机构和投资意识较强的购买者。

230 凭证式国债

凭证式国债是指国家采取不印刷实物券，而用填制国库券收款凭证的方式发行的国债。我国从1994年开始发行凭证式国债。凭证式国债具有类似储蓄、又优于储蓄的特点，通常被称为储蓄式国债，是以储蓄为目的的个人投资者理想的投资方式。

与储蓄相比，凭证式国债的主要特点是安全、方便、收益适中。

（1）国债发售网点多，购买和兑取方便、手续简便。

（2）可以记名挂失，持有的安全性较好。

（3）利率比银行同期存款利率高1～2个百分点（但低于无记名式和记账式国债），提前兑取时按持有时间采取累进利率计息。

（4）凭证式国债虽不能上市交易，但可提前兑取，变现灵活，地点就近，投资者如遇特殊需要，可以随时到原购买点兑取现金。

（5）利息风险小，提前兑取按持有期限长短、取相应档次利率计息，各档次利率均高于或等于银行同期存款利率，没有定期储蓄存款提前支取只能按活期计息的风险。

（6）没有市场风险。凭证式国债不能上市，提前兑取时的价格（本金和利息）不随市场利率的变动而变动，可以避免市场价格风险。购买凭证式国债不失为一种既安全、又灵活、收益适中的理想的投资方式，是集国债和储蓄的优点于一体的投资品种。凭证式国债可就近到银行各储蓄网点购买。

231
记账式国债

记账式国债又称无纸化国债，它是指将投资者持有的国债登记于证券账户中，投资者仅取得收据或对账单以证实其所有权的一种国债。我国从1994年推出记账式国债这一品种。记账式国债的券面特点是国债无纸化，投资者购买时并没有得到纸券或凭证，而是在其债券账户上记上一笔。其一般特点是：①以无券形式发行可以防止证券的遗失、被窃与伪造，安全性好；②可上市转让，流通性好；③期限有长有短，但更适合短期国债的发行；④记账式国债通过交易所电脑网络发行，从而可降低证券的发行成本；⑤上市后价格随行就市，有获取较大收益的可能，但同时也伴随有一定的风险。

可见，记账式国债具有成本低、收益好、安全性好、流通性强的特点。

232
零息国债

是指国债到期时和本金一起一次性付息，利随本清，也可称为到期付息债券。付息特点之一是利息一次性支付，其二是国债到期时支付。我国发行的无记名国债一般属于零息国债。零息国债有确定的票面利率，利息额根据面值、利率和偿还期限计算，计算公式是：利息＝面额×票面利率×期限。

233
附息国债

是指票券上附有息票、按每年（或者每半年、每季度）在规定的日子剪息票分期付息的国债。无记名式附息国债附有息票，凭剪息票每年（半年或季）领息；记账式无纸化附息国债无息票，可凭证券账户在分期付息的付息日期内领取利息。附息国债也有规定的票面利率，每次的利息额（以按年取息为例）等于面值与票面利率的乘积。

年利息＝本金×利率到期利息＝年利息×期限

需要指出的是，附息国债每期利息是按年利率的单利计息方法计算，由于分期所得利息用于再投资能获取再投资收益，所以附息国债在全部偿还期间从性质上相当于按复利计息的债券，因此其票面利率与相同期限的零息国债相比要低些。国外大部分中长期债券采取附息债券的形式。附息国债因分期获取的利息收入可存入银行或购买债券等进行再投资，在国债偿还期限内看相当于复利性质的国债。附息国债满足那些依靠一定的资本定期取得收入的投资者的需求，丰富了国债市场的品种。1996年推出10年期和7年期的记账附息国债。

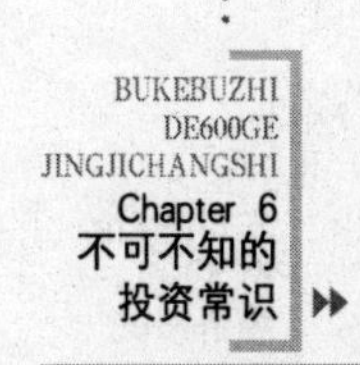

234
贴现国债

又称贴息发行国债，是指券面上不含利息或不附有息票、以贴现方式发行的国债。贴现国债发行价格与票面额的差额即为所得利息。贴现国债票面上不规定利率，其发行价低于票面额，到期按票面额偿还。不过其利率可根据每百元面值贴现国债的发行价和贴现国债的期限计算出来，计算公式是：利率＝［（面值－发行价）÷（发行价×期限）］×100%。

从利息支付方式来看，贴现国债以低于面额的价格发行，可以看做是利息预付。因而又可称为利息预付债券。贴现国债一般期限较短，我国1996年推出贴现国债品种。根据财政部1997年规定，期限在一年以内（不含一年）以贴现方式发行的国债归入贴现国债类别，期限在一年以上以贴现方式发行的国债归入零息国债的类别。

235
固定利率债券

固定利率债券指在发行时规定利率在整个偿还期内不变的债券，与之相对的是浮动利率债券。固定利率债券不考虑市场变化因素，因而其筹资成本和投资收益可以事先预计，不确定性较小，但债券发行人和投资者仍然必须承担市场利率波动的风险，如果未来市场利率下降，发行人能以更低的利率发行新债券，则原来发行的债券成本就显得相对高昂，而投资者则获得了相对现行市场利率更高的报酬，原来发行的债券价格将上升；反之，如果未来市场利率上升，新发行债券的成本增大，则原来发行的债券成本就显得相对较低，而投资者的报酬则低于购买新债券的收益，原来发行的债券价格将下降。

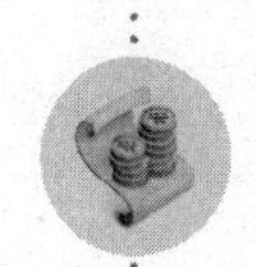

236 浮动利率债券

浮动利率债券是与固定利率债券相对应的一种债券，它是指发行时规定债券利率随市场利率定期浮动的债券，也就是说，债券利率在偿还期内可以进行变动和调整。浮动利率债券往往是中长期债券。浮动利率债券的利率通常根据市场基准利率加上一定的利差来确定。美国浮动利率债券的利率水平主要参照3个月期限的国债利率，欧洲则主要参照伦敦同业拆借利率（指设在伦敦的银行相互之间短期贷款的利率，该利率被认为是伦敦金融市场利率的基准）。浮动利率债券的种类较多，如规定有利率浮动上、下限的浮动利率债券，规定利率到达指定水平时可以自动转换成固定利率债券的浮动利率债券，附有选择权的浮动利率债券，以及在偿还期的一段时间内实行固定利率，另一段时间内实行浮动利率的混合利率债券等。

237 可转换公司债券

可转换公司债券是一种被赋予了股票转换权的公司债券，也称可转换债券。发行公司事先规定债权人可以选择有利时机，按发行时规定的条件把其债券转换成发行公司的等值股票（普通股票）。可转换公司债是一种混合型的债券形式。当投资者不太清楚发行公司的发展潜力及前景时，可先投资于这种债券。待发行公司经营业绩显著，经营前景乐观，其股票行情看涨时，则可将债券转换为股票，以受益于公司的发展。可转换债券对于投资者来说，是多了一种投资选择机会。因此，即使可转换债券的收益比一般债券收益低些，但在投资机会选择的权衡中，这种债券仍然受到投资者的欢迎。可转换公司债券在国外债券市场上颇为盛行。这种公司债券最早出现在英国，目前美国公司也多发行这种公司债券。日本于

1938年“商法”改正后一些公司开始发行这种债券。由于可转换债券具有可转换成股票这一优越条件，因而其发行利率较之普通债券为低。可转换公司债券在发行时预先规定有三个基本转换条件，这三个转换条件是：①转换价格或转换比率；②转换时发行的股票内容；③请求转换期间。可转换债券持有人行使转换权利时，须按这三个基本转换条件进行。

238
利率风险

利率是影响债券价格的重要因素之一，当利率提高时，债券的价格就降低，此时便存在风险。如：某人于1996年按面值购进国库券10000元，年利率10%，三年期。购进后一年，市场利率上升12%。国库券到期值=10000×（1+10%×3）=13000（元），一年后国库券现值=13000÷｛（1+12%）×（1+12%）｝=10364（元），10000元存入银行本利和=10000×（1+12%）=11200（元），损失=11200−10364=836（元），并且债券期限越长，利率风险越大。

规避方法：应采取的防范措施是分散债券的期限，长短期配合。如果利率上升，短期投资可以迅速的找到高收益投资机会；若利率下降，长期债券却能保持高收益。总之一句老话：不要把所有的鸡蛋放在同一个篮子里。

239
购买力风险

购买力风险，是指由于通货膨胀而使货币购买力下降的风险。通货膨胀期间，投资者实际利率应该是票面利率扣除通货膨胀率。若债券利率为10%，通货膨胀率为8%，则实际的收益率只有2%，购买力风险是债券投资中最常出现的一种风险。

规避方法：对于购买力风险，最好的规避方法就是分散投资，以分散风险，使购买力下降带来的风险能为某些收益较高的投资收益所弥补。通常采用的方法是将一部分资金投资于收益较高的投资品种上，如股票、期货等，但带来的风险也随之增加。

240 变现能力风险

变现能力风险，是指投资者在短期内无法以合理的价格卖掉债券的风险。如果投资者遇到一个更好的投资机会，他想出售现有债券，但短期内找不到愿意出合理价格的买主，要把价格降得很低或者很长时间才能找到买主，那么，他不是遭受降低损失，就是丧失新的投资机会。

规避方法：针对变现能力风险，投资者应尽量选择交易活跃的债券，如国债等，便于得到其他人的认同，冷门债券最好不要购买。在投资债券之前也应考虑清楚，应准备一定的现金以备不时之需，毕竟债券的中途转让不会给持有者带来好的回报。

241 经营风险

经营风险，是指发行债券的单位管理与决策人员在其经营管理过程中发生失误，导致资产减少而使债券投资者遭受损失。

规避方法：为了防范经营风险，选择债券时一定要对公司进行调查，通过对其报表进行分析，了解其盈利能力和偿债能力、信誉等。由于国债的投资风险极小，而公司债券的利率较高但投资风险较大，所以，需要在收益和风险之间做出权衡。

242
违约风险

违约风险，是指发行债券的公司不能按时支付债券利息或偿还本金而给债券投资者带来的损失。

规避方法：违约风险一般是由于发行债券的公司经营状况不佳或信誉不高带来的风险，所以在选择债券时，一定要仔细了解公司的情况，包括公司的经营状况和公司的以往债券支付情况，尽量避免投资经营状况不佳或信誉不好的公司债券，在持有债券期间，应尽可能对公司经营状况进行了解，以便及时做出卖出债券的抉择。同时，由于国债的投资风险较低，保守的投资者应尽量选择投资风险低的国债。

243
再投资风险

再投资风险，购买短期债券，而没有购买长期债券，会有再投资风险。例如，长期债券利率为14%，短期债券利率13%，为减少利率风险而购买短期债券。但在短期债券到期收回现金时，如果利率降低到10%，就不容易找到高于10%的投资机会，还不如当期投资于长期债券，仍可以获得14%的收益。归根到底，再投资风险还是一个利率风险问题。

规避方法：对于再投资风险，应采取的防范措施是分散债券的期限，长短期配合，如果利率上升，短期投资可迅速找到高收益投资机会，若利率下降，长期债券却能保持高收益。也就是说，要分散投资，以分散风险，并使一些风险能够相互抵消。

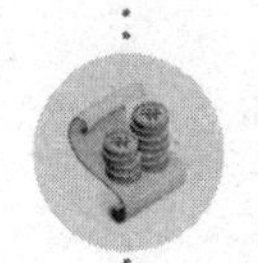

244 黄金市场指数

代表黄金市场的两个指数分别是在美国股票交易所交易的“金甲虫”指数（GoldBUGSIndex——HUI）和在费城股票交易所交易的费城金银指数——XAU。HUI于1996年3月15日上市交易，初始价值定为200，目前由世界范围内16家主要的金矿开采公司构成。XAU则历史更为悠久，有关XAU的期权在1983年12月开始上市交易，并将1979年的价值水平设为“100点”，目前XAU由12家从事贵金属开采的公司组成。

HUI 和XAU两种指数的主要区别在于，前者由不从事长于一年半时间的对冲交易的公司构成。许多开采商对其黄金产出进行各种方式的避险，而组成HUI指数的成分股公司即使采取避险手段，期限也不超过一年半。因此，在价格上涨趋势中，HUI提供了一个良好的工具跟踪金价的走势，与现货金价保持了高度的正相关性。而在价格下跌趋势中，由于没有提供避险保护，HUI的跌势往往甚于XAU。

245 外汇掉期交易

所谓外汇掉期交易，是指在买入或卖出即期外汇的同时，卖出或买进同一货币的远期外汇，以防止汇率风险的一种外汇交易。这种金融衍生工具，是当前用来规避由于所借外债的汇率发生变化而给企业带来财务风险的一种主要手段。

246 国际证券投资

数以亿万计的国际资金成为许多国家发展资金的主要来源。国际证券投资亦称“国际间接投资”。在国际债券市场购买中长期债

券，或在外国股票市场上购买企业股票的一种投资活动。从一国资本流出和流入角度来看，购买国际证券意味着资本流出，发行国际证券则意味着资本流入。国际证券投资动机主要有两个：一是获取定期金融性收益;二是利用各国经济周期波动不同步性和其他投资条件差异，在国际范围内实现投资风险分散化。当然，也有不少证券购买者真实目的是利用证券交易进行投机，这些人本质上是投机者而非投资者。国际证券投资增长迅猛，发挥着重要的作用：为了进行国际证券投资，贸易顺差国大量吸收美元，用于购买美国国库券，这就保持了汇率体系相对稳定;通过国际证券投资，促进了长期资本在国际范围内的流动，从而加强对发展中国家投入。

247 期货

所谓期货，一般指期货合约，就是指由期货交易所统一制订的、规定在将来某一特定的时间和地点交割一定数量标的物的标准化合约。这个标的物，又叫基础资产，是期货合约所对应的现货，这种现货可以是某种商品，如铜或原油；也可以是某个金融工具，如外汇、债券；还可以是某个金融指标，如三个月同业拆借利率或股票指数。

248 期货市场

是指买卖双方约定在将来某个日期按成交时双方商定的条件交易一定数量某种商品的市场。

广义上的期货市场包括期货交易所、结算所或结算公司、经纪公司和期货交易员；狭义上的期货市场仅指期货交易所。期货交易所是买卖期货合约的场所，是期货市场的核心。比较成熟的期货市

场在一定程度上相当于一种完全竞争的市场，是经济学中最理想的市场形式。所以，期货市场被认为是一种较高级的市场组织形式，是市场经济发展到一定阶段的必然产物。

249 标准化合约

标准化合约指由期货交易所经统一制订的、规定在将来某一特定的时间和地点交割一定数量和质量商品的标准化合约。交割品级标准品：标准阴极铜，符合国标GB/T467—1997标准阴极铜规定，其中主成分铜加银含量不小于99.95%。

250 爆仓

由于行情变化过快，投资者在没来得及追加保证金的时候、账户上的保证金已经不够维持持有原来的合约了；这种因保证金不足而被强行平仓所导致的保证金“归零”俗称“爆仓”。

251 外汇管制

外汇管制是指一国政府为了达到维持本国货币的汇价和平衡国际收支的目的，以法令形式对国际结算和外汇交易实行限制的一种制度。外汇管制下对限制进口的作用表现为：在外汇管制下，出口商必须把他们出口所得到的外汇收入按官定汇价卖给本国外汇管制机关；进口商也必须在外汇管制机关按官定汇价申请购买外汇；本国的货币，不管是携出还是携入都受严格的限制。这样，国家的有

关机关就可以通过汇价的确定，外汇的集中使用和控制供应进口商的外汇数量来控制商品的进口数量、种类和国别，从而达到限制进口的目的。外汇管制形式上又可分为外汇数量管制、外汇汇率管制和混合性外汇管制等不同形式。

252
美元指数

美元指数是综合反映美元在国际外汇市场的汇率情况的指标，用来衡量美元对一揽子货币的汇率变化程度。它通过计算美元和对选定的一揽子货币的综合的变化率，来衡量美元的强弱程度，从而间接反映美国的出口竞争能力和进口成本的变动情况。如果美元指数下跌，说明美元对其他的主要货币贬值。

253
黄金

自从中国银行在上海推出专门针对个人投资者的“黄金宝”业务之后，炒金一直是个人理财市场的热点，备受投资者们的关注和青睐。特别是近两年，国际黄金价格持续上涨。可以预见，随着国内黄金投资领域的逐步开放，未来黄金需求的增长潜力是巨大的。特别是在2004年以后，国内黄金饰品的标价方式将逐渐由价费合一改为价费分离，黄金饰品5%的消费税也有望取消，这些都将大大地推动黄金投资量的提升，炒金业务也必将成为个人理财领域的一大亮点，真正步入投资理财的黄金时期。

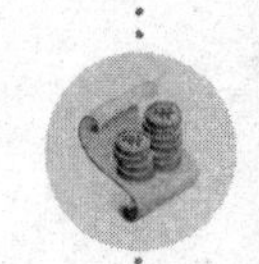

254
国库券

国库券是国家财政当局为弥补国库收支不平衡而发行的一种政府债券。因国库券的债务人是国家，其还款保证是国家财政收入，所以它几乎不存在信用违约风险，是金融市场风险最小的信用工具。国库券是国库直接发行的用以解决短期财政收支失衡的一种债券，由于期限短、流动性强、安全性高，被视为零风险债券或“金边债券”（Gilt edged Bond）。

255
储蓄

多年来，储蓄作为一种传统的理财方式，早已根深蒂固于人们的思想观念之中。大多数居民目前仍然将储蓄作为理财的首选。一方面因为外资流入中国势头仍较旺盛，我国基础货币供应量增加；另一方面政府为了适度控制物价指数和通货膨胀率的上升，采取提升利率手段，再加上利率的浮动区间进一步扩大。利率的上升，必将刺激储蓄额的增加。

256
债券

近年来，债券市场的火爆令人始料不及。种种迹象表明，2005年企业债券发行仍有提速的可能，企业可转换债券、浮息债券、银行次级债券等都将可能成为人们很好的投资品种。再加上银监会将次级定期债务计入附属资本，以增补商业银行的资本构成，使银行发债呼之欲出，将为债券市场的再度火爆起到推波助澜作用。

257 保险

与其他不温不火的保险市场相比，收益类险种一经推出，便备受人们追捧。收益类险种一般品种较多，它不仅具备保险最基本的保障功能，而且能够给投资者带来不菲的收益，可谓保障与投资双赢。因此，购买收益类险种有望成为个人的一个新的投资理财热点。

Chapter 7

不可不知的企业常识

时下，创业成为年轻人最关注的话题。其实，企业不仅是赚钱的机器，更是经济体的基本细胞。企业有活力，经济才能发展。我们每个人都与企业有这样那样的关系。有的人是企业的员工，有的人是企业的客户，有的是企业的领导者，有的是企业的所有者。可以说，现代经济是企业的经济，了解经济，就不能绕开企业。本章就将为你揭开企业的面纱，看看企业究竟包含哪些要素，看看企业是怎样运行的。

258
董事

董事是指由公司股东会选举产生的具有实际权力和权威的管理公司事务的人员，是公司内部治理的主要力量，对内管理公司事务，对外代表公司进行经济活动。占据董事职位的人可以是自然人，也可以是法人。但法人充当公司董事时，应指定一名有行为能力的自然人为代理人。

股份有限公司的董事由股东大会选举产生，可以由股东或非股东担任。董事的任期，一般都是在公司内部细则中给予规定，有定期和不定期两种。定期把董事的任期限制在一定的时间内，但每届任期不得超过3年。不定期是指从任期那天算起，满3年改选，但可连选连任。

董事被解聘的原因有：任期届满而未能连任；违反股东大会决议；股份转让；本人辞职；其他如因解散或董事死亡，公司破产，董事丧失行为能力等。

259
监事会

为了保证公司正常有序有规则地进行经营，保证公司决策正确和领导层正确执行公务，防止滥用职权，危及公司、股东及第三人的利益，各国都规定在公司中设立监察人或监事会。监事会是股东大会领导下的公司的常设监察机构，执行监督职能。监事会与董事会并立，独立地行使对董事会、总经理、高级职员及整个公司管理的监督权。为保证监事会和监事的独立性，监事不得兼任董事和经理。监事会对股东大会负责，对公司的经营管理进行全面的监督，包括调查和审查公司的业务状况，检查各种财务情况，并向股东大会或董事会提供报告，对公司各级干部的行为实行监督，并对领导干部的任免提出建议，对公司的计划、决策及其实施进行监督等。

监事会是由全体监事组成的、对公司业务活动及会计事务等进行监督的机构。

监事会，也称公司监察委员会，是股份公司法定的必备监督机关，是在股东大会领导下，与董事会并列设置，对董事会和总经理行政管理系统行使监督的内部组织。

260 委托人

是指委托他人为自己办理事务的人。在证券经纪业务中，委托人是指依国家法律、法规的规定，可以进行证券买卖的自然人或法人。

是指委托本公司拍卖其享有所有权或处分权的拍卖物品或财产权利的公民、法人或其他组织（亦称卖家）。

信托的过程中，委托人的权利如下。

（1）要求选择信托管理人的权利。

（2）对信托财产给予强制执行，提出异议的权利。

（3）要求改变信托管理方式的权利。

（4）当受托人管理不当或违反信托契约时，对受托人要求补偿信托财产的损失以及复原的权利。

（5）要求法院就信托事务的处理进行检查的权利。

（6）对受托人的辞任予以承诺的权利。

（7）要求解任受托人的权利。

（8）信托结束而无信托行为规定的财产归属者时，取得信托财产的权利。

（9）当委托人享受全部信托利益时解除信托关系的权利。

261
董事长

董事长的英文是Chairman（准确地说是Chairman of the Board），是股东利益的最高代表，他不属于公司雇员的范畴，理论上是指公司管理层所有权力的来源。

董事长是公司董事会的领导，其职责具有组织、协调、代表的性质。董事长的权力在董事会职责范围之内，不管理公司的具体业务，一般也不进行个人决策，只在董事会开会或董事会专门委员会开会时才享有与其他董事同等的投票权。President和CEO的权力都来源于他，只有他拥有召开董事会、罢免President和CEO等最高权力，但他从来不掌握行政权力。

Chairman可以随时解除任何人的职务，除了董事（Member of the Board）和监事（Member of the Boardof Supervisors），因为董事和监事不是公司雇员，而是公司的主人和仲裁人。

262
股东大会

股东大会是公司的最高权力机关，它由全体股东组成，对公司重大事项进行决策，有权选任和解除董事，并对公司的经营管理有广泛的决定权。

股东大会既是一种定期或临时举行的由全体股东出席的会议，又是一种非常设的由全体股东所组成的公司制企业的最高权力机关。它是股东作为企业财产的所有者，对企业行使财产管理权的组织。企业一切重大的人事任免和重大的经营决策一般都需股东会认可和批准方才有效。

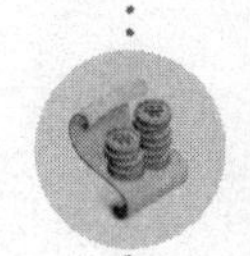

263
董事会

董事会是依照有关法律、行政法规和政策规定，按公司或企业章程设立并由全体董事组成的业务执行机关。具有如下特征。

董事会是股东会或企业职工股东大会这一权力机关的业务执行机关，负责公司或企业和业务经营活动的指挥与管理，对公司股东会或企业股东大会负责并报告工作。股东会或职工股东大会所作的公司或企业重大事项的决定，董事会必须执行。

264
监事

岗位定义：监事是公司的高级管理人员，履行对公司董事经理财务的监督职能。

直接上级：监事会主席。

岗位性质：负责全公司的监督、检查、考核。

管理权限：受监事会主席委托，行使对全公司的监督、检查、考核管理权限，并承担执行公司规章制度、管理规程及工作指令的义务。

265
上市公司

是指所发行的股票经过国务院或者国务院授权的证券管理部门批准在证券交易所上市交易的股份有限公司。所谓非上市公司是指其股票没有上市和没有在证券交易所交易的股份有限公司。上市公司是股份有限公司的一种，这种公司到证券交易所上市交易，除了必须经过批准外，还必须符合一定的条件。

266

独立董事

所谓独立董事（independentdirector），是指独立于公司股东且不在公司中内部任职，并与公司或公司经营管理者没有重要的业务联系或专业联系，并对公司事务做出独立判断的董事。也有观点认为，独立董事应该界定为只在上市公司担任独立董事之外不再担任该公司任何其他职务，并与上市公司及其大股东之间不存在妨碍其独立做出客观判断的利害关系的董事。中国证监会在《关于在上市公司建立独立董事制度的指导意见》中认为，上市公司独立董事是指不在上市公司担任除董事外的其他职务，并与其所受聘的上市公司及其主要股东不存在可能妨碍其进行独立客观判断关系的董事。

267

营业执照

营业执照是企业或组织是合法经营权的凭证。

《企业法人营业执照》的登记事项为：企业名称、住所、法定代表人、注册资金、经济成分、经营范围、经营方式等。《营业执照》的登记事项为：名称、地址、负责人、资金数额、经济成分、经营范围、经营方式、从业人数、经营期限等。

营业执照分正本和副本，二者具有相同的法律效力。正本应当置于公司住所或营业场所的醒目位置。营业执照不得伪造、涂改、出租、出借、转让。

268

执行董事

执行董事，也称积极董事，指在董事会内部接受委任担当具体岗位职务，并就该职务负有专业责任的董事。

董事会成员中至少有一人担任执行董事，负有积极的履行董事会职能责任或指定的职能责任。因董事会职能未得以全面、合理行使的原因，致使公司遭受经济损失的，股东要求董事会承担赔偿责任的，该原因发生时并未明确归属某位董事职责分工的，则所有执行董事应当承担连带经济责任。

269 招股说明书

股份有限公司的招股说明书是供社会公众了解发起人和将要设立公司的情况，说明公司股份发行的有关事宜，指导公众购买公司股份的规范性文件。公司首次公开发行股票，必须制作招股说明书。招股说明书经政府有关部门批准后，即具有法律效力。公司发行股份和发起人、社会公众认购股份的一切行为，除应遵守国家有关规定外，都要遵守招股说明书中的有关规定，违反者，要承担相应的责任。

（1）招股说明书的法定内容公司通过后根据《公司法》的规定，招股说明书应当附有发起人制定的公司章程，并载明下列事项：①发起人认购股份数；②每股的票面金额发行价格；③无记名股票的发行总数；④认购人的权利、义务；⑤本次募股的起止期限及逾期未募足时认股人可撤回所认股份的说明。

（2）招股说明书的形式。一般来说，招股说明书应采用书面形式，其格式由发起人自行确定。

（3）招股说明书的拟订。招股说明书由发起人拟订，经所有发起人认可同意后提交政府授权部门审批。

（4）招股说明书的审批。招股说明书的审批，一般由政府授权部门进行。目前我国大陆只允许深圳、上海两市股票上市，上述两市设立股份有限公司的招股说明书由国家有关部门审批。其他地区具备上市交易条件的公司，只能到深圳、上海的证券交易所上市，其招股说明书由国务院股票上市办公会议审批。

招股说明书经政府授权部门批准后，要由发起人通过新闻媒介予以公告，以便社会公众知晓。从目前我国发布招股说明书公告的情况来看，招股说明书的公告主要采取由报纸全文发布招股说明书的形式。

270
税务登记

税务登记又称纳税登记，它是税务机关对纳税人实施税收管理的首要环节和基础工作，是征纳双方法律关系成立的依据和证明，也是纳税人必须依法履行的义务。

税务登记是指税务机关根据税法规定，对纳税人的生产经营活动进行登记管理的一项基本制度。它的意义在于：有利于税务机关了解纳税人的基本情况，掌握税源，加强征收与管理，防止漏管漏征，建立税务机关与纳税人之间正常的工作联系，强化税收政策和法规的宣传，增强纳税意识等。

271
注册资金

注册资金是国家授予企业法人经营管理的财产或者企业法人自有财产的数额体现。注册资金是企业实有资产的总和；注册资金随实有资金的增减而增减，即当企业实有资金比注册资金增加或减少20%以上时，要进行变更登记。注册资金就是企业全部财产的货币表现，是企业从事生产经营活动的物质基础，是登记主管机关核定经营范围和方式的主要依据。

注册资本和注册资金的区别如下。

（1）注册资金所反映的是企业经营管理权；注册资本则反映的是公司法人财产权，所有的股东投入的资本一律不得抽回，由公司行使财产权。

（2）注册资金是企业实有资产的总和，注册资本是出资人实缴的出资额的总和。

（3）注册资金随实有资金的增减而增减，即当企业实有资金比注册资金增加或减少20%以上时，要进行变更登记。而注册资本非经法定程序，不得随意增减。

272 有限责任公司

有限责任公司又称有限公司，是根据《公司法》及有关法律规定的条件设立，股东以其出资额为限对公司承担责任，按股份比例享受收益，公司以其全部资产对公司的债务承担责任的企业法人。有限责任公司的主要特征如下。

（1）股东以其出资额承担有限责任。

（2）公司以资产为限承担债务责任。公司资产包括多个方面：一是股东的出资；二是公司设立后经过生产经营活动形成的各种财产、债权和其他权利，包括有形资产和无形资产。公司清算时，仅以其全部资产为限对债务承担责任，债权人不能在公司资产之外主张债权。

（3）公司股东人数应符合法定要求。《公司法》第20条规定："有限责任公司由两个以上五十个以下股东共同出资设立。"但国有独资有限责任公司作为一种特殊的有限责任公司，股东可为一个。股东的身份既可是自然人，也可是法人。

（4）股权转让应符合法定程序及公司章程规定。《公司法》第35条规定："当股东向股东以外的人转让其出资时，必须经全体股东过半数同意"，经股东同意转让其出资，在同等条件下，其他股东对该出资有优先购买权。

（5）公司不能公开募集股份，不能发行股票。公司生产经营过程中所需资金只能由其他合法方法方式融资取得。有限责任公司相对股份有限公司而言，设立条件和程序较为简单、灵活。

273 股份有限公司

股份有限公司也称股份公司，其信用基础是公司的资本而非股东个人，是一种典型的合资公司。是指由数量较多的股东所组成，其全部资本以股票为表现形式分为等额股份，股东以其所持股份为限对公司承担有限责任，公司以其全部财产对公司债务承担责任的企业法人。股份公司的股东人数不少于5人（国有企业改制为股份有限公司的除外），但没有最高人数限制；设立和运行中均可公开募股集资（目前证券法规不允许设立时公开募股）；股东权益转让灵活。

274 企业文化

广义上说，文化是人类社会历史实践过程中所创造的物质财富与精神财富的总和；狭义上说，文化是社会的意识形态以及与之相适应的组织机构与制度。而企业文化则是企业在生产经营实践中，逐步形成的，为全体员工所认同并遵守的、带有本组织特点的使命、愿景、宗旨、精神、价值观和经营理念，以及这些理念在生产经营实践、管理制度、员工行为方式与企业对外形象的体现的总和。它与文教、科研、军事等组织的文化性质是不同的。

企业文化是企业的灵魂，是推动企业发展的不竭动力。它包含着非常丰富的内容，其核心是企业的精神和价值观。这里的价值观不是泛指企业管理中的各种文化现象，而是企业或企业中的员工在从事商品生产与经营中所持有的价值观念。

企业文化是一个由核心层、中间层和外围层构成的多层次的生态系统，根据内容大致可以分为理念层、制度层、行为层、物质层，企业文化的各个层面是和谐统一、相互渗透的。根据企业文化的系统结构特点，柏明顿咨询给出了企业文化构建的HOME（History-Oneness-Membership-Exchange）模型。

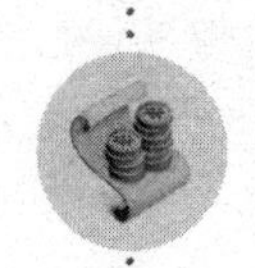

275
ISO

国际标准化组织（ISO）是由各国标准化团体（ISO成员团体）组成的世界性的联合会。制订国际标准工作通常由ISO的技术委员会完成。各成员团体若对某技术委员会确定的项目感兴趣，均有权参加该委员会的工作。与ISO保持联系的各国际组织（官方的或非官方的）也可参加有关工作。ISO与国际电工委员会（IEC）在电工技术标准化方面保持密切合作的关系。

276
人力资源战略

人力资源战略是指企业为实现其战略目标而制订的一系列有关人力与人才资源开发与管理的总体规划，是企业发展战略的重要组成部分，是抓住组织的战略目标和目的，并将他们转化为前后一致的、整体化的、完善的员工管理计划和政策，是“从人力资源的‘质’和‘量’入手，评估目前人力资源的质量与企业目前及未来发展变化所需之间的差距，并能够满足这些要求的过程”。

277
薪酬管理

所谓薪酬管理，是指一个组织针对所有员工所提供的服务来确定他们应当得到的报酬总额以及报酬结构和报酬形式的一个过程。在这个过程中，企业就薪酬水平、薪酬体系、薪酬结构、薪酬构成以及特殊员工群体的薪酬做出决策。同时，作为一种持续的组织过程，企业还要持续不断地制订薪酬计划，拟订薪酬预算，就薪酬管理问题与员工进行沟通，同时对薪酬系统的有效性做出评价，而后不断予以完善。

278 约束机制

约束机制是指为规范组织成员行为，便于组织有序运转，充分发挥其作用而经法定程序制订和颁布执行的具有规范性要求、标准的规章制度和手段的总称。约束包括国家的法律法规、行业标准、组织内部的规章制度以及各种形式的监督等。

279 竞争机制

通过竞争实现优胜劣汰的一种内在功能。在市场经济中，商品价值由社会必要劳动量决定，生产条件好、技术先进、管理有序的企业产品质量好、成本低，因而产品销路好、获利多；而落后企业产品质量差、成本高，销路就差、获利就少。最终优者胜，劣者被淘汰。这是价值规律作用的必然结果。

280 核心价值观

核心价值观就是指企业在经营过程中坚持不懈，努力使全体员工都必须信奉的信条。核心价值观是企业哲学的重要组成部分，它是解决企业在发展中如何处理内外矛盾的一系列准则，如企业对市场、对客户、对员工等的看法或态度，它是企业表明企业如何生存的主张。

企业的“核心价值观”是“一个企业本质的和持久的一整套”原则。它既不能被混淆于特定企业文化或经营实务，也不可以向企业的财务收益和短期目标妥协。

价值观深深根植于企业内部。它们是没有时限地引领企业进行一切经营活动的指导性原则，在某种程度上，它的重要性甚至要超越企业的战略目标。

281

产品质量认证

是认证机构证明产品符合相关技术规范、相关技术规范的强制性要求或者标准的合格评定活动。即由一个公正的第三方认证机构，对工厂的产品抽样，按规定的技术规范、技术规范中的强制性要求或者标准进行检验，并对工厂的质量管理保证体系进行评审，以作出产品是否符合有关技术规范、技术规范中的强制性要求或者标准，工厂能否稳定地生产合格产品的结论。如检验和评审通过，则发给合格证书，允许在被认证的产品及其包装上使用特定的认证标志。

282

企业精神

企业精神指企业员工所具有的共同内心态度、思想境界和理想追求。它表达着企业的精神风貌和企业的风气。

企业精神是企业文化的一项重要而复杂的内容，人们对它的认识并不完全一致。有人认为它是企业全部的精神现象和精神活力。有人把它同企业价值观念等同起来。这些认识都没有抓住企业精神的实质。所谓企业精神，主要是指企业经营管理的指导思想。在美国称之为“企业哲学”，在日本称之为“社风”。

美国著名管理学者托马斯·彼得曾说：“一个伟大的组织能够长期生存下来，最主要的条件并非结构、形式和管理技能，而是我们称之为信念的那种精神力量以及信念对组织全体成员所具有的感召力。”

283
核心竞争力

何谓核心竞争力？核心竞争力的概念是1990年美国密西根大学商学院教授普拉哈拉德（C.K.Prahalad）和伦敦商学院教授加里·哈默尔（Gary Hamel）在其合著的《公司核心竞争力》（The Core Competence of the Corporation）一文（发表在1990年的5月到6月的哈佛商业评论（the havord businessreview）上）中首先提出来的。他们对核心竞争力的定义是："在一个组织内部经过整合了的知识和技能，尤其是关于怎样协调多种生产技能和整合不同技术的知识和技能"。从与产品或服务的关系角度来看，核心竞争力实际上是隐含在公司核心产品或服务里面的知识和技能，或者知识与技能的集合体。

284
商业模式

商业模式是一种包含了一系列要素及其关系的概念性工具，用以阐明某个特定实体的商业逻辑。它描述了公司所能为客户提供的价值以及公司的内部结构、合作伙伴网络和关系资本（Relationship Capital）等用以实现（创造、推销和交付）这一价值并产生可持续盈利收入的要素。

285
供应链

供应链是围绕核心企业，通过对信息流、物流、资金流的控制，从采购原材料开始，制成中间产品以及最终产品，最后由销售网络把产品送到消费者手中的将供应商、制造商、分销售、零售商，直到最终用户连成一个整体的功能网链结构。

286
品牌经营

品牌经营是指将品牌视为独立的资源和资本，并以此为主导，来关联、带动、组合其他资源和资本，从而取得最大经济效益和社会效益的一种经营活动和经营行为。它包括两个递进的过程：品牌创造和品牌运作。

287
品牌文化

品牌文化（Brand Culture），指通过赋予品牌深刻而丰富的文化内涵，建立鲜明的品牌定位，并充分利用各种强有效的内外部传播途径形成消费者对品牌在精神上的高度认同，创造品牌信仰，最终形成强烈的品牌忠诚。拥有品牌忠诚就可以赢得顾客忠诚，赢得稳定的市场，大大增强企业的竞争能力，为品牌战略的成功实施提供强有力的保障。是品牌在经营中逐步形成的文化积淀，代表了企业和消费者的利益认知、情感归属，是品牌与传统文化以及企业个性形象的总和。与企业文化的内部凝聚作用不同，品牌文化突出了企业外在的宣传、整合优势，将企业品牌理念有效地传递给消费者，进而占领消费者的心理。品牌文化是凝结在品牌上的企业精华。

288
品牌效应

品牌效应顾名思义，由品牌为企业带来的效应，它是商业社会中企业价值的延续。在当前品牌先导的商业模式中，品牌意味着商品定位、经营模式、消费族群和利润回报。树立企业品牌需要企业拥有很强的资源统合能力，将企业本质的一面通过品牌展示给世

人。树立的方法：广告、公关、日常行销、售后售前服务都对品牌树立有直接影响。品牌效应是品牌在产品上的使用，为品牌的使用者所带来的效益和影响，是品牌使用的作用。品牌是商品经济发展到一定阶段的产物，最初的品牌使用是为了使产品便于识别，品牌迅速发展起来，是在近代和现代商品经济的高度发达的条件下产生的，其得以迅速发展即在于品牌使用给商品的生产者带来了巨大的经济效益和社会效益。品牌效应正是在这种背景下受到世界各国企业重视的。

289
营销

营销是关于企业如何发现、创造和交付价值以满足一定目标市场的需求，同时获取利润的学科。营销学用来辨识未被满足的需要，定义、量度目标市场的规模和利润潜力，找到最适合企业进入的市场细分和适合该细分的市场供给品。

营销经常由企业组织中的一个部门专门负责，这样其实有利有弊。利在：便于集中受过营销训练的群体专门从事营销工作；弊在：营销不应该仅限于企业的一个部门来进行，而应该在企业所有活动中体现出来。

290
物流

简单地说就是货物从生产地到需求地的过程。

解释一：物流是指为了满足客户的需要，以最低的成本，通过运输、保管、配送等方式，实现原材料、半成品、成品及相关信息由商品的产地到商品的消费地所进行的计划、实施和管理的全过程。

物流构成：商品的运输、配送、仓储、包装、搬运装卸、流通加工，以及相关的物流信息等环节。物流活动的具体内容包括以下几个方面：用户服务、需求预测、订单处理、配送、存货控制、运输、仓库管理、工厂和仓库的布局与选址、搬运装卸、采购、包装、情报信息等。

解释二：在我国国家标准《物流术语》的定义中指出：物流是“物品从供应地到接收地的实体流动过程，根据实际需要，将运输、储存、装卸、搬运、包装、流通加工、配送、信息处理等基本功能实施有机结合。”

291
流通

商品的运动过程。广义的流通是商品买卖行为以及相互联系、相互交错的各个商品形态变化所形成的循环的总过程，它使社会生产过程永不停息周而复始地运动。狭义的流通是商品从生产领域向消费领域的运动过程，由售卖过程（W—G）和购买过程（G—W）构成，它是社会再生产的前提和条件。

流通是社会分工和生产社会化引起的。原始社会末期，由于社会生产力的发展，出现了农业和畜牧业的分工，从而产生了以物易物的商品交换（W—W）。接着，又出现了手工业和农业的分工，产生了直接以交换为目的的商品生产，使得商品交换经常化，进而产生了货币，商品交换就变成了以货币为媒介的交换（W—G—W），即商品流通。商品流通将交换过程分解为两个独立的阶段：售卖过程（W—G）和购买过程（G—W），从而将交换过程分解为卖和买两个独立的行为。商品流通两个阶段的任何一个环节中断或受阻，都会使经济活动之间的联系无法实现，从而潜藏了经济危机的可能性。在商品流通的进一步发展过程中，当社会上出现了独立的社会经济部门——商业部门时，商品售卖的业务开始由商业部门来承担。这时，商品流通发展到了发达阶段。

292
运营

对企业经营过程的计划、组织、实施和控制，是与产品生产和服务创造密切相关的各项管理工作的总称。

从另一个角度来讲，运营管理也可以指为对生产和提供公司主要的产品和服务的系统进行设计、运行、评价和改进。

过去，西方学者把与工厂联系在一起的有形产品的生产称为“production”或“manufacturing”，而将提供服务的活动称为“operations”。现在的趋势是将两者均称为“运营”。

293
售后服务

是指生产企业、经销商把产品（或服务）销售给消费者之后，为消费者提供的一系列服务，包括产品介绍、送货、安装、调试、维修、技术培训、上门服务等。

在市场激烈竞争的今天，随着消费者维权意识的提高和消费观念的变化，消费者在选购产品时，不仅注意到产品实体本身，在同类产品的质量和性能相似的情况下，更加重视产品的售后服务。因此，企业在提供价廉物美的产品的同时，向消费者提供完善的售后服务，已成为现代企业市场竞争的新焦点。中国，有海尔集团因售后服务做得好，而销售稳步上升的案例。

售后服务的内容主要包括：①代为消费者安装、调试产品；②根据消费者要求，进行有关使用等方面的技术指导；③保证维修零配件的供应；④负责维修服务；⑤对产品实行“三包”，即包修、包换、包退（现在许多人认为产品售后服务就是为“三包”，这是一种狭义的理解）；⑥处理消费者来信来访，解答消费者的咨询。同时用各种方式征集消费者对产品质量的意见，并根据情况及时改进。

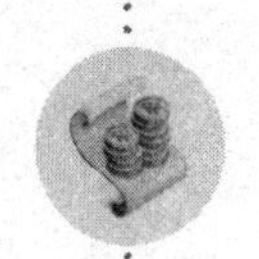

294
工程技术

指的是工程实用技术。而科学技术一词更多地指的是科学理论技术。人们也常常称工程技术为工科，而称科学技术为理科。

历史悠久的工程技术是建筑工程技术，它的理论依据是理论力学。随着国防的需要，出现了军事工程技术，它综合了不同行业的工程技术。近年来，随着科学理论的不断发展，工程技术的类别也越来越多，如基因工程技术，信息工程技术，系统工程技术，卫星工程技术，等等。

与科学技术一词不同，工程和技术几乎属于同一范畴。例如，建筑工程与建筑技术相差甚少，信息工程与信息技术没有大的差别。在某些时候，工程可以指某一个项目，而技术则强调该项目的属性。

295
企划

企划源于日本，成型于台湾地区，是台湾地区的企业把企划带给祖国大陆的企业。但是追踪企划的真正来源，应该溯源于欧美的企业顾问或者企业咨询机构。

企划是一个战略系统，广义上牵涉到企业的发展战略、品牌战略；狭义上牵涉到企业的营销管理、广告策略和市场管理。

哈佛定义企划是一种程序，本质上是运用脑力的理性行为，是针对未来要发生的事情的当前决策，即企划是预先决定做什么，何时做，如何做，谁来做。

企划是管理功能中最基本的要素，是启动企业的引擎，是从构思到规划到实施的全过程，是进行企业管理、市场营销、品牌管理等一切事物的基础，企划是为理性决策提供按效益化原则设计的方

案。一个企业倘若缺乏企划力，势必导致衰败。企划力的强弱是决定成败的关键条件，规避风险和追求效益最大化是企划的两大基本功能！

296
电子商务

英文是Electronic Commerce，简称EC。电子商务通常是指在全球各地广泛的商业贸易活动中，在因特网开放的网络环境下，基于浏览器/服务器应用方式，买卖双方不谋面地进行各种商贸活动，实现消费者的网上购物、商户之间的网上交易和在线电子支付以及各种商务活动、交易活动、金融活动和相关的综合服务活动的一种新型的商业运营模式。“中国网络营销网”Tinlu相关文章指出，电子商务涵盖的范围很广，一般可分为企业对企业（Business-to-Business），或企业对消费者（Business-to-Customer）两种。另外还有消费者对消费者（Customer-to-Customer）这种大步增长的模式。随着国内Internet使用人数的增加，利用Internet进行网络购物并以银行卡付款的消费方式已渐流行，市场份额也在迅速增长，电子商务网站也层出不穷。电子商务最常见之安全机制有SSL及SET两种。

297
连锁经营

是一种商业组织形式和经营制度，是指经营同类商品或服务的若干个企业，以一定的形式组成一个联合体，在整体规划下进行专业化分工，并在分工基础上实施集中化管理，把独立的经营活动组合成整体的规模经营，从而实现规模效益。

298 分销

如今的工业化产品都经过市场调研、产品的设计、研发、生产、市场推广、销售和售后服务等七个阶段。其中由产品生产到用户购买的过程，是借助外部资源来完成商品的销售服务过程的，这个过程就叫分销管理。分销网络就是充分利用经销商的资源进行商品销售的组织，它是连接厂商和客户的桥梁。分销管理需要客户、销售、资金和媒体等这些外部资源，一般来讲客户资源是其中的最重要的一种资源。但是具体情况还需要具体分析，事实上最缺乏的资源正是最重要的资源。厂商要根据自己的资源状况来对经销商的资源进行评估，从而选择其中最合适的资源。

作为大多数对于依靠以分销为主要销售渠道的企业来说，分销商既是他们的合作伙伴，又是他们市场、销售、服务的前沿阵地。所以能够及时地了解分销商的运作情况，给予稳定必要的协作是每一位厂商期望的目标。然而由于信息技术水平发展的不一致，很多往来的信息沟通仍需要大量手工介入，因而，导致了企业无法准确地了解分销商的业务、财务信息，其结果往往是企业无法有效地确定生产规模和货物付运的时间，进而造成库存积压，影响资金的正常周转甚至是整个企业的决策及战略部署。当所有这些矛盾成为制约企业发展的瓶颈时，就需要采取必要的措施逾越瓶颈，因此分销管理在企业管理过程中十分重要。

299 行销

广义上讲，行销是指大规模的推销。

行销是台湾地区常用的说法，其意思类似营销，两者都综合行销企划（决策）与销售执行，即想与做的结合。销售是从你制造

出一个产品出来后才开始，而行销则是在一个产品制造出来之前就开始了。行销决定了如何推出企业所提供的产品和服务到市场上，如何为产品和服务定价，如何经销产品和服务，如何促销产品和服务。然后，行销还要监控成效，并且随着时间不断改善所提供的产品和服务。行销也决定是否终止一项产品或服务，以及何时终止。总之，行销是一门选择目标市场，并且透过创造、沟通、传送优越的顾客价值，以获取、维系、增加顾客的艺术和科学。

300 病毒式营销

病毒式营销是指发起人发出产品的最初信息到用户，再依靠用户自发的口碑宣传，由于他的原理跟病毒的传播类试，经济学上称之为病毒试营销，是网络营销中的一种常见而又非常有效的方法。病毒式营销将令你的网络客户、邮件订阅者成为您在线生意的传话筒，使你在线业务量呈指数式爆炸成长。

301 法定代表人

法定代表人指依法律或法人章程规定代表法人行使职权的负责人。我国法律实行单一法定代表人制，一般认为法人的正职行政负责人为其唯一法定代表人。如公司为董事长或执行董事或总经理（《公司法》第13条），而证券交易所的法定代表人为总经理（《证券法》第107条）。全民所有制工业企业的法定代表人为厂长或经理。

法定代表人与公司法人在内部关系上也往往是劳动合同关系，故法定代表人属于雇员范畴。但对外关系上，法定代表人对外以法人名义进行民事活动时，其与法人之间并非代理关系，而是代表关系，且其代表职权来自法律的明确授权，故不另需法人的授权委托书。法定代表人对外的职务行为即为法人行为，其后果由法人承担（《民法通则》第43条）。并且，法人不得以对法定代表人的内部职权限制对抗善意第三人（《合同法》第50条）。

Chapter 8

不可不知的经济学人物

经济学从诞生至今，吸引了无数学者投身其中，甚至将毕生精力贡献于经济学研究中。这些，不乏社会名流，不乏学院长者，也不乏青年学者。正是这些经济学人物前仆后继的投身于经济学的海洋中，才使得经济学的研究成果不断涌现，经济学对生活的贡献也越来越大。本章就将为您介绍著名的经济学人物及他们对经济学研究所作出的贡献。

302
大卫·李嘉图

大卫·李嘉图（1772–1823），英国产业革命高潮时期的资产阶级经济学家，他继承和发展了斯密经济理论中的精华，使古典政治经济学达到了最高峰。是英国资产阶级古典政治经济学的杰出代表和完成者。1817年他发表了代表作《政治经济学及赋税原理》，他也因此成为当时英国最著名的经济学家。他主张进行议会改革，还提出一系列经济主张，反对谷物法，宣传自由贸易，批评政府的财政政策和货币政策，建议进行币制改革等。

303
阿尔弗雷德·马歇尔

阿尔弗雷德·马歇尔（1842–1924），是19世纪末20世纪初的英国及世界最著名的经济学家。马歇尔是剑桥大学教授，也是英国正统经济学界无可争辩的领袖。他于1890年发表的《经济学原理》，被看做是与斯密《国富论》、李嘉图《赋税原理》齐名的划时代的著作，在盎格鲁——撒克逊世界（英语国家）替换了古典经济学体系。其供给与需求的概念，以及对个人效用观念的强调，构成了现代经济学的基础。

304
亚当·斯密

亚当·斯密（1723–1790），英国政治经济学家，古典政治经济学的代表和理论体系的建立者。1767年回家乡从事政治经济学的

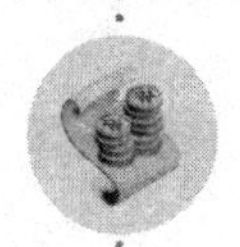

研究和写作，1776年出版《国民财富的性质和原因的研究》（简称《国富论》，一译《原富》），他的经济学说形成于18世纪50—70年代。斯密是工场手工业时期的经济学家。斯密的劳动商品观点反映了工场手工业时期社会生产关系的本质，马克思的劳动力商品观点则反映了机器大工业时期社会生产关系的本质。

305 约翰·梅纳德·凯恩斯

约翰·梅纳德·凯恩斯（JohnMaynardKeynes1883-1946），现代西方经济学最有影响的经济学家之一。英国经济学家，因开创了所谓经济学的“凯恩斯革命”而称著于世。凯恩斯以前的主导经济理论是马歇尔为代表的新古典学派自由放任经济学说，又称传统经济学。这种学说是建立在“自由市场、自由经营、自由竞争、自动调节、自动均衡”的五大原则基础上的，其核心是“自动均衡”理论。代表作有《货币改革论》、《货币论》、《通论》等。

306 保罗·萨缪尔森

保罗·萨缪尔森当代凯恩斯主义的集大成者，经济学的最后一个通才。他是当今世界经济学界的巨匠之一，他所研究的内容十分广泛，涉及经济学的各个领域，是世界上罕见的多能学者。萨缪尔森的巨著《经济学》流传颇广，现在，许多国家的高等学校将《经济学》作为专业教科书。他于1947年成为约翰·贝茨·克拉克奖的首位获得者，并于1970年获得诺贝尔经济学奖。

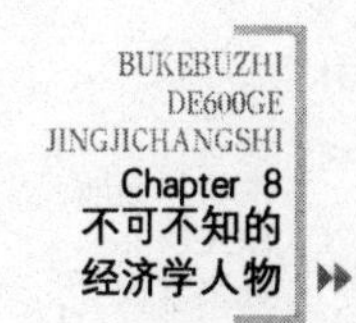

307
休谟

1711年5月7日生于苏格兰爱丁堡，卒于1776年8月25日。11岁进爱丁堡大学。1729年起专攻哲学。1732年刚满21岁就开始撰写他的主要哲学著作《人性论》，1734年去法国自修，继续哲学著述。1748年出使维也纳和都灵。1749年回家乡，潜心著述。1751年移居爱丁堡市。1763年任驻法使馆秘书；1765年升任使馆代办。1767～1768年任副国务大臣。1769年8月退休返回爱丁堡。是18世纪货币数量论的代表，是反对重商主义的。他关于国际贸易的学说对英国古典政治经济学有很大的影响。休谟的主要著作有《人性论》、《道德和政治论说文集》、《人类理解研究》、《道德原理探究》、《宗教的自然史》、《自然宗教对话录》、《自凯萨入侵至1688年革命的英国史》（6卷）、《利息论》、《论租税》、《休谟经济论文集》等。

308
威廉·斯坦利·杰文斯

威廉·斯坦利·杰文斯（WilliamStanleyJevons，1835−1882），既是边际效用价值论的创立者之一，也是数理经济学派的创始者之一。杰文斯1835年生于英国利物浦的一个制铁机械师家庭。从1858年起，对经济学、统计学、逻辑学及社会问题产生浓厚兴趣。1866年，他开始担任曼彻斯特大学欧文学院逻辑、道德哲学及政治经济学教授。1871年发表代表作《政治经济学理论》。1875年他转任伦敦大学政治经济学教授。1880年被选为伦敦统计学会（英国皇家统计学会前身）副主席。1882年，杰文斯在一次游泳中不幸溺死，当时年仅47岁。

由于他性格非常内向，对于其同辈及学生并没有产生很大的影响。他的主要著作《政治经济学理论》（1871）奠定了他在经济学思想史上和边际效用学派与数理学派中的地位。除此之外，杰文斯还写过一些经济论文。他还以太阳黑子的活动来解释经济危机的原因和周期性。

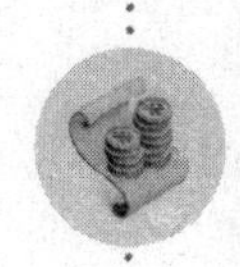

309 默多克

曾经对传播政治经济学的学术化过程作过一番考证。他指出，早期从政治经济学角度对媒体与传播的研究出现在19世纪上半叶。当时，大多数评论家认为公开的民主讨论最好的保证就是有一个观念和争论的自由市场，大部分出版商互相竞争争取读者，同时最低程度地不受政府干预。“当进入报业市场的名义上自由被放宽时，更有效的生产技术的引进（改进的印刷术，机械化的排字和新的绘图能力）提高了进入市场的成本并开始将出版业的所有权集中到有钱人手中。这种发展趋势对出版业是否有能力去履行它的诺言，即为辩论提供一个论坛和监督权力滥用提出了一个巨大的问号。”在传播政治经济学发展中，卡尔·马克思和弗雷德里克·恩格斯1846年发表的《德意志意识形态》是一部重要作品。他们指出资产阶级对经济资源的控制使他们能调节他们那个时代的思想的产生和分配，并按他们的利益操纵大众文化。马克思与恩格斯的影响之大，以至于在对传播政治经济学持批判态度者的眼中，传播政治经济学的努力不过是在对马克思的论点进行修修补补。

310 乔姆斯基

乔姆斯基是另一位在北美传播政治经济学领域的重要人物，他也是一位极易被忽视的人物。他对传播政治经济学的贡献在于，他尖锐地指出了市场力量对媒体的影响，以及被他称为新闻的“宣

传模式”与企业、国家的联系。他指出了媒体力图边缘化异己，并允许强势企业与国家通过媒体影响大众。乔姆斯基由于自越南战争以来一直对美国的外交政策提出尖锐的批评，他观念理论通常被主流传播学者认为是带着冷战思维，甚至被称为“阴谋理论”。他的“宣传模式”与“新闻过滤器”等理论代表了自由主义传播学理论，特别是所谓“新闻自由”等美国主流新闻学观念最为激愤的批评，对资本主义媒体“制造共识”的深刻揭露。

311
赫伯特·席勒

赫伯特·席勒是一位与斯密塞一样不仅在理论上对传播政治经济学做出重大贡献，同时也为传播政治经济的学科化建设立下汗马功劳。他是从国际经济视角研究媒体与文化的先驱，他也建立了传播、信息与政治经济的理论联系。他对美国大众文化的传播，直接引发了日后在传播学、媒体研究与文化研究中自成体系影响深远的“文化帝国主义”理论。

近年来在传播经济学舞台较为著名的北美学者还包括杜克大学的教授苏珊·威利斯。她对现代消费社会的政治经济学研究重在对“使用价值”的反思。她通过对广告等传播手段是如何诱使消费者进行消费与掩盖日常生活中的事实贫困，进而提出资本主义逻辑对日常生活的影响。此外，赫伯特·席勒之子丹席勒也是一位近年十分活跃的传播学者。他的研究继承了乃父的风格与思想，侧重于对现代信息社会的分析。

312
拉格纳·弗里希

拉格纳·弗里希（Ragnar.Frisch）（1895–1973），生于挪威首都奥斯陆，是数理经济学和经济计量学研究领域的先驱者，主要致力于长期经济政策和计划，特别是关于发展中国家问题。1969年与简・丁伯根共同获得诺贝尔经济学奖。

弗里希作为经济计量学“三合一”的开山之祖而最负盛名。“三合一”即把经济理论、数理方法和统计学应用于实际经济问题的分析中。经济计量学是弗里希创造的一个名词，而他在经济学的许多领域均有广泛的影响。

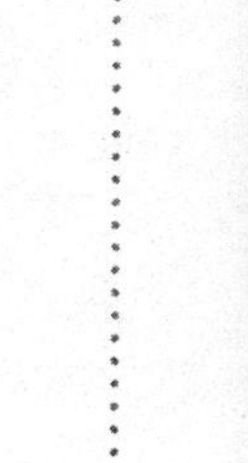

313 弗里德里克・哈耶克

弗里德里克・哈耶克（Friedrich Augustvon Hayek）（1899–1992），是奥地利出生的英国知名经济学家和政治哲学家。以坚持自由市场资本主义，反对社会主义、凯恩斯主义和集体主义而著称。他被广泛视为是奥地利经济学派最重要的成员之一，他对于法学和认知科学领域也有相当重要的贡献。哈耶克在1974年和他理论的对手纲纳・缪达尔（Gunnar Myrdal）一同获得了诺贝尔经济学奖，以“表扬他们在货币政策和商业周期上的开创性研究，以及他们对于经济、社会和制度互动影响的敏锐分析。”在1991年，哈耶克获颁美国总统自由勋章，以表扬他“终身的高瞻远瞩”。

314 简・丁伯根

简・丁伯根（Jan.Tinbergen）（1903–1994），荷兰人，出生于荷兰海牙。19岁（1922年）时，考入了荷兰莱顿大学，攻读物理学，23岁毕业后，经过三年的努力，于1929年获得物理学博士学位。但是，就在这时，他的志趣已经不在物理学方面，而转到经济学方面了。简・丁伯根被誉为经济计量学模式建造者之父，他发展了动态模型来分析经济进程。由于他的科研成就，1969年被授予诺贝尔经济学奖。

315
乔治·阿克尔洛夫

乔治·阿克尔洛夫（George A. Akerlof）生于1940年，美国的纽黑文，1966年获美国麻省理工学院博士头衔，现为美国加利福尼亚州大学伯克利（UCBerkeley）经济学教授。

阿克尔洛夫对市场的不对称信息研究具有里程碑意义。他引入信息经济学研究中的一个著名模型是“柠檬市场”（the “lemons” market）。（注：“柠檬”一词在美国俚语中表示“次品”或“不中用的东西”。）主要用来描述当产品的卖方对产品质量比买方有更多的信息时，低质量产品将会驱逐高质量商品，从而使市场上的产品质量持续下降的情形。阿克尔洛夫的理论被广泛运用于一些完全不同的领域，如健康保险、金融市场和雇佣合同等。

316
约翰·希克斯

约翰·希克斯（John.R..Hicks）（1904–1989），英国人，他与肯尼斯·约瑟夫·阿罗（KENNETHJ.ARROW）共同深入研究了经济均衡理论和福利理论而获得1972年诺贝尔经济学奖。

317
乔治·斯蒂格勒

乔治·斯蒂格勒（GeorgeJ.Stigler）（1911–1991），美国人。乔治·斯蒂格勒长期从事有着鲜明经验主义导向的研究工作，涉及的范围非常广泛，其中尤以在市场活动研究和产业结构分析中作出的贡献最为重要。他的研究工作之一是调查经济立法如何影响市场。他对经济立法效力的研究使得管制立法的产生，并为经济学研究开

创了一个全新的领域。斯蒂格勒的成就确立了他在市场及产业结构应用研究中的领导地位。由于斯蒂格勒研究的突出特色，他还被公认为是“信息经济学”和“管制经济学”的创始人，同时也是经济学和法学交叉研究的带头人之一。

318 哈里·马科维茨

哈里·马科维茨（HarryM.Markowitz）（1927- ），美国人。马科维茨的贡献是他发展了资产选择理论。他于1952年发表的经典之作《资产选择》一文，将以往个别资产分析推进一个新阶段，他以资产组合为基础，配合投资者对风险的态度，从而进行资产选择的分析，由此便产生了现代的有价证券投资理论。

319 弗兰科·莫迪利安尼

弗兰科·莫迪利安尼（FrancoModigliani）（1918- ），意大利人。第一个提出储蓄的生命周期假设。这一假设在研究家庭和企业储蓄中得到了广泛应用。

320 詹姆斯·麦基尔·布坎南

詹姆斯·麦基尔·布坎南（JamesM.BuchananJr.）（1919- ），美国人。将政治决策的分析同经济理论结合起来，使经济分析扩大和应用到社会—政治法规的选择。

321
罗伯特·索洛

罗伯特·索洛（RobertM.Solow）（1924- ），美国人。以其新古典经济增长理论著称，提出长期的经济增长主要依靠技术进步，而不是依靠资本和劳动力的投入。并在1961年被美国经济学会授予青年经济学家的“约翰·贝茨·克拉克奖”（John Bates Clark Medal）和1987年获得诺贝尔经济学奖。

322
默顿·米勒

默顿·米勒（MertonH.Miller）（1923-2000），美国人。因在金融特别是在证券投资方面做出杰出贡献而获1990年诺贝尔经济学奖。

323
威廉·夏普

威廉·夏普（WilliamF.Sharpe）（1934- ），美国人。夏普对经济学的主要贡献是在有价证券理论方面对不确定条件下金融决策的规范分析，以及资本市场理论方面关于以不确定性为特征的金融市场的实证性均衡理论。夏普的资本资产定价模型，是现代金融市场价格理论的主要部分。现在投资公司广泛应用该模型来预测某一种股票在股票市场上的运作情况。该模型有助于计算与投资和兼并的有关资本消耗，并能够对有关没收公司财产的法律案件产生影响。它还被广泛用于经济分析，从而系统地、有效地编排统计数据。总之，这一模式对金融经济学的贡献是有口皆碑的。

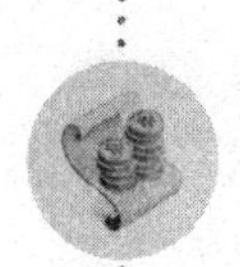

324
加里·贝克尔

加里·贝克尔（GaryS.Becker）（1930－　），美国著名的经济学家，以研究微观经济理论而著称。他运用微观经济分析方法构建理论体系，坚持用经济人假设逻辑一贯地解析全部人类经济行为。1992年，他因“把微观经济分析的领域推广到包括非市场行为的人类行为和相互作用的广阔领域”而获得诺贝尔经济学奖。

325
道格拉斯·诺斯

道格拉斯·诺斯（DouglassC.North）（1920－　），美国人，1942和1952年分别获得美国加州伯克莱大学学士学位和博士学位。由于建立了包括产权理论、国家理论和意识形态理论在内的“制度变迁理论”而获得1993年诺贝尔经济学奖。道格拉斯·诺斯作为新制度经济学的重要代表人物，不仅提出了在新经济制度学中独领风骚的制度变迁理论，而且在广泛吸收各家之长的基础上构建了自己恢弘庞大的思想体系。

326
约翰·海萨尼

约翰·海萨尼（JohnC.Harsanyi）（1920－　），美国人，经济学天才、理性预期学派的重量级代表，是把博弈论发展成为经济分析工具的先驱之一。1995年获诺贝尔经济学奖。

327 莱因哈德·泽尔腾

莱因哈德·泽尔腾（ReinhardSelten）（1930－ ），德国人。1994年诺贝尔经济学奖获奖者。他的主要学术研究领域为博弈论及其应用、实验经济学等。博弈论是作为数学的一个分支出现的，但是它在军事、政治、经济许多方面都有很多重要的运用，其中以在经济学内的运用最多也最为成功。博弈论整个改写了经济学理论。博弈论对人类的更大贡献是，加强了国际的交流合作机会。各国对博弈论的研究，促进了人类社会的文明发展。此外，博弈论的思维方式推动了人类思维模式更高层次的发展。

328 小罗伯特·卢卡斯

小罗伯特·卢卡斯（RobertE.LucasJr.）（1937－ ），美国人。经济学天才、理性预期学派的重量级代表，倡导和发展了理性预期与宏观经济学研究的运用理论，深化了人们对经济政策的理解，并对经济周期理论提出了独到的见解。1995年诺贝尔经济学奖获奖者。

329 詹姆斯·莫里斯

詹姆斯·莫里斯（JamesA.Mirrlees），（1936－ ），英国人。1936年生于苏格兰，与亚当·斯密是同乡，1957年在爱丁堡大学获得数学硕士学位，1963年取得英国剑桥大学哲学博士学位。此后曾任教剑桥大学，也曾到MIT任客座教授。1969年，年仅33岁就被正式聘为牛津大学的教授，从1969年起到1995年一直从教于牛津大学，任该校埃奇沃思讲座经济学教授，Nuffield学院院士。他还曾担任过国际计量经济学会会长、英国皇家经济学会会长等职，是英国科学院院士、美国艺术与科学院院士。现为剑桥大学经济学教授、香港中文大学教授。

由于他在信息经济学理论领域做出了重大贡献，尤其是不对称信息条件下的经济激励理论的论述，获得1996年诺贝尔经济学奖。该理论已成为现代经济学的重要基石。

330 罗伯特·默顿

罗伯特·默顿（RobertC.Merton）（1944－　），哈佛大学的资深教授，1944年生于美国纽约，曾就读于哥伦比亚大学、加州理工学院。1997年度的诺贝尔经济学奖获得者。他在期权定价理论方面作出了杰出贡献，这是经济学界对期权定价理论巨大意义的充分肯定。

331 阿马蒂亚·森

阿阿马蒂亚·森（AmartyaSen）（1933－　），印度人，在西方和印度久负盛名，但是中国人——首先是学术界——熟悉他是在他荣获1998年诺贝尔经济学奖之后。进入21世纪这几年，他的著作被陆续介绍到中国来，接二连三，看来有一些热。热是好事，好在他似乎比别的经济学家更能给我们带来有益的启发。不过，已经译出的作品多与经济学专业有关，并且横跨多种领域，如经济、政治、数学、哲学、伦理、社会学等。

332
丹尼尔·麦克法登

丹尼尔·麦克法登（DanielL.McFadden）（1937-　），生于美国北卡罗来纳州的瑞雷，曾就读于明尼苏达大学。1962年获得明尼苏达大学博士学位。现为加州大学伯克莱分校教授。在微观计量经济学领域，他发展了广泛应用于个体和家庭行为实证分析的理论和方法。

333
迈克尔·斯宾塞

迈克尔·斯宾塞（A.MichaelSpence），1948年生于美国的新泽西，1972年获美国哈佛大学博士头衔，现任美国哈佛和斯坦福（Stanford）两所大学的教授。

迈克尔·斯宾塞还是斯坦福大学商学院研究生院前任院长和现任名誉院长。从20世纪70年代开始，他就致力于“不对称信息市场”理论的研究，即分析不同数量的信息代理是怎样对各种不同类型的市场产生影响的。因此，瑞典皇家科学院认为，他的贡献就在于揭示了当代信息经济的核心。

334
约瑟夫·斯蒂格利茨

约瑟夫·斯蒂格利茨（JosephE.Stiglitz）（1943-　），美国纽约哥伦比亚大学教授，为不对称信息市场的一般理论奠定了基石。他的理论迅速得到了应用，包括传统的农业市场到现代的金融市场。他的贡献来自于现代信息经济学的核心部分。

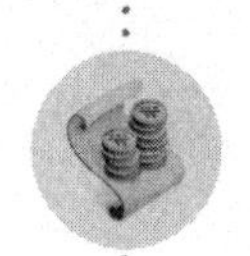

335
丹尼尔·卡纳曼

丹尼尔·卡纳曼（DanielKahneman）（1934-　），出生在以色列特拉维夫，具有美国和以色列双重国籍。现代行为经济学大师，2002年诺贝尔经济学奖获奖者。DanielKahneman是因为“把心理学研究和经济学研究结合在一起，特别是与在不确定状况下的决策制订有关的研究”而得奖。

336
弗农·史密斯

弗农·史密斯（VernonL.Smith）（1927-　），美国乔治·梅森大学经济学和法律教授。传统上，经济学研究主要建立在人们受自身利益驱动并能作出理性决策的假设基础之上。长期以来，经济学被普遍视为是一种依赖于实际观察的经验科学，或者是建立在演绎、推理方法基础之上的思辨性哲学，而不是在可控实验室中进行检测的实验性科学。然而，现在经济学研究越来越重视修正和测试基础经济理论的前提假设，并越来越依赖于在实验室里而不是从实地获得的数据。这种研究源于两个截然不同但目前正在相互融合的领域：一个是用认知心理学分析方法研究人类的判断和决策行为的领域；另一个是通过实验室实验来测试或检验根据经济学理论作出预测的未知或不确定性领域。卡纳曼和史密斯正是这两个研究领域的先驱。卡纳曼因卓有成效地把心理学分析方法与经济学研究融合在一起，而为创立一个新的经济学研究领域奠定了基础。其主要研究成果是，他发现了人类决策的不确定性，即发现人类决策常常与根据标准经济理论假设所作出的预测大相径庭。他与已故的阿莫斯·特维尔斯基合作，提出了一种能够更好地说明人类行为的期望理论。

337
克莱夫·格兰杰

克莱夫·格兰杰（CliveW.J.Granger），1934年生于英国威尔士的斯旺西，1959年获英国诺丁汉大学博士学位，现是美国圣地亚哥加利福尼亚大学荣誉经济学教授。他早期就读于诺丁汉大学，接受当时英国第一个经济学数学双学位教育，1955年留校任教，1957年在天文学杂志上他发表了第一篇论文：《关于太阳黑子活动的一个统计模型》。在20世纪60年代早期，格兰杰获得了支持英国学者去美国深造的哈克尼斯（Harkness）奖学金，去普林斯顿做访问学者，在著名学者约翰·塔基（John Tukey）和奥斯卡·摩根斯坦（Oscar Morgenstein）门下深造。1974年移居美国，成为圣地亚哥加州大学经济学院教授。随后，他开创了该学院的计量经济学研究工作，并使之成为全世界最出色的计量经济学研究基地之一，最后成为该校的荣誉退休教授。格兰杰于1991年成为国际预测师协会会员，曾获得斯德哥尔摩经济学院和卡洛斯三世大学的荣誉博士学位。他现为西部经济学会主席、每年仅两位的美国经济学会杰出会员。他的研究兴趣主要在统计学和计量经济学（主要是时间序列分析）、预测、金融、人口统计学和方法论等方面。

338
罗伯特·恩格尔

罗伯特·恩格尔（RobertF.EngleIII），1942年生于美国纽约的锡拉丘兹，1969年获美国康奈尔大学博士学位，现为美国纽约大学金融服务管理学教授。他的贡献在于建立了描述经济时间序列数据时变波动性的关键概念：自回归条件异方差（ARCH），并发展了一系列波动性模型及统计分析方法。瑞典皇家科学院称他不仅是研究员们学习的光辉典范，而且也是金融分析家的楷模。他不仅为研

究员们提供了不可或缺的工具，还为分析家们在资产定价、资产配置和风险评估方面找到了捷径。

作为一名时间序列分析专家，恩格尔以擅长动态经济金融现象的经验模型分析而著称。他的研究足迹从早期的波段谱回归、假设检验和外生性，一直遍及到20世纪80年代后的协整分析、ARCH模型分析以及金融资产收益数据的超高频分析。

作为近20年来金融计量领域的重要开拓者，他对金融市场分析长期持有浓厚的兴趣，在金融计量经济学的兴趣涉及金融市场微观结构、权益资产、利率、汇率和期权等。在恩格尔看来，随着电子化交易的发展，未来的金融计量经济学可以使金融市场的做市商、经纪人和交易者，借助于统计分析，自动地根据特定市场环境和目标做出最优的策略。

339 芬恩·基德兰德

芬恩·基德兰德（FinnE.Kydland），1943年生于挪威。1968年从挪威经济与工商管理学院毕业，获得经济学学士；1973年从匹兹堡的卡内基-梅隆大学获得博士学位。现任卡内基-梅隆大学（Carnegie Mellon University）和加利福尼亚大学圣巴巴拉校区教授以及德拉斯储备银行和克里兰储备银行的副研究员。基德兰德仍保留着挪威国籍。他是诺贝尔经济学奖于1968年设立以来第三个获奖的挪威人。他说：“我的论文的发表得益于母校给我的教育，我非常感谢我的祖国。同时，它也是挪威和美国国际合作的成果之一。”

340 爱德华·普雷斯科特

爱德华·普雷斯科特（EdwardC.Prescott），1940年生于美国纽约州。1967年从匹兹堡的卡内基－梅隆大学获得博士学位。普雷斯科特曾先后在宾州大学、卡内基－梅隆大学和明尼苏达大学任教，现任亚利桑那州立大学凯瑞（W.P.Carey）商学院经济学讲席教授，并担任明尼阿波利斯联邦储备银行的资深顾问。他在卡内基—梅隆大学任教期间曾担任基德兰德的博士论文导师。

他一是通过对宏观经济政策运用中“时间连贯性难题”的分析研究，为经济政策特别是货币政策的实际有效运用提供了思路；二是在对商业周期的研究中，通过对引起商业周期波动的各种因素和各因素间相互关系的分析，使人们对于这一现象的认识更加深入。

341 托马斯·克罗姆比·谢林

托马斯·克罗姆比·谢林（Thomas Crombie Schelling），1921年生于美国。哈佛大学博士。现任马里兰大学教授。最著名的著作《冲突的策略》（哈佛大学出版社，1960）开创了对议价和策略行为的研究，被认为是1945年以来西方影响最大的一百本书之一。

1971年，他发表了广为引用的关于种族动态研究的论文“种族隔离的动态模型”。其中解释了纯白人居住区是怎样迅速变为纯黑人居住区的，即使白人居民中没有人绝对反对居住在混合居住区中。

谢林还参与了有关全球变暖的争论。根据自己在第二次世界大战后马歇尔计划中的亲身经验，他认为解决全球变暖实际上是一个议价问题：如果全世界能够减少排放，贫穷国家将获得大部分收益，而富裕国家将承担大部分成本。

342 罗伯特·约翰·奥曼

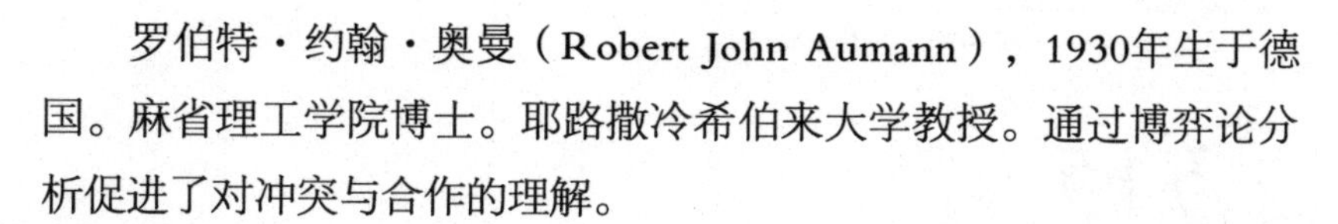

罗伯特·约翰·奥曼（Robert John Aumann），1930年生于德国。麻省理工学院博士。耶路撒冷希伯来大学教授。通过博弈论分析促进了对冲突与合作的理解。

343 埃德蒙德·菲尔普斯

埃德蒙德·菲尔普斯（Edmund Phelps）（1933- ），美国人。菲尔普斯教授的研究方向主要集中于宏观经济学的各个领域，包括就业、通货膨胀和通货紧缩、储蓄、公债、税收、代际公平、价格、工资、微观主体行为、资本形成、财政和货币政策以及他最有成就的领域——经济增长问题，被誉为“现代宏观经济学的缔造者”和“影响经济学进程最重要的人物”之一。菲尔普斯教授最重要的贡献在于经济增长理论。他继罗伯特·索洛之后，对经济增长的动态最优化路径进行了分析，提出了著名的“经济增长黄金律”，从而正式确立了经济增长理论。

344 米尔顿·弗里德曼

米尔顿·弗里德曼（1912-2006），是美国经济学家，以研究宏观经济学、微观经济学、经济史、统计学及主张自由放任资本主义而闻名。1976年获得诺贝尔经济学奖，以表扬他在消费分析、货币供应理论及历史和稳定政策复杂性等范畴的贡献，被誉为20世纪最重要的经济学家之一。他提倡自由市场经济，在大部分情况下

反对政府干预，其理论成了自由意志主义的主要经济根据之一，并且对20世纪80年代开始美国以及其他国家的经济及货币政策有极大影响。

345 艾伦·格林斯潘

艾伦·格林斯潘（AlanGreenspan）（1926- ），美国经济学博士，美联储前主席。2002年8月，英国女王授予格林斯潘“爵士”荣誉称号，以表彰他对“全球经济稳定所作出的杰出贡献”。金融界评论：“格林斯潘一开口，全球投资人都要竖起耳朵”，“格林斯潘打个喷嚏，全球投资人都要伤风”，“笨蛋！谁当总统都无所谓，只要让艾伦当美联储主席就成！”——这是1996年美国大选前夕《财富》杂志放在封面的一句口号。

Chapter 9

不可不知的证券常识

这是一个证券化的时代，似乎证券与每个人的生活都产生了联系。证券，不仅包括股票，还包括公司债、国债、期货等，它们都是投资和理财不可或缺的好伙伴，只有了解了证券的基本常识，才能让你的钱不再懒懒的待在银行，而是投入到以钱生钱的轨道中去，让你的财富不断增值。

346
手

在股市中，它是国际上通用的计算成交股数的单位。必须是手的整数倍才能办理交易。目前一般以100股为一手进行交易。即购买股票至少必须购买100股。

347
开盘价

开盘价是指当日开盘后该股票的第一笔交易成交的价格。如果开市后30分钟内无成交价，则以前日的收盘价作为开盘价。

348
收盘价

收盘价指当天成交的最后一笔股票的价格，也就是收盘价格。如当日没有成交，则采用最近一次的成交价格作为收盘价。因为收盘价是当日行情的标准，又是下一个交易日开盘价的依据，可据以预测未来证券市场行情；所以投资者对行情分析时，一般采用收盘价作为计算依据。

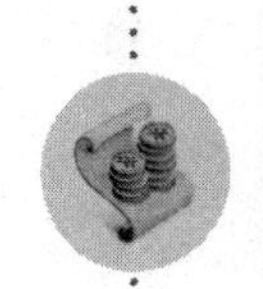

349
成交量

反映成交的数量多少。一般可用成交股数和成交金额两项指标来衡量，即计算在每一价格上成交的股数有多少，或成交的金额有多大，并以此来衡量市场交易的活跃程度。

350
停牌

股票由于某种消息或进行某种活动引起股价的连续上涨或下跌，由证券交易所暂停其在股票市场上进行交易。待情况澄清或企业恢复正常后，再复牌在交易所挂牌交易。

股票停牌的原因。

（1）上市公司有重要信息公布时，如公布年报、中期业绩报告、召开股东会、增资扩股、公布分配方案、重大收购兼并、投资以及股权变动等。

（2）证券监管机关认为上市公司须就有关对公司有重大影响的问题进行澄清和公告时。

（3）上市公司涉嫌违规需要进行调查时。

至于停牌时间长短要视情况来确定。

351
涨（跌）停板

交易所规定股价一天中涨（跌）最大幅度为前一日收盘价的百分数，不能超过此限，否则自动停止交易。

352
反弹

反弹是指在下跌的行情中，股价有时由于下跌速度太快，受到买方支撑暂时回升的现象。反弹幅度较下跌幅度小，反弹后恢复下跌趋势。

353
整理

整理是指股价经过一段急剧上涨或下跌后，开始小幅度波动，进入稳定变动阶段，这种现象称为整理。整理是下一次大变动的准备阶段。

354
市盈率

市盈率是某种股票每股市价与每股盈利的比率。市盈率＝普通股每股市场价格÷普通股每年每股盈利，式中的分子是当前的每股市价，分母可用最近一年盈利，也可用未来一年或几年的预测盈利。市盈率是估计普通股价值的最基本、最重要的指标之一。一般认为该比率保持在20～30之间是正常的，过小说明股价低，风险小，值得购买；过大则说明股价高，风险大，购买时应谨慎。但高市盈率股票多为热门股，低市盈率股票可能为冷门股。

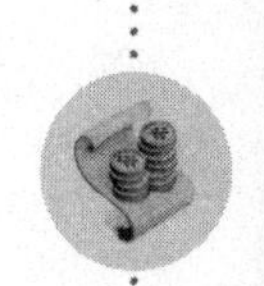

355 价格盈利率

价格盈利率又称市价盈利率、股价盈利比率、市盈率、价盈比、盈利比、本益比，亦简称PAE值。其计算公式如下：价格盈利率＝每股市价/每股盈利，其中每股市价指某一期间的平均市价或上市股票每股当日成交加权平均价及每股当日收盘价；每股盈利则指平均每股上一年的税后利润额或预期的每股税后利润。

这一比率反映了投资者对公司未来盈利的预期，比率越高，越表现出投资者对股票的预期越乐观，反之则不然。其原因在于，正因为投资者对公司未来盈利的预期大，股价才会上升，这一比率才相应的增加。一般说来，那些快速发展的公司，这一比率比较高，而平稳发展的公司这一比率则相应低。

356 证券交易所

证券交易所是依据国家有关法律设立的，为证券的集中竞价和有组织的交易提供场所、设施和规则的特殊法人。证券交易所既不直接买卖证券，也不决定证券价格，而只为买卖证券的当事人提供场所和各种必要的条件及服务。

357 上市公司收购

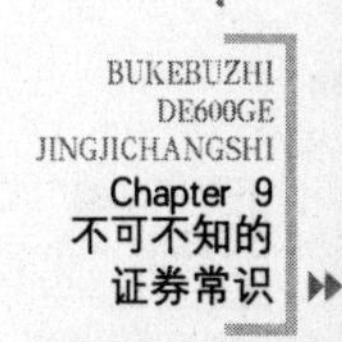

上市公司收购是指投资者公开收购股份有限公司已经依法发行上市的股份以达到对该股份有限公司控股或者兼并目的的行为。

358
对冲基金

对冲基金的英文名称为Hedge.Fund，意为“风险对冲过的基金”，起源于20世纪50年代初的美国。其操作的宗旨，在于利用期货、期权等金融衍生产品以及对相关联的不同股票进行实买空卖、风险对冲的操作技巧，在一定程度上可规避和化解证券投资风险。

359
价格股利率

价格股利率亦称本利比。价格赢利率（本益比）是以目前每股市价除每股赢利得到的结果。然而一般投资者对每股赢利一方面不易得到该项资料，另一方面是因为更关心于每股股利，因此，本益比的计算，倒不如本利比的计算更实际。

本利比的公式如下：价格股利率＝每股市价/每股股利。本利比与本益比的不同点在于：本益比的重点在每股盈余，本利比的重点在每股股利。经常参考发行公司财务报告的投资人，总会发现每股赢利比每股股利大。这是因为在赢利即税后利润中还需按照规定提取公积金（包括法定公积或特别公积等），有的公司还从中提出一部分作为特别奖金，然后以余额分配给股东作为股息、红利（股利）。因此，每股股利数额总是较每股赢利少。

360
投资报酬率

投资报酬率是反映股票投资者从实际投资中所得到的报酬比率，亦是评估股票价格，进行投资决策所应参考的重要指标。.投资报酬率的公式如下：投资报酬率＝股票终值－原始投资额＋股利收入原始投资额。

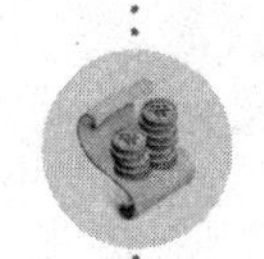

361
股价指数

股价指数是运用统计学中的指数方法编制而成的，反映股市总体价格或某类股价变动和走势的指标。

根据股价指数反映的价格走势所涵盖的范围，可以将股价指数划分为反映整个市场走势的综合性指数和反映某一行业或某一类股票价格走势的分类指数。例如，恒生指数反映的是香港股市整体走势，而恒生国企指数反映的是在香港上市的H股价格走势，恒生红筹股指数则反映香港股市中红筹股的价格走势。

362
ST股

1998年4月22日，沪深证券交易所宣布将对财务状况和其他财务状况异常的上市公司的股票交易进行特别处理（英文为specialtreatment，缩写为“ST”）。其中异常主要指两种情况：一是上市公司经审计两个会计年度的净利润均为负值，二是上市公司最近一个会计年度经审计的每股净资产低于股票面值。在上市公司的股票交易被实行特别处理期间，其股票交易应遵循下列规则。

（1）股票报价日涨、跌幅限制为5%。

（2）股票名称改为原股票名前加“ST”，例如“ST钢管”。

（3）上市公司的中期报告必须经过审计。

363
托管及转托管

托管是在托管券商制度下，投资者在一个或几个券商处以认购、买人、转换等方式委托这些券商管理自己的股份，并且只可以在这些券商处卖出自己的证券；券商为投资者提供证券买卖、分红

派息自动到账、证券与资金的查询、转托管等各项业务服务。托管券商制度是深圳证券交易所采用的股份存管结算及交易服务制度。在这种制度下，投资者要将其托管股份从一个券商处转移到另一个券商处托管，就必须办理一定的手续，实现股份委托管理的转移，即所谓的转托管。投资者在转托管时，可以是一只证券或多只证券，也可以是同一只证券的部分或全部。投资者在原托管券商处办理转托管手续，交易所当日（T日）收市后即处理到账，同时将处理结果传送给转出转入券商，投资者第二个交易日（T+1日）就可以在转入券商处（新的托管券商）卖出证券。

364
标准·普尔股票价格指数

它是由美国最大的证券研究机构——标准·普尔公司编制的股票价格指数。该公司于1923年开始编制发表股票价格指数。最初采选了230种股票，编制两种股票价格指数。到1957年，这一股票价格指数的范围扩大到500种股票，分成95种组合。其中最重要的四种组合是工业股票组、铁路股票组、公用事业股票组和500种股票混合组。从1976年7月1日开始，改为40种工业股票，20种运输业股票，40种公用事业类股票和40种金融业股票。几十年来，虽然有股票更迭，但始终保持为500种。标准·普尔公司股票价格指数以1941年至1993年抽样股票的平均市价为基期，以上市股票数为权数，按基期进行加权计算，其基点数位10。以目前的股票市场价格乘以基期股票数为分母，相除之数再乘以10就是股票价格指数。

365
日经道·琼斯股票指数

日经指数，原称为“日本经济新闻社道·琼斯股票平均价格指数”，是由日本经济新闻社编制并公布的反映日本东京证券交易所股票价格变动的股票价格平均指数。该指数的前身为1950年9月开始编制的“东证修正平均股价”。1975年5月1日，日本经济新闻社向美国道·琼斯公司买进商标，采用修正的美国道·琼斯公司股票价格平均数的计算方法计算，并将其所编制的股票价格指数定为“日本经济新闻社道·琼斯股票平均价格指数”。1985年5月1日在合同满十年时，经两家协商，将名称改为“日经平均股价指数”（简称日经指数）。日经指数按其计算对象的采样数目不同，现分为两种：一是日经225种平均股价指数，它是从1950年9月开始编制的；二是日经500种平均股价指数，它是从1982年1月开始编制的。前一种指数因延续时间较长，具有很好的可比性，成为考察日本股票市场股价长期演变及最新变动最常用和最可靠的指标，传媒日常引用的日经指数就是指这个指数。

366 一线股

一线股通常指股票市场上价格较高的一类股票。这些股票业绩优良或具有良好的发展前景，股价领先于其他股票。大致上，一线股等同于绩优股和蓝筹股。一些高成长股，如我国证券市场上的一些高科技股，由于投资者对其发展前景充满憧憬，它们也位于一线股之列。一线股享有良好的市场声誉，为机构投资者和广大中小投资者所熟知。

367 二线股

二线股是价格中等的股票。这类股票在市场上数量最多。二线股的业绩参差不齐，但从整体上看，它们的业绩也同股价一样，在全体上市公司中居中游。

368 相对动量指数

相对动量指数RMI是对RSI的改良，与RSI相比，RMI的正负动量MTM量度设定为4而不是1，所以比RSI获利能力强，RMI与RSI的判断原则基本一致。

369 国家债券

国家债券是中央政府根据信用原则，以承担还本付息责任为前提而筹措资金的债务凭证。国家债券通常简称为国债。

370 波浪理论

波浪理论，是在1934年由美国一位已退休的会计师艾略特所建立的一套有关股票价格波动和投资技术的理论。艾略特经过多年对美国道·琼斯工业平均指数运动的形态、调整比率及时间周期的详尽统计，运用数学原理进行分析，力图客观地描述股价运动的基本规则，从而达到预测股市运动趋势的目的。

波浪理论的基本思想是：股价趋势是大众心理的反映，虽然人的心理活动千变万化，难以捉摸，但大众群体心理活动的总体效应却呈现出某种规则，这种总体效应反映在市场上，就形成了价格的波动。通过数学与图表的结合，分析这种规则，把握市场的变化，就能做出正确的投资决策。由于波浪理论主要反映大众心理，因此参与市场的人愈多，其准确性愈高。

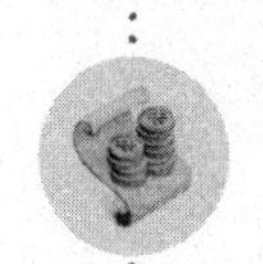

371 均线

均线指标实际上是移动平均线指标的简称。由于该指标是反映价格运行趋势的重要指标，其运行趋势一旦形成，将在一段时间内继续保持，趋势运行所形成的高点或低点又分别具有阻挡或支撑作用，因此均线指标所在的点位往往是十分重要的支撑或阻力位，这就为我们提供了买进或卖出的有利时机，均线系统的价值也正在于此。

372 止损

止损，也叫“割肉”，是指当某一投资出现的亏损达到预定数额时，及时斩仓出局，以避免形成 更大的亏损。其目的就在于投资失误时把损失限定在较小的范围内。股票投资与赌 博的一个重要区别就在于前者可通过止损把损失限制在一定的范围之内，同时又能够最大限度地获取成功的报酬，换言之，止损使得以较小代价博取较大利益成为可 能。股市中无数血的事实表明，一次意外的投资错误足以致命，但止损能帮助投资者化险为夷。

373 A股

A股的正式名称是人民币普通股票。它是由我国境内的公司发行，供境内机构、组织或个人（不含台、港、澳投资者）以人民币认购和交易的普通股股票。

374
B股

B股的正式名称是人民币特种股票，它是以人民币标明面值，以外币认购和买卖，在境内（上海、深圳）证券交易所上市交易的。

375
H股

H股，即注册地在内地、上市地在香港的股票。香港的英文是HongKong，取其字首，在港上市股票就叫做H股。

376
K线图

所谓K线图，就是将各种股票每日、每周、每月的开盘价、收盘价、最高价、最低价等涨跌变化状况，用图形的方式表现出来。K线又称阴阳线、棒线、红黑线或蜡烛线，它起源于日本德川幕府时代（1603–1867年）的米市交易，用来计算米价每天的涨跌，后来人们把它引入股票市场价格走势的分析中，目前已成为股票技术分析中的一种重要方法。

377
内盘和外盘

所谓内盘就是股票在买入价成交，成交价为申买价，说明抛盘比较踊跃；外盘就是股票在卖出价成交，成交价为申卖价，说明买盘比较积极。

通过外盘、内盘数量的大小和比例，投资者通常可能发现主动性的买盘多还是主动性的抛盘多，并在很多时候可以发现庄家动向，是一个较有效的短线指标。

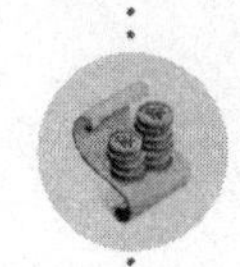

但投资者在使用外盘和内盘时，要注意结合股价在低位、中位和高位的成交情况以及该股的总成交量情况。因为外盘、内盘的数量并不是在所有时间都有效，在许多时候外盘大，股价并不一定上涨；内盘大，股价也并不一定下跌。

378 优先股

优先股是公司在筹集资金时，给予投资者某些优先权的股票。这种优先权主要表现在两个方面：①优先股有固定的股息，不随公司业绩好坏而波动，并且可以先于普通股股东领取股息；②当公司破产进行财产清算时，优先股股东对公司剩余财产有先于普通股股东的要求权。但优先股一般不参加公司的红利分配，持股人亦无表决权，不能借助表决权参加公司的经营管理。因此，优先股与普通股相比较，虽然收益和决策参与权有限，但风险较小。

优先股起源于欧洲，英国在16世纪就已发行过优先股。但在以后几百年内，由于生产力水平不高，一般公司为了便于管理，只发行普通股，很少发行优先股。进入20世纪后，随着经济发展和技术进步，为了筹集急需的巨额资金，优先股就有了适宜生长的土壤。公司发行优先股主要出于以下考虑：①清偿公司债务；②帮助公司渡过财政难关；③欲增加公司资产，又不影响普通股股东的控制权。

379 证券经纪人

指在证券交易所中接受客户指令买卖证券，充当交易双方中介并收取佣金的证券商。它可分为三类，即佣金经纪人、两美元经纪人与债券经纪人。

①佣金经纪人　佣金经纪人与投资公众直接发生联系，其职责在于接受顾客的委托后在交易所交易厅内代为买卖，并在买卖成交后向委托客户收取佣金。佣金经纪人是交易所的主要会员。

②两美元经纪人　两美元经纪人不接受一般顾客的委托，而只受佣金经纪人的委托，从事证券买卖。

③债券经纪人　债券经纪人是以代客买卖债券为业务，以抽取佣金为其报酬的证券商。另外，债券经纪人亦可兼营自行买卖证券业务。

380
配股

配股是上市公司根据公司发展的需要，依据有关规定和相应程序，旨在向原股东进一步发行新股、筹集资金的行为。按照惯例，公司配股时新股的认购权按照原有股权比例在原股东之间分配，即原股东拥有优先认购权。

381
深圳综合股票指数

系由深圳证券交易所编制的股票指数，1991年4月3日为基期。该股票指数的计算方法基本与上证指数相同，其样本为所有在深圳证券交易所挂牌上市的股票，权数为股票的总股本。由于以所有挂牌的上市公司为样本，其代表性非常广泛，且它与深圳股市的行情同步发布，它是股民和证券从业人员研判深圳股市股票价格变化趋势必不可少的参考依据。在前些年，由于深圳证券所的股票交投不如上海证交所那么活跃，深圳证券交易所现已改变了股票指数的编制方法，采用成份股指数，其中只有40只股票入选并于1995年5月开始发布。

现深圳证券交易所并存着两个股票指数，一个是老指数深圳综合指数，一个是现在的成分股指数，但从最近三年来的运行势态来看，两个指数间的区别并不是特别明显。

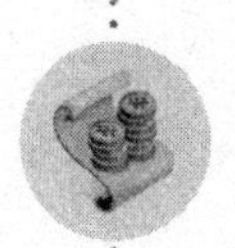

382 风险投资基金

风险投资基金又叫创业基金，是当今世界上广泛流行的一种新型投资机构。它以一定的方式吸收机构和个人的资金，投向于那些不具备上市资格的中小企业和新兴企业，尤其是高新技术企业。风险投资基金无需风险企业的资产抵押担保，手续相对简单。它的经营方针是在高风险中追求高收益。风险投资基金多以股份的形式参与投资，其目的就是为了帮助所投资的企业尽快成熟，取得上市资格，从而使资本增值。一旦公司股票上市后，风险投资基金就可以通过证券市场转让股权而收回资金，继续投向其他风险企业。目前世界上的风险投资基金大致可分为欧洲型和亚洲型两类，它们的主要区别在于投资对象的不同。风险投资基金是一种“专家理财、集合投资、风险分散”的现代投资机制。对于风险企业而言，通过风险投资基金融资不仅没有债务负担，还可以得到专家的建议，扩大广告效应，加速上市进程。特别是高新技术产业，风险投资通过专家管理和组合投资，降低了由于投资周期长而带来的行业风险，使高新技术产业的高风险和高收益得到有效的平衡，从而为产业的发展提供足够的稳定的资金供给。此外，作为风险投资基金的投资者，也可以从基金较高的规模经济效益与成功的投资运作中获取丰厚的投资回报。

383
契约型投资基金

契约型投资基金也称信托型投资基金，是根据一定的信托契约原理，由基金发起人和基金管理人、基金托管人订立基金契约而组建的投资基金。基金管理公司依据法律、法规和基金契约负责基金的经营和管理操作，基金托管人负责保管基金资产，执行管理人的有关指令，办理基金名下的资金往来，投资者通过购买基金单位、享有基金投资收益。英国、日本和我国香港、台湾地区多是契约型基金。

384
证券商

是由证券主管机关批准成立的证券市场上经营代理证券发行业务、代理证券买卖业务、自营证券买卖业务及代理证券还本付息和支付红利等业务的金融机构。它主要由法人机构组成。证券商可分两大类，一类是证券发行市场上的证券商，属于证券承销商；另一类则是证券流通市场上的证券商，属于证券经纪商。证券经纪商又可分为证券交易所的证券商和场外交易市场的证券商两类。

385
转配股

转配股是我国股票市场特有的产物。国家股、法人股的持有者放弃配股权，将配股权有偿转让给其他法人或社会公众，这些法人或社会公众行使相应的配股权时所认购的新股，就是转配股。转配股目前不上市流通。

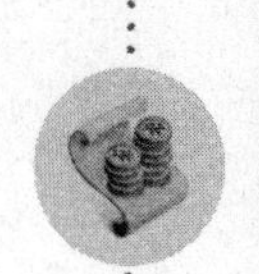

386
恒生指数

恒生指数，由香港恒生银行全资附属的恒生指数服务有限公司编制，是以香港股票市场中的33家上市股票为成分股样本，以其发行量为权数的加权平均股价指数，是反映香港股市价格趋势最有影响的一种股价指数。该指数于1969年11月24日首次公开发布，基期为1964年7月31日，基期指数定为1000点。恒生指数的成分股具有广泛的市场代表性，其总市值占香港联合交易所市场资本额总和的70%左右。为了进一步反映市场上各类股票的价格走势，恒生指数于1985年开始公布四个分类指数，把33种成分股分别纳入工商业、金融、地产和公共事业四个分类指数中。

387
国企指数

国企指数，又称H股指数，全称是恒生中国企业指数，也是由香港恒生指数服务有限公司编制和发布的。该指数以所有在联交所上市的中国H股公司股票为成分股计算得出加权平均股价指数。设立恒生中国企业指数的目的，是要为投资者提供一个反映在香港上市的中国H股企业的股价表现的指标。该指数的计算公式与恒生指数相同。

388
红筹股指数

红筹股指数，指香港恒生指数服务有限公司编制和发布的恒生红筹股指数。该指数于1997年6月16日正式推出，样本股包括32只符合其选取条件的红筹股，而非所有红筹股。指数以1993年1月4日为基日，基日指数定为1000点。

389
国债

国债是中央政府为筹集财政资金而发行的一种政府债券，是中央政府向投资者出具的、承诺在一定时期支付利息和到期偿还本金的债权债务凭证。

国债是国家信用的主要形式。中央政府发行国债的目的往往是弥补国家财政赤字，或者为一些耗资巨大的建设项目以及某些特殊经济政策乃至为战争筹措资金。由于国债以中央政府的税收作为还本付息的保证，因此风险小，流动性强，利率也较其他债券低。

390
结算风险基金

结算风险基金是指证券登记结算机构依法设立的用于补偿证券登记结算机构损失的一种基金。风险基金的资金来源有两个：一是从证券登记结算机构的业务收入和收益中提取；二是由证券公司按证券交易业务量的一定比例缴纳。第二个来源是否利用，由证券登记结算机构自主决定，法律上未做强制规定。

391
趋势线

趋势线（TREND.LINE）是图形分析上最基本的技巧，趋势线是在图形上每一个波浪顶部最高点间，或每一谷底最低点间的直切线。当一条趋势线在时间上涵盖数月之久，可称之为“主要趋势线”或“长期趋势线”。较短的趋势线则称之为“次要趋势线”或“短期趋势线”。

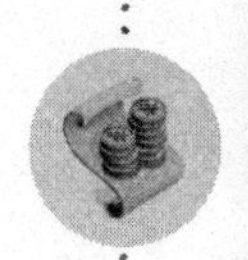

392
虚假陈述揭露日

虚假陈述揭露日，是指虚假陈述在全国范围发行或者播放的报刊、电台、电视台等媒体上，首次被公开揭露之日。

393
公司职工股

公司职工股，是本公司职工在公司公开向社会发行股票时按发行价格所认购的股份。按照《股票发行和交易管理暂行条例》规定，公司职工股的股本数额不得超过拟向社会公众发行股本总额的10%。公司职工股在本公司股票上市6个月后，即可安排上市流通。

394
内部职工股

内部职工股和公司职工股是两个完全不同的概念。在我国进行股份制试点初期，出现了一批不向社会公开发行股票，只对法人和公司内部职工募集资金的股份有限公司，被称为定向募集公司，内部职工作为投资者所持有的公司发行的股份被称为内部职工股。1993年，国务院正式发文明确规定停止内部职工股的审批和发行。

395
股东权益

股东权益又称净资产，是指公司总资产中扣除负债所余下的部分。例如，“上海汽车”1997年年底的资产负债表上，总资产为

40.56亿元，负债是7.42亿元，股东权益就为两者之差。即33.14亿元，这也是“上海汽车”的净资产，股东权益是一个很重要的财务指标，它反映了公司的自有资本。当总资产小于负债金额，公司就陷入了资不抵债的境地，这时，公司的股东权益便消失殆尽。如果实施破产清算，股东将一无所得。相反，股东权益金额越大，这家公司的实力就越雄厚。

股东权益包括以下五部分。一是股本，即按照面值计算的股本金。二是资本公积，包括股票发行溢价、法定财产重估增值、接受捐赠资产价值。三是盈余公积，又分为法定盈余公积和任意盈余公积。法定盈余公积按公司税后利润的10％强制提取，目的是为了应付经营风险。当法定盈余公积累计额已达注册资本的50％时可不再提取。四是法定公益金，按税后利润的5％～10％提取。用于公司福利设施支出。五是未分配利润，指公司留待以后年度分配的利润或待分配利润。

396 缩量

缩量是指市场成交极为清淡,大部分人对市场后期走势十分认同。这里面又分两种情况：一是看淡后市,造成只有人卖,没有人买；二是看好后市,只有人买,没有人卖。缩量一般发生在趋势的中期,碰到下跌缩量应坚决出局,等量缩到一定程度,开始放量上攻时再买入。碰到上涨缩量则可坚决买进,等股价上冲乏力,有巨量放出的时候再卖出。

397 放量

放量一般发生在市场趋势发生转折的转折点处,市场各方力量对后市分歧逐渐加大,一些人纷纷把家底甩出,另一部分人却在大手笔吸

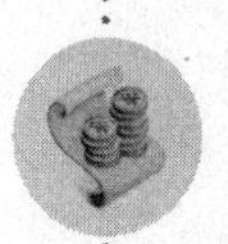

纳。相对于缩量来说,放量有很大的虚假成分,控盘主力利用手中的筹码大手笔对敲放出天量是非常简单的事,但我们也没有必要因噎废食,只要分析透了主力的用意,也就可以将计就计“咬他一大口”。

398 堆量

主力意欲拉升时,常把成交量做得非常漂亮,几日或几周以来,成交量缓慢放大,股价慢慢推高,成交量在近期的K线图上形成一个状似土堆的形态,堆得越漂亮,就越可能产生大行情。相反,在高位的堆量表明主力已不想玩了,在大举出货,这种情况下我们要坚决退出,不要幻想再有巨利获取了。

399 温和放量

个股的成交量在前期持续低迷之后，出现连续温和放量形态，一般可以证明有实力资金在介入。但这并不意味着投资者就可以马上介入，个股在底部出现温和放量之后，股价会随量上升，量缩时股价会适量调整。当持续一段时间后，股价的上涨会逐步加快。

400 突放巨量

为这其中可能存在多种情况，如果股价经历了较长时间的上涨过程后放巨量，通常表明多空分歧加大，有实力资金开始派发，后市继续上涨将面临一定困难。而经历了深幅下跌后的巨量一般多为空方力量的最后一次集中释放，后世继续深跌的可能性很小，反弹或反转的时机近在眼前。如果股市整体下跌，而个股逆势放量，在

市场一片喊空声之时放量上攻，造成十分醒目的效果。这类个股往往持续时间不长，随后反而加速下跌。

401
价格优先与时间优先原则

为了保证证券交易的公平，充分反映当事人双方的意愿，交易所实行价格优先和时间优先的成交原则。

价格优先是指较高买进申报，优先满足于较低买进申报，较低卖出申报优先满足于较高卖出申报；时间优先是指同价位申报，先申报者优先满足。

402
企业债券

企业债券通常又称为公司债券，是企业依照法定程序发行，约定在一定期限内还本付息的债券。企业债券代表着发债企业和投资者之间的一种债权债务关系。债券持有人是企业的债权人，不是所有者，无权参与或干涉企业经营管理，但债券持有人有权按期收回本息。企业债券与股票一样，同属有价证券，可以自由转让。

由于企业主要以本身的经营利润作为还本付息的保证，因此企业债券风险与企业本身的经营状况直接相关。如果企业发行债券后，经营状况不好，连续出现亏损，可能无力支付投资者本息，投资者就面临着受损失的风险。从这个意义上来说，企业债券是一种风险较大的债券。所以，在企业发行债券时，一般要对发债企业进行严格的资格审查或要求发行企业有财产抵押，以保护投资者利益。另一方面，在一定限度内，证券市场上的风险与收益成正相关关系，高风险伴随着高收益。企业债券由于具有较大风险，它们的利率通常也高于国债和地方政府债券。

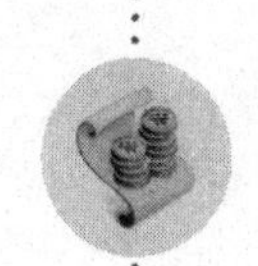

403 伦敦金融时报指数

伦敦金融时报指数，是“伦敦《金融时报》工商业普通股票平均价格指数”的简称。由英国最著名的报纸——《金融时报》编制和公布，用以反映英国伦敦证券交易所的行情变动。该指数分三种：一是由30种股票组成的价格指数；二是由100种股票组成的价格指数；三是由500种股票组成的价格指数。通常所讲的英国金融时报指数指的是第一种，即由30种有代表性的工商业股票组成并采用加权算术平均法计算出来的价格指数。该指数以1935年7月1日为基期日，以该日股价指数为100点，以后各期股价与其比较，所得数值即为各期指数。该指数也是国际上公认的重要股价指数之一。

404 包销

承销商与发行公司商定发行底价签订销售协议书，然后组织力量在证券市场以某种方式进行销售。如果证券不能全部销完，所余的未售出部分就作为资产归承销者所有或任其降价出售，自行承担损失。对承销者来说，包销所获丰厚，但风险很大，所以，在新发证券数额较大时，一般由几家承销人组成包销份额、包销收费水平、承担风险的方式等有多种确定方式。在国际证券市场中，银团包销方式最常见。

405 政策面

所谓政策面，是指对股市可能产生影响的有关政策方面的因素。主要可以分为如下三方面。

（1）宏观导向，如政府的经济方针、长远发展战略以及体制改革和国企改革的有关思路与措施。

（2）经济政策，包括政府在财政政策、税收政策、产业政策、货币政策、外贸政策方面的变化。

（3）根据证券市场的发展要求而出台的一些新的政策法规，如涨跌停板、投资基金管理办法等。

406 上证股票指数

系由上海证券交易所编制的股票指数，1990年12月19日正式开始发布。该股票指数的样本为所有在上海证券交易所挂牌上市的股票，其中新上市的股票在挂牌的第二天纳入股票指数的计算范围。

该股票指数的权数为上市公司的总股本。由于我国上市公司的股票有流通股和非流通股之分，其流通量与总股本并不一致，所以总股本较大的股票对股票指数的影响就较大，上证指数常常就成为机构大户造市的工具，使股票指数的走势与大部分股票的涨跌相背离。

上海证券交易所股票指数的发布几乎是和股票行情的变化相同步的，它是我国股民和证券从业人员研判股票价格变化趋势必不可少的参考依据。

407 集合竞价

在每个交易日规定时间段内（上午9：15—9：25），由投资者按照自已所能接受的心理价格，在规定的涨跌幅范围内（新股上市首日除外），自由地进行买卖申报，证券交易所交易主机对该时间段内全部有效委托进行一次性集中撮合处理的过程，称为集合竞价。

集合竞价由电脑交易处理系统对全部申报按照价格优先、时间优先的原则排序，并在此基础上，找出一个基准价格，使它同时能满足以下3个条件。

（1）成交量最大。

（2）高于基准价格的买入申报和低于基准价格的卖出申报全部满足（成交）。

（3）与基准价格相同的买卖双方中有一方申报全部满足（成交）。

该基准价格即被确定为成交价格，集合竞价方式产生成交价格的全部过程，完全由电脑交易系统进行程序化处理，将处理后所产生的成交价格显示出来。

这里需要说明的是：

第一，集合竞价方式下价格优先、时间优先原则体现在电脑主机将所有的买入和卖出申报按价格由高到低排出序列，同一价格下的申报原则按电脑主机接受的先后顺序排序；

第二，集合竞价过程中，若产生一个以上的基准价格，即有一个以上的价格同时满足集合竞价的3个条件时，沪市选取这几个基准价格的中间价格为成交价格，深市则选取离前收盘价最近的价格为成交价格。

408 公司型投资基金

公司型投资基金是具有共同投资目标的投资者依据公司法组成以盈利为目的、投资于特定对象（如各种有价证券、货币）的股份制投资公司。这种基金通过发行股份的方式筹集资金、是具有法人资格的经济实体。基金持有人既是基金投资者又是公司股东，按照公司章程的规定，享受权利、履行义务。

公司型基金成立后，通常委托特定的基金管理公司运用基金资产进行投资并管理基金资产。基金资产的保管则委托另一金融机构，该

机构的主要职责是保管基金资产并执行基金管理人指令，二者权责分明。基金资产独立于基金管理人和托管人的资产之外，即使受托的金融保管机构破产，受托保管的基金资产也不在清算之列。

409
债券基金

债券基金是一种以债券为投资对象的证券投资基金，它通过集中众多投资者的资金，对债券进行组合投资，寻求较为稳定的收益。随着债券市场的发展，债券基金也发展成为证券投资基金的重要种类，其规模仅次于股票基金。如在美国，1997年初债券基金资产总额为886亿美元，占美国基金资产总额的25%，而同期股票基金所占的比例为49%；在香港地区，1997年初债券基金资产总额为70.5亿美元，占香港基金资产总额的17%，同期股票基金的比例为60%。

410
证券投资基金

证券投资基金是一种利益共享、风险共担的集合证券投资方式，即通过发行基金单位，集中投资者的资金，由基金托管人托管，由基金管理人管理和运用资金、从事股票、债券等金融工具投资。在我国，基金托管人必须由合格的商业银行担任，基金管理人必须由专业的基金管理公司担任。基金投资人享受证券投资基金的收益，也承担亏损的风险。

411
买空

投资者预测股价将会上涨，但自有资金有限不能购进大量股

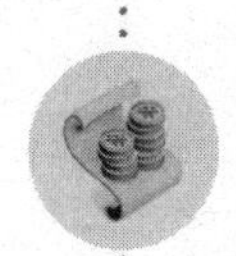

票，于是先缴纳部分保证金，并通过经纪人向银行融资以买进股票，待股价上涨到某一价位时再卖，以获取差额收益。

412
卖空

卖空是投资者预测股票价格将会下跌，于是向经纪人交付抵押金，并借入股票抢先卖出。待股价下跌到某一价位时再买进股票，然后归还借入股票，并从中获取差额收益。

413
投机股

投机股是指那些从事开发性或冒险性的公司的股票。这些股票有时在几天内上涨许多倍，因而能够吸引一些投机者。这种股票的风险性很大。

414
股票基金

股票基金是以股票为投资对象的投资基金，是投资基金的主要种类。股票基金作为一种投资工具，在股市中占有重要地位。以美国为例，1993年美国股票基金为7490亿美元，占美国共同基金总值的36%，占全部股票市值的13%，1996年增加到17501亿美元，占美国共同基金总值的49%，占全部股票市值的17%。

股票基金按投资的对象可分为优先股基金和普通股基金。优先股基金可获取稳定收益，风险较小，收益分配主要是股利。普通股基金是目前数量最大的一种基金，该基金以追求资本利得和长期资本增值为目的，风险较优先股基金大。

415
红筹股

红筹股这一概念诞生于20世纪90年代初期的香港股票市场。中华人民共和国在国际上有时被称为红色中国，相应的，香港和国际投资者把在境外注册、在香港上市的那些带有祖国大陆概念的股票称为红筹股。

416
垃圾股

垃圾股与绩优股相对应。垃圾股指的是业绩较差的公司的股票。这类上市公司或者由于行业前景不好，或者由于经营不善等，有的甚至进入亏损行列。其股票在市场上的表现萎靡不振，股价走低，交投不活跃，年终分红也差。投资者在考虑选择这些股票时，要有比较高的风险意识，切忌盲目跟风投机。

绩优股和垃圾股不是天生的和绝对的。绩优股公司决策失误，经营不当，其股票可能沦落为垃圾股；而垃圾股公司经过资产重组和经营管理水平的提高，抓住市场热点，打开市场局面，也有可能将其股票变为绩优股。这样的例子在我国股票市场上比比皆是。

股票市场中绩优股和垃圾股并存的格局警示着上市公司，上市并不意味着公司从此高枕无忧，股票市场容不得滥竽充数，是绩优股，还是垃圾股，依赖于上市公司本身的努力。

417
绩优股

绩优股是指那些业绩优良，但增长速度较慢的公司的股票。这类公司有实力抵抗经济衰退，但这类公司并不能给你带来振奋人

心的利润。因为这类公司业务较为成熟，不需要花很多钱来扩展业务，所以投资这类公司的目的主要在于获得股息。另外，投资这类股票时，市盈率不要太高，同时要注意股价在历史上经济不景气时波动的记录。

418 成长股

成长股是指这样一些公司所发行的股票，它们的销售额和利润额持续增长，而且其速度快于整个国家和本行业的增长。这些公司通常有宏图伟略，注重科研，留有大量利润作为再投资以促进其扩张。

419 普通股

普通股是指在公司的经营管理和盈利及财产的分配上享有普通权利的股份，代表满足所有债权偿付要求及优先股东的收益权与求偿权要求后对企业盈利和剩余财产的索取权，它构成公司资本的基础，是股票的一种基本形式，也是发行量最大，最为重要的股票。目前在上海和深圳证券交易所上市交易的股票，都是普通股。

420 优先股

优先股是相对于普通股（ordinary share）而言的。主要指在利润分红及剩余财产分配的权利方面，优先于普通股。持有这种股份的股东先于普通股股东享受分配，通常为固定股利。优先股收益不

受公司经营业绩的影响。其主要特征有：享受固定收益、优先获得分配、优先获得公司剩余财产的清偿、无表决权。除了这些本质特征外，发行人为了吸引投资者或保护普通股东的权益，对优先股附加了很多定义，如可转换概念、优先概念、累计红利概念等。在表达优先股时美、英两国的习惯差异甚大。美国多简单地使用形容词“preferred”表示优先股，有时在后边加入名词“stock”；而英国多使用“preference”，习惯加名词“share”。

421 累积优先股

累积优先股是指在某个营业年度内，如果公司所获得盈利不足以分派规定的股利，日后优先股的股东对往年未付给的股息，有权要求如数补给。

422 非累积优先股

对于非累积的优先股，虽然对于公司当年所获得的利润有优先于普通股获得分派股息的权利，但如该年公司所获得的盈利不足以按规定的股利分配时，非累积优先股的股东不能要求公司在以后年度中予以补发。一般来讲，对投资者来说，累积优先股比非累积优先股具有更大的优越性。

423 参与优先股

当企业利润增大，除享受既定比率的利息外，还可以跟普通股共同参与利润分配的优先股，称为“参与优先股”。

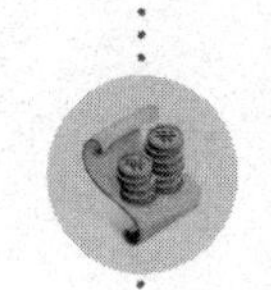

424
非参与优先股

除了既定股息外，不再参与利润分配的优先股，称为“非参与优先股”。一般来讲，参与优先股较非参与优先股对投资者更为有利。

425
跳空

跳空指受强烈利多或利空消息刺激，股价开始大幅度跳动。跳空通常在股价大变动的开始或结束前出现。

426
掉期交易

是指在买入或卖出即期外汇的同时，卖出或买进同一货币的远期外汇，以防止汇率风险的一种外汇交易。这种金融衍生工具，是当前用来规避由于所借外债的汇率发生变化而给企业带来财务风险的一种主要手段。

427
利率掉期

所谓利率掉期，是借利息支付方式的改变，而改变债权或债务的结构，双方签订契约后，按照契约规定，互相交换付息的方式，如以浮动利率交换固定利率，或是将某种浮动利率交换为另一种浮动利率。订约双方不交换本金，本金只是作为计算基数。

428
货币掉期

货币掉期又称“货币互换”，是一项常用的债务保值工具，主要用来控制中长期汇率风险，把以一种外汇计价的债务或资产转换为以另一种外汇计价的债务或资产，达到规避汇率风险、降低成本的目的。早期的“平行贷款”、“背对背贷款”就具有类似的功能。但无论是“平行贷款”还是“背对背贷款”仍然属于贷款行为，在资产负债表上将产生新的资产和负债。而货币互换作为一项资产负债表外业务，能够在不对资产负债表造成影响的情况下，达到同样的目的。

429
外汇掉期

外汇掉期（Foreign Exchange Swap）是交易双方约定以货币A 交换一定数量的货币B，并以约定价格在未来的约定日期用货币B 反向交换同样数量的货币A。外汇掉期形式灵活多样，但本质上都是利率产品。首次换入高利率货币的一方必然要对另一方予以补偿，补偿的金额取决于两种货币间的利率水平差异，补偿的方式既可通过到期的交换价格反映，也可通过单独支付利差的形式反映。

430
股东

股东是股份制公司的出资人或叫投资人。股东是股份公司或有限责任公司中持有股份的人，有权出席股东大会并有表决权，也指其他合资经营的工商企业的投资者。

股东是公司存在的基础，是公司的核心要素；没有股东，就不可能有公司。从一般意义上说，股东是指持有公司股份或向公司出资者。根据《公司法》的规定，有限责任公司成立后，应当向股东签发出资证明书，并置备股东名册，记载股东的姓名或者名称及住所、股东的出资额、出资证明书编号等事项。《公司法》同时规定，有限责任公司股东依法转让其出资后，应由公司将受让人的姓名或者名称、住所以及受让的出资额记载于股东名册。据此，非依上述规定办理过户手续者，其转让对公司不发生法律效力。由此可见，有限责任公司的股东应为向公司出资，并且其名字登记在公司股东名册者。

431
场外交易

场外交易又称柜台交易或OTC交易，是指不经过交易所，而在客户之间完成的交易OTC。

交易可以通过人工电话完成，也可以通过EBS电子报价系统完成，交易双方独立完成清算。额外的高杠杆率使得市场主体和最终用户在风险管理方面投入的交易成本也大大下降。

432
场内交易

场内交易是指在正式且集中的交易所进行的交易，可以通过人工电话等完成，也可以通过EBS等电子系统完成。有组织的场内交易主要有四个重要特征：成员资格、操作服从制度要求、集中进行交易、清算和结算以及风险分担机制。

Chapter 10

不可不知的金融常识

自次贷危机以来，金融成为家喻户晓的名词，大家都很好奇金融到底是怎么一回事。金融不仅是银行、证券、基金，不仅是股市、债市、汇市，金融是与你的生活息息相关的一个行业。从你手中使用的货币，到日常缴纳水电费、汇款要去银行，从货币兑换，到通货膨胀，金融是你无法离开的一种经济现象。本章就将讲述基本的金融常识，让你知晓金融究竟是做什么的。

433
金本位体系

在1880～1914年这35年间，主要西方国家通行金本位制，即各国在流通中使用具有一定成色和重量的金币作为货币，金币可以自由铸造、自由兑换及自由输出入。在金本位体系下，两国之间货币的汇率由它们各自的含金量之比即金平价来决定。由于黄金输送点和物价的机能作用，把汇率波动限制在有限的范围内，对汇率起到自动调节的作用，从而保持汇率的相对稳定。在第一次世界大战前的35年间，包括美国在内的采用金本位的国家汇率都未发生过升贬值剧烈波动。

1914年第一次世界大战爆发后，各国停止黄金输出入，金本位体系即告解体。第一次世界大战到第二次世界大战之间，各国货币基本上没有遵守一个普遍的汇率规则，处于混乱的各行其是的状态。

434
布雷顿森林体系

1944年7月，第二次世界大战中的45个同盟国召开“联合和联盟国家国际货币金融会议”，通过了布雷顿森林协定，从此开始了布雷顿森林体系的汇率制度时代，确定了以美元为中心的国际货币体系。

布雷顿森林体系下的汇率制度，概括起来就是美元与黄金挂钩，其他货币与美元挂钩的“双挂钩”制度。具体内容是：美元与黄金的兑换比例为1盎司黄金=35美元，其他货币按各自的含金量与美元挂钩，确定其与美元的汇率；各国货币对美元的汇率只能在平

价上下各1%的限度内波动，超过这个限度，各国中央银行有义务在外汇市场上进行干预，以保持汇率的稳定；只有在一国的国际收支发生“根本性不平衡”时，才允许贬值或升值。

布雷顿森林体系从建立伊始就埋下了隐患，最终走进了“特里芬难题”的误区。加之国际市场上投机者抓住固定汇率制的瓦解趋势推波助澜，大肆借美元对黄金下赌注，进一步增加了美元的超额供应和对黄金的超额需求，最终美国黄金储备面临枯竭的危机。1971年8月15日，美国总统尼克松宣布美元贬值和美元停兑黄金，布雷顿森林体系开始崩溃。1973年2月，美元第二次贬值，欧洲国家及其他主要资本主义国家纷纷退出固定汇率制，固定汇率制彻底瓦解。

435 浮动汇率制

一般讲，全球金融体系自1973年3月以后，以美元为中心的固定汇率制度就不复存在，而被浮动汇率制度所代替。

在浮动汇率制下，官方不再规定汇率上下波动的幅度，中央银行也不再承担维持波动上下限的义务，各国汇率是根据外汇市场中的外汇供求状况自行浮动和调整的结果。国际收支、通货膨胀、经济增长率等国内指标都成为影响汇率变动的因素。

436 旅行支票

旅行支票是银行或旅行社为方便旅游者，在旅游者交存一定金额后签发的定额票据。购买旅行支票后，旅游者可随身携带，在预先约定的银行或旅行社的分支机构或代理机构凭票取款，比带现金旅行方便。

购买旅行支票时，旅游者要当场签字，作为预留印鉴；支取款项时必须当着付款单位的面在支票上签字；付款单位将两个签字核对无误后，方可付款，以防假冒。

中国银行在收兑旅行支票时要收取7.5‰的贴息。

437
信用卡

信用卡是银行为提供消费信用而发给客户的，在指定地点支取现金、购买货物或支付劳务费用的信用凭证，实际上是一种分期付款的消费信贷。信用卡上印有持卡者姓名、签字、号码及每笔赊购的限额和有效期等内容。

中国银行于1986年6月发行了人民币长城信用卡，中国工商银行于1989年10月发行了人民币牡丹卡。我国目前受理的主要外国信用卡有：万事达卡、维萨卡、运通卡、大莱卡、JCB卡、百万卡、发达卡等。

438
美国货币

美国货币由美元dollar和美分cent组成，onedollar等于100cents。其纸币bill有一、二、五、十、二十、五十和一百美元等面值；硬币（coin）有一美分（或apenny）、五美分（或anickel）、十美分（或adime）和二十五美分（或aquarter）等。在数字前加$表示美元，如：$500表示五百美元；在数字后加C表示美分，如：50C表示50美分；表示由美元和美分组成的钱数时，常用$表示，如：$6.50。

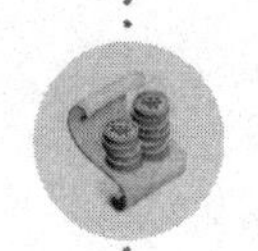

439
英国货币

英国货币由英镑（pound）和便士（pence）组成，也分为纸币notes和硬币coins。纸币有面值五镑、十镑、二十镑和五十镑；而硬币，即金属货币有一便士、二便士、五便士、十便士、二十便士、五十便士和一镑等。若指一定数额的硬币，通常用piece，如2P（pieces）；随身带的硬币可用change表示。100pence等于1pound。在数字前加￡表示多少英镑，如：￡800为800英镑；在数字后加P表示多少便士，如：5P表示五便士（penny的复数）；表示由英镑和便士组成的钱数时通常不说出pence，如3镑50便士可说成￡3.50或threepoundsandfifty。

440
准备金率

是银行的准备金与存款总额之比。

金融机构必须将存款的一部分缴存在中央银行，这部分存款叫做存款准备金；存款准备金占金融机构存款总额的比例则叫做存款准备金率。比如，如果存款准备金率为7%，就意味着金融机构每吸收100万元存款，要向央行缴存7万元的存款准备金，用于发放贷款的资金为93万元。倘若将存款准备金率提高到7.5%，那么金融机构的可贷资金将减少到92.5万元。

在存款准备金制度下，金融机构不能将其吸收的存款全部用于发放贷款，必须保留一定的资金即存款准备金，以备客户提款的需要，因此存款准备金制度有利于保证金融机构对客户的正常支付。随着金融制度的发展，存款准备金逐步演变为重要的货币政策工具。当中央银行降低存款准备金率时，金融机构可用于贷款的资金增加，社会的贷款总量和货币供应量也相应增加；反之，社会的贷款总量和货币供应量将相应减少。

441

升水

升水。金银币在销售时，其本金本银部分是按国际价为准确定的，而加工费和利润部分称为升水。

升水是指远期汇率高于即期汇率，与贴水对应。在通常情况下，银行报出的升贴水数只报两位或三位数。如果是两位数，即为小数点后第三和第四位，如果报三位数，即为小数点后第二、三和第四位数。升贴水数的大小，两个数的排列次序也按升水或贴水而不同。在直接标价法下，小数在前，大数在后，即为升水；在间接标价法下，若是小数在后，大数在前，即为升水。

在期货市场上，现货的价格低于期货的价格，则基差为负数，远期期货的价格高于近期期货的价格，这种情况叫“期货升水”，也称“现货贴水”，远期期货价格超出近期货价格的部分，称“期货升水率”；如果远期期货的价格低于近期期货的价格、现货的价格高于期货的价格，则基差为正数，这种情况称为“期货贴水”，或称“现货升水”，远期期货价格低于近期期货价格的部分，称“期货贴水率”。

442

贴水

贴水是指远期汇率低于即期汇率，与“升水”对应。在通常情况下，银行报出的升贴水数只有两位或三位数。如果为两位数，即为小数点后第三和第四位，如果报三位数，即为小数点后第二、三加第四位数。升贴水数的大小，两个数的排列次序也按升水或贴水而不同。在直接标价法下，大数在前，小数在后，即为贴水。在间接标价法下，小数在前，大数在后，则为贴水。

在期货市场上，现货的价格低于期货的价格，则基差为负数，远期期货的价格高于近期期货的价格，这种情况叫“期货升水”，也称“现货贴水”，远期期货价格超出近期货价格的部分，称“期货升水率”；如果远期期货的价格低于近期期货的价格、现货的价格高于期货的价格，则基差为正数，这种情况称为“期货贴水”，或称“现货升水”，远期期货价格低于近期期货价格的部分，称“期货贴水率”。

另一解释：贴水是一个行业用语。对CIF贸易来说，通常贴水是指运费+管理费+利润。而对FOB贸易来说，则不包括运费及随运输过程所发生的管理费。一般贸易商会给其客户报出何时何地交货的贴水。CP+贴水则为实际成本价。由于CP仅为一挂牌参考价，而现货价往往是根据货源的充裕或紧缺有时低呈高于CP，为体现CP+贴水中CP不变，故贴水价经常浮动，在货源充裕时，有时会出现零贴水或负贴水的现象。质量的波动会对贴水产生一定的影响，但主要的还是要看前面我们提到的运费、CP价等。

443
基本汇率

基本汇率是本国货币与国际上某一关键货币的兑换比率。所谓关键货币就是指在本国的国际收支中使用最多、国际储备中占比重最大、可以自由兑换，并为世界各国所普遍接受的某一外国货币，如美元。

目前，在国际市场上进行外汇交易时，银行之间的报价一般都采用以美元为标准，只报出美元对各国货币的汇价，叫做“美元标价法”。也就等于各国均以美元为关键货币，报出本国货币与美元的汇率，即基本汇率。

基本汇率与套算汇率相对应。

444

直接标价法

直接标价法，又叫应付标价法，是以一定单位（1、100、1000、10000）的外国货币为标准来计算应付出多少单位本国货币。就相当于计算购买一定单位外币所应付多少本币，所以叫应付标价法。包括中国在内的世界上绝大多数国家目前都采用直接标价法。在国际外汇市场上，日元、瑞士法郎、加元等均为直接标价法，如日元119.05即一美元兑119.05日元。

在直接标价法下，若一定单位的外币折合的本币数额多于前期，则说明外币币值上升或本币币值下跌，叫做外汇汇率上升；反之，如果要用比原来较少的本币即能兑换到同一数额的外币，这说明外币币值下跌或本币币值上升，叫做外汇汇率下跌，即外币的价值与汇率的涨跌成正比。

445

间接标价法

间接标价法（Indirectquotation）又称应收标价法。它是以一定单位（如1个单位）的本国货币为标准，来计算应收若干单位的外国货币。在国际外汇市场上，欧元、英镑、澳元等均为间接标价法。如欧元1.4255，即一欧元兑1.4255美元。

在间接标价法中，本国货币的数额保持不变，外国货币的数额随着本国货币币值的对比变化而变动。如果一定数额的本币能兑换的外币数额比前期少，这表明外币币值上升，本币币值下降，即外汇汇率下降；反之，如果一定数额的本币能兑换的外币数额比前期多，则说明外币币值下降，本币币值上升，即外汇汇率上升，即外币的价值和汇率的升跌成反比。

外汇市场上的报价一般为双向报价，即由报价方同时报出自己的买入价和卖出价，由客户自行决定买卖方向。买入价和卖出价的价差越小，对于投资者来说意味着成本越小。银行间交易的报价点差正常为2～3点，银行（或交易商）向客户的报价点差异各家情况差别较大，目前国外保证金交易的报价点差基本在3～5点，香港地区在6～8点，国内银行实盘交易在10～40点不等。

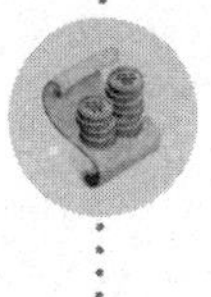

世界上大部分国家都用直接标价法，只有少数发达国家用间接标价法，如英国、美国（1978年9月1日开始改用间接标价法）。

446
远期汇率

远期汇率（forwardexchangerate），也称期汇率，是交易双方达成外汇买卖协议，约定在未来某一时间进行外汇实际交割所使用的汇率。

远期汇率是远期外汇买卖所使用的汇率。所谓远期外汇买卖，是指外汇买卖双方成交后并不立即交割，而是到约定的日期再进行交割的外汇交易。这种交易在交割时，双方按原来约定的汇率进行交割，不受汇率变动的影响。

远期汇率到了交割日期，由协议双方按预订的汇率、金额进行交割远期外汇买卖是一种预约性交易，是由于外汇购买者对外汇资金需在的时间不同，以及为了避免外汇风险而引进的。

远期汇率是以即期汇率为基础的，即用即期汇率的“升水”、“贴水”、“平价”来表示。

一般情况下，远期汇率的标价方法是仅标出远期的升水数或贴水数。在直接标价法的情况下，远期汇率如果是升水，就在即期汇率的基础上，加上升水数，即为远期汇率；如果是远期贴水，就在即期汇率的基础上减去贴水数，即为远期汇率。在间接标价法的情况下，正好相反，远期汇率如果是升水，就要在即期汇率的基础上减去升水数，即为远期汇率；如果是远期贴水，就要在即期汇率的基础上加上贴水数，即为远期汇率。

447
美元标价法

又称纽约标价法。在美元标价法下，各国均以美元为基准来衡量各国货币的价值（即以一定单位的美元为标准来计算应该汇兑多少他国货币的表示方法），而非美元外汇买卖时，则是根据各自对美元的比率套算出买卖双方货币的汇价。这里注意，除英镑、欧元和澳元外，美元标价法基本已在国际外汇市场上通行。

448
套算汇率

套算汇率（cross-rate）是在基础汇率的基础上套算出来的本币与非关键货币之间的汇率。

套算汇率又称为交叉汇率，是指两种货币都通过各自对第三国的汇率算出来的汇率。世界外汇市场只公布按美元标价计算的外汇汇率，不能直接反映其他外币之间的汇率，要换算出其他各种货币的汇率，就要用各种货币对美元汇率进行套算。一个国家制订出基础汇率后，对其他国家货币的汇率，可以按基础汇率算出来。

449
实际汇率

实际汇率（realexchangerate）。在名义汇率基础上剔除了通货膨胀因素后的汇率。

对名义汇率进行调整后的汇率，不同的调整方法对应不同的实际汇率含义。至少有两层含义：一是指用两国价格水平调整后的双边汇率，这是通常实际汇率的含义，公式为：$S=S\times P^{*}/P$，其中S表示实际汇率，S表示名义汇率（直接标价法下），P^{*}表示外国价格水

平，P表示本国价格水平；另一是指事实上的汇率，将政府实行的贸易政策对有关主体的影响考虑进去之后的汇率，如政府对出口进行补贴，则对本国的出口企业而言，其事实上面对的汇率（即实际汇率）为：S+以本币表示的补贴额/以外币表示的出口额，S的含义同上。

450 买入汇率

买入汇率（BuyingRate）也叫买入价。是外汇银行向同业或者客户买进外汇时所使用的汇率。因为其客户主要是出口商，所以买入汇率又称为出口汇率。在直接标价法下，外币折合成本国货币数额较少的那个汇率就是买入价。在间接标价法下刚好相反，本国货币数额较多的那个汇率为买入价。

451 卖出汇率

卖出汇率也叫卖出价。是外汇银行向同业或客户卖出外汇时所使用的汇率。因为其客户主要是进口商，所以卖出汇率又被称为进口汇率。

在直接标价法下，外币折合成本国货币数额较多的是卖出价，在间接标价法下本国货币数额较少的就是卖出价。

452 中间汇率

中间汇率亦称“外汇买卖中间价”。买入汇率与卖出汇率的平均数。它是不含银行买卖外汇收益的汇率。银行在买卖外汇时，要

以较低的价格买进，以较高的价格卖出，从中获取营业收入。中间汇率常用来衡量和预测某种货币汇率变动的幅度和趋势。

453
现钞汇率

外汇银行在对外挂牌公布汇价时既有买入价、卖出价，又有一个现钞价。由于外国货币不能在本国流通，只能将外币兑换成本国货币才能购买本国商品，因此就有了买卖外币现钞的汇率。银行在收兑外币现钞时的汇率，稍微低于外汇买入汇率；而卖出外币现钞时的汇率则稍高于外汇卖出汇率。

又称现钞买卖价。是指银行买入或卖出外币现钞时所使用的汇率。从理论上讲，现钞买卖价同外币支付凭证、外币信用凭证等外汇形式的买卖价应该相同。但现实生活中，由于一般国家都规定，不允许外国货币在本国流通，需要把买入的外币现钞运送到发行国或能流通的地区去，这就要花费一定的运费和保险费，这些费用需要由客户承担。

因此，银行在收兑外币现钞时使用的汇率，稍低于其他外汇形式的买入汇率；而银行卖出外币现钞时使用的汇率高于其他外汇卖出汇率。

454
电汇汇率

电汇汇率（telegraphictransferrate，T/TRate）也称电汇价，是以电汇方式支付外汇所使用的汇率。

电汇汇率是一种由经营外汇业务的本国银行在卖出外汇后，立即以电报委托的方式，通知其国外分支机构或者代理机构付款给收款人所使用的汇率。

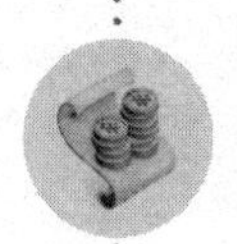

银行同业之间买卖外汇或划拨资金也使用电汇方式。电汇在外汇交易中占有极大比重，电汇汇率已成为基本汇率，计算其他各种汇率都以电汇汇率为基准。

电汇系国际资产转移中最为迅速的一种国际汇兑方式，能在一至三天内支付款项，银行不能利用客户资金，因而电汇汇率更高。

455 信汇汇率

信汇汇率（mailtransferrate，M/TRate）也称信汇价，是银行用信函方式通知给付外汇的汇率。信汇是用银行开具付款委托书，用信函方式通过邮局寄到付款地银行转付收款人的一种汇款方式。信汇汇率比电汇汇率低。

456 票汇汇率

票汇汇率（demanddraftrate，D/DRate）也称票汇率，是银行买卖即期汇票的汇率。

是即期汇率的一种，银行买卖外币票据时适用的外汇汇率。

457 官方汇率

官方汇率（officialrate）是外汇管制较严格的国家授权其外汇管理当局制订并公布的本国货币与其他各种货币之间的外汇牌价。

官方汇率由于具有法定性质，所以又称为法定汇率，通常是指由国家的货币金融机构（如中央银行，外汇管理局，财政部）公布的汇率，它规定了凡进行外汇交易都要以由官方公布的汇率为准。

官方汇率又分为单一汇率和多重汇率。多重汇率是一个国家对本国货币规定的一种以上的汇率，属于外汇管制的一种形式，主要用于奖励出口，限制进口，限制资本的流入或流出以改善国际收支不平衡状况。

458
市场汇率

市场汇率（marketrate）是外汇管制较松的国家自由外汇市场上进行外汇交易的汇率。在外汇管理较松的国家，官方宣布的汇率往往只起中心汇率作用，实际外汇交易则按市场汇率进行。

459
金融期货

金融期货（FinancialFutures）是指交易双方在金融市场上，以约定的时间和价格，买卖某种金融工具的具有约束力的标准化合约。是以金融工具为标的物的期货合约。金融期货一般分为三类，外汇期货、利率期货和股票指数期货。金融期货作为期货交易中的一种，具有期货交易的一般特点，但与商品期货相比较，其合约标的物不是实物商品，而是传统的金融商品，如证券、货币、汇率、利率等。金融期货交易产生于20世纪70年代的美国市场。1972年，美国芝加哥州商业交易所的国际货币市场开始国际货币的期货交易。1975年芝加哥州商业交易所开展房地产抵押券的期货交易，标志着金融期货交易的开始。现在，芝加哥商业交易所、纽约期货交易所和纽约商品交易所等都进行各种金融工具的期货交易，货币、利率、股票指数等都被作为期货交易的对象。目前，金融期货交易在许多方面已经走在商品期货交易的前面，占整个期货市场交易量的80%以上，成为西方金融创新成功的例证。

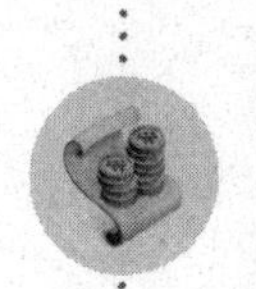

460
利率期货

所谓利率期货是指以债券类证券为标的物的期货合约，它可以回避银行利率波动所引起的证券价格变动的风险。利率期货的种类繁多，分类方法也有多种。通常，按照合约标的的期限，利率期货可分为短期利率期货和长期利率期货两大类。

461
套期

在未来一定的期限日后，以一个固定的利率买入或卖出一定的金融产品（比如资金）。例如，假定某一项金融期货和约规定，在6个月后向购买者交割100W元的3个月存单，利率定为10%，即6个月后买方必须买进这100W，利率为10%。当然卖方也必须卖给买方。套期规避了利率风险，但是也消除了买方或卖方的额外收益。

462
补偿贸易

补偿贸易（CompensationTrade）是指交易的一方在向另一方出口机器设备或技术的同时，承诺购买一定数量的由该项机器设备或技术生产出来的产品。这种做法是产品回购的基本形式。有时双方也可通过协议，由机器或设备的出口方购买进口一方提供的其他产品。回购方式做法比较简单，而且有利于企业的成本核算，使用较为广泛。所回购的商品一般在卖方所在市场销售或用于制成品的生产，卖方对回购产品的质量也较为关心和重视。但是，由于回购商品要等进口的机器设备安装投产后才能进行，交易期限往往较长，有时长达5～10年，甚至更长。

463
远期

远期的基本概念：远期是合约双方承诺在将来某一天以特定价格买进或卖出一定数量的标的物（标的物可以是大豆、铜等实物商品，也可以是股票指数、债券指数、外汇等金融产品）。

远期和期货的主要区别：期货是标准合约，具有特定合约条款格式，因此通常在交易所大厅交易；而远期是交易双方互相协议合同，没有固定条款格式，因此通常在场外OTC交易；期货在交易所交易，每日结算，有保证金制度，风险相对较小；远期场外交易，没有保证金制度，风险相对较大。

464
LOF

英文全称是“Listed Open-Ended Fund”,汉语称为“上市型开放式基金”。也就是上市型开放式基金发行结束后,投资者既可以在指定网点申购与赎回基金份额,也可以在交易所买卖该基金。不过投资者如果是在指定网点申购的基金份额,想要上网抛出,须办理一定的转托管手续；同样,如果是在交易所网上买进的基金份额,想要在指定网点赎回,也要办理一定的转托管手续。根据深圳证券交易所已经开通的基金场内申购赎回业务，在场内认购的LOF不需办理转托管手续，可直接抛出 。

LOF主要特点有三。

（1）上市开放式基金本质上仍是开放式基金，基金份额总额不固定，基金份额可以在基金合同约定的时间和场所申购、赎回。

（2）上市开放式基金发售结合了银行等代销机构与深交所交易网络二者的销售优势。银行等代销机构网点仍沿用现行的营业柜台销售方式，深交所交易系统则采用通行的新股上网定价发行方式。

（3）上市开放式基金获准在深交所上市交易后，投资者既可以选择在银行等代销机构按当日收市的基金份额净值申购、赎回基金份额，也可以选择在深交所各会员证券营业部按撮合成交价买卖基金份额。

465
ETF

是ExchangeTradedFund的英文缩写，中译为“交易型开放式指数基金”，又称交易所交易基金。ETF是一种在交易所上市交易的开放式证券投资基金产品，交易手续与股票完全相同。ETF管理的资产是一揽子股票组合，这一组合中的股票种类与某一特定指数，如上证50指数，包含的成分股票相同，每只股票的数量与该指数的成分股构成比例一致，ETF交易价格取决于它拥有的一揽子股票的价值，即“单位基金资产净值”。ETF的投资组合通常完全复制标的指数，其净值表现与盯住的特定指数高度一致。比如上证50ETF的净值表现就与上证50指数的涨跌高度一致。

466
通货紧缩

通货紧缩（deflation）。当市场上流通的货币减少，人民的货币所得减少，购买力下降，影响物价之下跌，造成通货紧缩。长期的货币紧缩会抑制投资与生产，导致失业率升高及经济衰退。依据诺贝尔经济学奖得主萨缪尔的定义：“价格和成本正在普遍下降即是通货紧缩”。经济学者普遍认为，当消费者物价指数（CPI）连跌三个月，即表示已出现通货紧缩。通货紧缩就是产能过剩或需求不足导致物价、工资、利率、粮食、能源等各类价格持续下跌。

在经济实践中，判断某个时期的物价下跌是否是通货紧缩，一看消费者价格指数（CPI）是否由正转变为负，二看这种下降的持续是否超过了一定时限。

也有学者将通货紧缩细分为deflation与disinflation，前者的标志是CPI转为负数，亦即物价指数与前一年度相比下降；后者的标志是CPI连续下降，亦即物价指数月度环比连续下降。

467
非货币性资产

非货币性资产，指货币性资产以外的资产，包括存货、固定资产、无形资产、股权投资以及不准备持有至到期的债券投资等。非货币性资产有别于货币性资产的最基本特征是，其在将来为企业带来的经济利益，即货币金额是不固定的或不可确定的。例如，企业持有固定资产的主要目的是用于生产经营过程，通过折旧方式将其磨损价值转移到产品成本中，然后通过该产品销售获利，固定资产在将来为企业带来的经济利益，即货币金额是不固定的或不可确定的，因此，固定资产属于非货币性资产。一般来说，资产负债表所列示的项目中属于非货币性资产的项目有股权投资、预付账款、存货(在途物资、原材料、包装物、低值易耗品、库存商品、委托加工物资、委托代销商品、分期收款发出商品，生产成本)、不准备持有至到期的债券投资、固定资产、工程物资、在建工程、无形资产等。

468
期权

期权是指在未来一定时期可以买卖的权力，是买方向卖方支付一定数量的金额（指权利金）后拥有的在未来一段时间内（指美式期权）或未来某一特定日期（指欧式期权）以事先规定好的价格（指履约价格）向卖方购买或出售一定数量的特定标的物的权力，但不负有必须买进或卖出的义务。

期权交易事实上是这种权利的交易。买方有执行的权利也有不执行的权利，完全可以灵活选择。期权分场外期权和场内期权。场外期权交易一般由交易双方共同达成。

期权（Option），它是在期货的基础上产生的一种金融工具。从其本质上讲，期权实质上是在金融领域中将权利和义务分开进行定价，使得权力的受让人在规定时间内对于是否进行交易，行使其权力，而义务方必须履行。在期权的交易时，购买期权的和约方称做买方，而出售和约的一方则叫做卖方；买方即是权力的受让人，而卖方则是必须履行买方行使权力的义务人。具体的定价问题则在金融工程学中有比较全面的探讨。

469 标的资产

每一期权合约都有一标的资产，标的资产可以是诸多的金融产品中的任何一种，如普通股票、股价指数、期货合约、债券、外汇等。通常，把标的资产为股票的期权称为股票期权，如此类推。所以，期权有股票期权、股票指数期权、外汇期权、利率期权、期货期权等，它们通常在证券交易所、期权交易所、期货交易所挂牌交易，当然，也有场外交易。

470 期权行使价

在行使期权时，用以买卖标的资产的价格。在大部分交易的期权中，标的资产价格接近期权的行使价。行使价格在期权合约中都有明确的规定，通常是由交易所按一定标准以减增的形式给出，故同一标的的期权有若干个不同价格。一般来说，在某种期权刚开始交易时，每一种期权合约都会按照一定的间距给出几个不同的执行价格，然后根据标的资产的变动适时增加。至于每一种期权有多少个执行价格，取决于该标的资产的价格波动情况。投资者在买卖期权时，对执行价格选择的一般原则是：选择在标的资产价格附近交易活跃的执行价格。

471
看涨期权

又称买进期权、买方期权、买权、延买期权或敲进。看涨期权是指在协议规定的有效期内，协议持有人按规定的价格和数量购进股票的权利。期权购买者购进这种买进期权，是因为他对股票价格看涨，将来可获利。购进期权后，当股票市价高于协议价格加期权费用之和时（未含佣金），期权购买者可按协议规定的价格和数量购买股票，然后按市价出售，或转让买进期权，获取利润；当股票市价在协议价格加期权费用之和之间波动时，期权购买者将受一定损失；当股票市价低于协议价格时，期权购买者的期权费用将全部消失，并将放弃买进期权。因此，期权购买者的最大损失不过是期权费用加佣金。

看涨期权是指期权的购买者拥有在期权合约有效期内按执行价格买进一定数量标的物的权利。

看涨期权就是指赋予持有人在一个特定时期以某一固定价格购进一种资产（即股票、外汇、商品、利率等）的权利。股票看涨期权的价值取决于到期日标的股票的价值。如果到期日的股票价格高于执行价格，那么看涨期权处于实值，持有者会执行期权，获得收益；如果到期日的股票价格低于执行价格，那么看涨期权处于虚值，持有者不会执行期权，此时看涨期权的价值就是零。

472
看跌期权

又称卖权选择权、卖方期权、卖权、延卖期权或敲出。看跌期权是指期权的购买者拥有在期权合约有效期内按执行价格卖出一定数量标的物的权利，但不负担必须卖出的义务。

看跌期权给予投资者在某一特定日期或在此日期之前以特定的执行价格出售某种资产的权利。例如，一份执行价格为85美元的

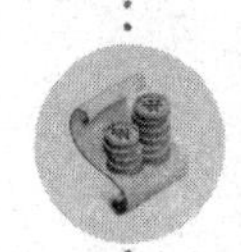

EXXON股票10月份到期看跌期权给予其所有者在10月份期满或到期之前以85美元的价格出售EXXON股票的权利，甚至就算当时该股票的市场价格低于85美元。当资产价值下跌的时候，看跌期权的利润才会增长。只有当其持有者确定资产当前价格比执行价格低时，看跌期权才会被执行。

一个买了一个普通股看跌期权的买方，买的是按合约所定的履约价卖出一百股股票的权利。因此，一个买了一份ZYX六月50看跌期权（ZYXJune50puts）的买方，有权利在六月的合约到期日之前，以50美元的价格，卖出100股ZYX股票。为了将该期权履约并按议定的履约价出售该标的股票，买方需要在该期权合约到期日之前通过他的经纪人或交易公司向期权清算公司递交一份履约通知书。所有覆盖ZYX股票的看跌期权被称为一个“期权等类”（optionclass）。每一有独特的交易月份和定约价格的个别期权被称作“期权系列”（optionseries）。ZYX六月50看跌期权就是一个个别的系列。

473 平仓

平仓（closeposition），原先买入的就卖出，原先是卖出（沽空）的就买入。

期货交易操作流程：

看涨行情→买入开仓→卖出平仓

看跌行情→卖出开仓→买入平仓

期货交易中，进行实物交割的是少数，大部分投机者和套期保值者一般都在最后交易日结束之前择机将买入的期货合约卖出，或将卖出的期货合约买回。即通过一笔数量相等、方向相反的期货交易来冲销原有的期货合约，以此了结期货交易，解除到期进行实物交割的义务。这种买回已卖出合约，或卖出已买入合约的行为就叫平仓。建仓之后尚没有平仓的合约，叫未平仓合约或者未平仓头

寸，也叫持仓。交易者建仓之后可以选择两种方式了结期货合约：要么择机平仓，要么保留至最后交易日并进行实物交割。

474
概念股

概念股是指具有某种特别内涵的股票，而这一内涵通常会被当做一种选股和炒作题材，成为股市的热点。其有具体的名称、事物、题材等，例如金融股、地产股、资产重组股、券商股、奥运题材股、保险股、期货概念等都称之为概念股。简单说概念股就是对股票所在的行业经营业绩增长的提前炒作。

（1）概念股是依靠某一种题材，比如资产重组概念、三通概念等支撑价格。

（2）概念股是与业绩股相对而言的。业绩股需要有良好的业绩支撑，概念股则是依靠某一种题材概念支撑价格，对股票进行炒作。

475
建仓

币市术语。指投资者判断币价将要上涨而买进币品。

期货交易术语。期货交易的全过程可以概括为建仓、持仓、平仓或实物交割。建仓也叫开仓，是指交易者新买入或新卖出一定数量的期货合约。在期货市场上，买入或卖出一份期货合约相当于签署了一份远期交割合同。如果交易者将这份期货合约保留到最后交易日结束他就必须通过实物交割或现金清算来了结这笔期货交易。然而，进行实物交割的是少数，大部分投机者和套期保值者一般都在最后交易日结束之前择机将买入的期货合约卖出，或将卖出的期货合约买回。即通过一笔数量相等、方向相反的期货交易来冲销原有的期货合约，以此了结期货交易，解除到期进行实物交割的义

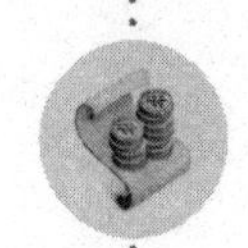

务。这种买回已卖出合约，或卖出已买入合约的行为就叫平仓。建仓之后尚没有平仓的合约，叫未平仓合约或者未平仓头寸，也叫持仓。交易者建仓之后可以选择两种方式了结期货合约：要么择机平仓，要么保留至最后交易日并进行实物交割。

在股票市场上，建仓、平仓和持仓的含义与上面一样。简单地说，这三者意思是：买、卖与继续持有股票。

476 多头

多头是指投资者对股市看好，预计股价将会看涨，于是趁低价时买进股票，待股票上涨至某一价位时再卖出，以获取差额收益。人们通常把股价长期保持上涨势头的股票市场称为多头市场。多头市场股价变化的主要特征是一连串的大涨小跌。多头是相信价格将上涨而买进某种金融工具，期待涨价后高价卖出的市场人士。多头与空头相反。

多头代表了一种实际操盘方向，并非指特定的人群，并不是说买的人多就是多头，而应当说多方力量大于空方。多头指标只能对投资者起到一定的参考意义，并不能作为投资的决定因素。另外，多空的走势需要一定的时间才能转换，所以一般会落后于股票的实际走势。

跳空缺口是指股票的开盘价高于昨天的最高价或低于昨天的最低价，使K线图出现空当的现象。假定昨天收盘点位1000点，今天开盘1020点，全天始终在1020点上方运行，就是一个完整的20点跳空缺口；如果当天最低点低于1000点，只能叫高开低走，缺口已经弥补。

一般而言，如果没有极特殊的情况，股指或股价的变动都应该是连续进行的。但在实际的操作过程中，投资者却经常遇到相邻的两根K线之间出现了没有交易的空白区，这就是我们常提到的跳空缺

口。从技术分析的角度来看，跳空缺口一般是一种比较明显的趋势信号。如果股价向上跳空，则表示上涨趋势可能来临；若股价出现向下跳空，则可能预示调整或下跌。抛开股票每年分红派息、配股或增发等导致的对股价重新计算而形成的除权缺口外，我们所遇到的跳空缺口一般可分为四种类型，即普通缺口、突破缺口、持续缺口和衰竭缺口。

477 对冲

金融学上，对冲指特意减低另一项投资的风险的投资。它是一种在减低商业风险的同时仍然能在投资中获利的手法。

对冲在外汇市场中最为常见，着意避开单线买卖的风险。所谓单线买卖，就是看好某一种货币就做买空（或称揸仓），看淡某一种货币，就做沽空（空仓）。如果判断正确，所获利润自然多；但如果判断错误，损失亦不会较没有进行对冲大。

所谓对冲，就是同一时间买入一外币，做买空。另外亦要沽出另外一种货币，即沽空。理论上，买空一种货币和沽空一种货币，要银码一样，才算是真正地对冲盘，否则两边大小不一样就做不到对冲的功能。

这样做的原因，是世界外汇市场都以美元做计算单位。所有外币的升跌都以美元作为相对的汇价。美元强，即外币弱；外币强，则美元弱。美元的升跌影响所有外币的升跌。所以，若看好一种货币，但要减低风险，就需要同时沽出一种看淡的货币。买入强势货币，沽出弱势货币，如果估计正确，美元弱，所买入的强势货币就会上升；即使估计错误，美元强，买入的货币也不会跌太多。沽空了的弱势货币却跌得重，做成蚀少赚多，整体来说仍可获利。

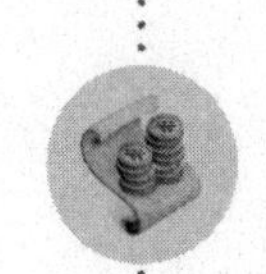

478
外币效应

外币效应的收益或损失多是由于外国投资的变化，对相对价值的资产货币以外的主要货币在同一家公司的业务正常进行。对正在上涨的国内货币来进行外国投资将导致较低的回报时，兑换回本国货币。与此相反的是本国货币在真正的下降。外币投资是复杂的货币波动和国家之间的转换。高品质的投资在另一个国家可能证明毫无价值的，因为货币疲软。

479
石油美元

石油美元（Petro-dollar）是指20世纪70年代中期石油输出国由于石油价格大幅提高后增加的石油收入，在扣除用于发展本国经济和国内其他支出后的盈余资金。由于石油在国际市场上是以美元计价和结算的，也有人把产油国的全部石油收入统称为石油美元。目前的石油美元估计有8000亿到1万亿美元，成为国际资本市场上一支令人瞩目的巨大力量。西方经济专家非常关注巨额石油美元将如何在世界经济中进行周转。专家表示，石油美元要么消费掉，要么存起来。如果石油出口国使用石油美元，那它们就会扩大从其他国家的进口，从而维持全球的需求。但是，看来它们不会花费很多钱，而是倾向于保持比石油进口国更高的储蓄率。

480
银票

北宋的“银票”是中国也是世界上最早的银票。元朝以使用银票为主，明初承元制，明太祖洪武年间发行的“大明宝钞”用桑皮

纸为钞料，一贯钞高一尺、宽六寸，是中国最大的银票。清初不印制银票，后由于国家困难，印发“户部银票”，简称“官票”。以后又发行“大清宝钞”，简称“宝钞”。

481
基础货币

基础货币，也称货币基数（MonetaryBase）、强力货币、始初货币，因其具有使货币供应总量成倍放大或收缩的能力，又被称为高能货币（High-poweredMoney），它是中央银行发行的债务凭证，表现为商业银行的存款准备金（R）和公众持有的通货（C）。

482
货币失衡

货币失衡是同货币均衡相对应的概念，又称货币供求的非均衡，是指在货币流通过程中，货币供给偏离货币需求，从而使二者之间不相适应的货币流通状态。其基本存在条件可以表示为：在货币流通过程中，$Md \neq Ms$。货币失衡往往是经济不稳定的重要因素，尤其是在经济过热或过冷条件下，中央银行货币供给面临两种不同方向的货币信贷压力。通过价格运动判断，中国总供求失衡与货币失衡一般表现为显著的通货膨胀和陡然下跌的通货膨胀甚至出现通货紧缩。

483
货币头寸

头寸又称做头衬，意即款项或资金额度，通常指收支相抵后的差额。收大于支叫多头寸，支大于收叫少头寸。

货币头寸又称现金头寸，是指商业银行每日收支相抵后，资金过剩或不足的数量。货币头寸是同业拆借市场重要的交易工具，是由金融管理当局实行存款准备金制度引起的。头寸日又分很多种，如第一头寸日（期货交割过程的第一日）等，多数就是指对款项动用的当日。

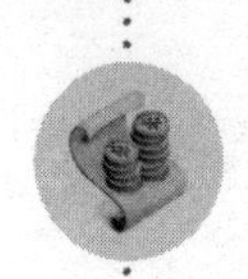

484 货币乘数

所谓货币乘数也称之为货币扩张系数或货币扩张乘数，是指在基础货币（高能货币）基础上，货币供给量通过商业银行的创造存款货币功能产生派生存款的作用产生的信用扩张倍数，是货币供给扩张的倍数。在实际经济生活中，银行提供的货币和贷款会通过数次存款、贷款等活动产生出数倍于它的存款，即通常所说的派生存款。货币乘数的大小决定了货币供给扩张能力的大小。

485 环钱

环钱也称圜钱、圜金，是一种中国古代铜币。主要流通于战国时的秦国和魏国。圆形，中央有一个圆孔，钱上铸有文字。一说由纺轮演变而来；一说由璧环演变，是方孔钱的前身。

486 网络货币

网络货币是以公用信息网（Internet）为基础，以计算机技术和通信技术为手段，以电子数据（二进制数据）形式存储在计算机系

统中，并通过网络系统以电子信息传送形式实现流通和支付功能的货币。具体而言，网络货币就是采用一系列经过加密的数字，在全球网络上传输的可以脱离银行实体而进行的数字化交易媒介物。现今主要形式为电子钱包、数字钱包、电子支票、电子信用卡、智能卡、在线货币、数字货币等。当网币不是在账户中沉睡，而是超越运营商的体系之外，在网民之间互相流通，购买市场上的商品或劳务时（发网币给版主就是购买劳务），就等于增加了货币供给量。

487
国际货币合作

基于“货币政策溢出”的国际货币合作理论的代表人物有库珀等。经济全球化的加深导致只有小型开放经济才可以基本不考虑政策的溢出效应，而大国在制订货币金融政策时，就不能不事先考虑相互间的政策溢出并进行政策协调。一般认为，政策溢出效应主要通过贸易渠道和资本流动渠道传递。在国际货币合作分析中引入博弈论工具的代表人物是滨田宏一等。从广义上讲，国际经济政策协调在货币领域的表现，指“各国充分考虑国际经济联系，有意以互利的方式调整各自经济政策”的过程，而国际货币合作则是政策协调在货币领域的表现，这一过程在协调范围上有较大的可伸缩性，滨田宏一用博弈论直观地说明了两国条件下的政策协调过程。滨田宏一分析的依据是相对于一定的货币政策，财政政策越宽松的国家越能获益。

488
货币回笼

货币回笼是货币投放的对称。国民经济各部门向银行存入现金的过程及其结果。货币回笼的数额、结构、速度和水平，反映一国

的物质文化生活水平、市场商品劳务的供应状况、居民消费趋向的变化。货币回笼增加表明流通中现金数额减少。每个年度由银行投放出去的货币应该在当年回笼的比例，有一定的规律性。回笼不足或回笼过旺，则表明经济运行中存在某些失衡和失调的因素，它可以为宏观经济调控提供不间断的动态信息。

489 中央银行票据

中央银行票据是中央银行为调节商业银行超额准备金而向商业银行发行的短期债务凭证，其实质是中央银行债券。之所以叫“中央银行票据”，是为了突出其短期性特点（从已发行的央行票据来看，期限最短的3个月，最长的也只有3年）。

各发债主体发行的债券是一种筹集资金的手段，其目的是为了筹集资金，即增加可用资金；而中央银行发行的央行票据是中央银行调节基础货币的一项货币政策工具，目的是减少商业银行可贷资金量。商业银行在支付认购央行票据的款项后，其直接结果就是可贷资金量的减少。

490 信用货币

信用货币是由国家法律规定的，强制流通不以任何贵金属为基础的独立发挥货币职能的货币。目前世界各国发行的货币，基本都属于信用货币。

信用货币是由银行提供的信用流通工具。其本身价值远远低于其货币价值，而且与代用货币不同，它与贵金属完全脱钩，不再直接代表任何贵金属。它是货币形式进一步发展的产物，是金属货币制度崩溃的直接结果。在20世纪30年代，发生了世界性的经济

危机，引起经济的恐慌和金融混乱，迫使主要资本主义国家先后脱离金本位和银本位，国家所发行的纸币不能再兑换金属货币，因此，信用货币便应运而生。当今世界各国几乎都采用这一货币形态。

491
法定货币

法定货币（Fiat Money）是指不代表实质商品或货物，发行者亦没有将货币兑现为实物义务，只依靠政府的法令使其成为合法通货的货币。法定货币的价值来自拥有者相信货币将来能维持其购买力。货币本身并无内在价值（Intrinsic value）。

部分发行法定货币的国家或银行，会将其法定货币与一种或数种外币挂钩，并以政府外汇储备维持其汇价在一定的水平。也有的法定货币没有盯住任何外国货币，其价值是自由浮动的，依靠发行者控制发行量来维持。

492
货币扩张

也称做货币创造（Moneycreation），是中央银行、商业银行和非银行（机构或个人）通过信贷关系共同作用，使得在银行体系内流通货币量扩大的金融行为。对货币扩张的控制是中央银行的主要任务之一。

不是所有的流通货币都需要有货币现金、实物资产或政府资产做后盾。一国的货币是以国家的经济潜力或政府的法定货币法令做后盾的。这种潜力也成为政府发行货币的理论上限。

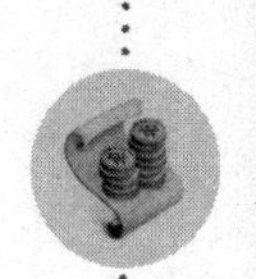

493
货币扩张乘数

货币扩张乘数，也称做存款创造乘数，描述商业银行体系供给货币的机制，它衡量了商业银行体系内增加货币供给的数量。为了控制这个体系创造的货币量，中央银行给商业银行设置严格的准备金比例，中央银行只允许商业银行的初级存款的一部分用于放贷，这也称做现金准备比例。

494
公开市场操作

公开市场操作（公开市场业务）是中央银行吞吐基础货币，调节市场流动性的主要货币政策工具，通过中央银行与指定交易商进行有价证券和外汇交易，实现货币政策调控目标。20世纪90年代初中国人民银行开始进行公开市场业务以来，在不同的时期曾经使用过不同的操作工具。在2003年4月22日的公开市场操作中，中国人民银行直接发行了期限6个月的50亿元中央银行票据。4月28日，中国人民银行又发布了当年第六号《公开市场业务公告》，决定自4月29日起暂停每周二和周四的正回购操作，此后将通过中国人民银行债券发行系统向公开市场业务一级交易商招标发行央行票据。

495
购买力平价

货币购买力是指一定单位的货币所能购买的商品和服务的数量。

简单地说，购买力平价就是两种（或多种）货币对于一定数量的商品和服务的购买力之比，亦即两种货币在购买相同数量和质量商品时的价格之比。例如，购买同等数量和质量的商品，在中国用

了80元人民币，在美国用了20美元，对这些商品来说，人民币对美元的购买力平价是4∶1。也就是说，在这些商品上4元人民币的购买力等于1美元的购买力。

作为一个经济学名词，购买力平价（Purchasing Power Parity，简称PPP）是一种根据各国不同的价格水平计算出来的货币之间的等值系数，使我们能够对各国的国内生产总值进行合理比较，这种理论汇率与实际汇率可能有很大的差距。

Chapter 11

不可不知的理财常识

俗话说，你不理财，财不理你。理财是学好经济学的重要方法之一，只有拥有经济头脑，才能做好理财这门功课，让自己分享经济成长的成果，让自己的财富战胜通货膨胀。理财并不是简单的投资，它首先需要你对自己的资产负债情况有详细的了解，还要明确自己的长期的收入和花销，这样才能从容地将余钱进行投资。理财是一门大学问，每个人都需要下工夫好好学习。

496
收入

收入是企业在销售商品、提供劳务及他人使用本企业资产等日常活动中所形成的经济利益的总流入。收入不包括为第三方或客户代收的款项。企业日常生产经营活动所取得的收入抵偿了为取得收入所发生的消耗即为盈利，具体表现为企业净资产的增加。

497
支出

企业在生产经营过程中为获得另一项资产、为清偿债务所发生的资产的流出。如企业为购买材料、办公用品等支付或预付的款项；为偿还银行借款、应付账款及支付账款或支付股利所发生的资产的流出；为购置固定资产、支付长期工程费用所发生的支出等。

498
债务

债务是指由过去的交易及事项形成的，由单位承担并预期会导致经济利益流出单位的现时义务，包括各种借款、应付及预收款项等。

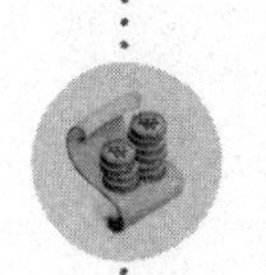

499 资产

资产，指企业拥有或控制的能以货币计量的经济资源，包括各种财产、债权和其他权利。资产按其流动性（即资产的变现能力和支付能力）划分为流动资产、长期投资、固定资产、无形资产、递延资产和其他资产等。

500 产值

工业总产值是以货币形式表现的，工业企业在一定时期内生产的工业最终产品或提供工业性劳务活动的总价值量。

表明企业工业生产总规模和总水平，反映的是生产总成果，并不说明经营状况的好坏和经济效益。企业是否增收，主要看利润总额的增长。利润总额是企业在报告期内实现的利润（亏损以“-”号表示）。它集中反映企业生产经营活动各方面的效益，是企业最终的财务成果。

企业作为商品的生产者和经营者，只有把生产的产品提供给社会，才能加速资金的周转，提高自身的经济效益。如果生产的产品很多，但销售的很少，不能实现尽产尽销，甚至根本销不出去，就很难实现增收，如果实现了尽产尽销，但成本费用过高，利润率很低，甚至亏本销售，也不能实现增收，甚至造成亏损。因此，企业在报告期内工业总产值增长了，利润总额不一定增长或不一定同步增长。

501 个人收入

指个人从各种途径所获得的收入的总和，包括工资、租金收入、股利股息及社会福利等所收取得的收入。该指标是预测个人的

消费能力、未来消费者的购买动向及评估经济情况的好坏的一个有效的指标。个人收入提升总比下降的好，个人收入提升代表经济景气，下降当然是放缓、衰退的征兆，对货币汇率走势的影响不言而喻。如果个人收入上升过急，央行担心通货膨胀，又会考虑加息，加息当然会对货币汇率产生强势的效应。

502 消费水平

从宏观的角度考察，消费水平就是一定时期内整个社会用于生活消费和服务的规模和水平；从微观的角度考察，消费水平就是单个消费者一定时期消费的商品和服务所达到的规模与水平。

503 财产

财产是具有金钱价值并受到法律保护的权利的总称。

大体上，财产有三种，即动产、不动产和知识财产（即知识产权）。

财产的最大特点如下。

（1）财产所有人依法对自己的财产享有占有、使用、收益和处分的权利。

（2）任何人不经财产所有人的许可不得使用该财产，否则就是非法侵犯权利。

（3）财产所有人可以是自然人，也可以是诸如公司这样的法人。

我国的《民法通则》对上述的内容有明确的规定。

可分为：有形财产（又称“有体物”），如金钱、物资；无形财产（又称“无体物”），如物权、债权、著作权等。也可分为：积极财产，如金钱、物资及各种财产权利；消极财产，如债务。

随着经济、科技的发展和观念的变化，人们对财产的认识不断深化，财产的范围也随之拓宽。

504 收益

长期以来，对收益的解释，传统会计学与经济学存在明显的差异。正确揭示其含义，并且完善传统会计收益理论，对准确评价企业整体收益水平非常重要。

从历史上看，收益概念最早出现在经济学中。亚当·斯密在《国富论》中，将收益定义为“那部分不侵蚀资本的可予消费的数额”，把收益看做是财富的增加。后来，大多数经济学家都继承并发展了这一观点。1890年，艾·马歇尔（AlfredMaarshell）在其《经济学原理》中，把亚当·斯密的“财富的增加”这一收益观引入企业，提出区分实体资本和增值收益的经济学收益思想。

20世纪初期，美国著名经济学家尔文·费雪发展了经济收益理论。在其《资本与收益的性质》一书中，首先从收益的表现形式上分析了收益的概念，提出了三种不同形态的收益。

（1）精神收益——精神上获得的满足。

（2）实际收益——物质财富的增加。

（3）货币收益——增加资产的货币价值。

在上述三种不同形态的收益中，既有可以计量的，也有不可计量的。其中：精神收益因主观性太强而无法计量，货币收益则因不考虑币值变化的静态概念而容易计量。因此，经济学家只侧重于研究实际收益。

经济学家林德赫尔将收益解释为资本在不同时期的增值，视收益为利息。按照林德赫尔的说法，在特定时期的利息和预期消费之间的差额就是储蓄（该期间内的资本增长额），而收益则是既定时期内消费与储蓄之和。

505
现金流量

现金流量是现代理财学中的一个重要概念，是指企业在一定会计期间按照现金收付实现制，通过一定经济活动（包括经营活动、投资活动、筹资活动和非经常性项目）而产生的现金流入、现金流出及其总量情况的总称。即企业一定时期的现金和现金等价物的流入和流出的数量。

现金流量管理是现代企业理财活动的一项重要职能，建立完善的现金流量管理体系，是确保企业的生存与发展、提高企业市场竞争力的重要保障。

506
资产

资产是企业、自然人、国家拥有或者控制的能以货币来计量收支的经济资源，包括各种收入、债权和其他。

资产是会计最基本的要素之一，与负债、所有者权益共同的构成的会计等式，成为财务会计的基础。

507
负债

是指过去的交易、事项形成的现有义务，履行该义务预期会导致经济利益流出企业。负债是企业承担的，以货币计量的在将来需要以资产或劳务偿还的债务。它代表着企业偿债责任和债权人对资产的求索权。

负债按流动性分类，可分为流通负债和非流通负债。

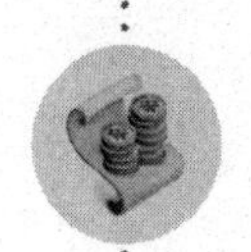

流通负债又可以分为短期借款、以公允价值计量且变动计入当前损益的金融负债、应付票据、应付及预收款项、职工薪酬、应缴税费等。

非流通负债又可以分为长期借款、应付债券、长期应付款等。

通俗地讲，资产就是能把钱放进你口袋里的东西；负债是把钱从你口袋里取走的东西。

508 利息支出

利息支出是指临时借款的利息支出。在以收付实现制作为记账基础的前提条件下，所谓支出应以实际支付为标准，如资金流出医疗保险机构，标志着现金、银行存款的减少。就利息支出而言、给个人账户计息，其资金并没有流出医疗保险机构，现金、银行存款并没有减少，因此，给个人医疗账户计息不应作为利息支出列支。

利息支出指企业短期借款利息、长期借款利息、应付票据利息、票据贴现利息、应付债券利息、长期应付引进国外设备款利息等利息支出（除资本化的利息外）减去银行存款等的利息收入后的净额。

509 利息收入

利息收入是指企业将资金提供他人使用或他人占用本企业资金所取得的利息收入，包括存款利息、贷款利息、债券利息、欠款利息等收入。

510
补贴收入

补贴收入是企业从政府或某些国际组织得到的补贴，一般是企业履行了一定的义务后，得到的定额补贴。我国企业的补贴收入，主要是按规定应收取的政策性亏损补贴和其他补贴，一般将其作为企业的非正常利润处理。

接受政府补贴的企业，应设置“应收补贴款”账户以及“应收补贴”账户。企业按规定计算出应收的政策性亏损补贴以及其他补贴时，借记“应收补贴款”账户，贷记“补贴收入”账户；收到补贴款时，借记“银行存款”账户，贷记“应收补贴款”账户。到期末时，将“补贴收入”账户的余额结转至“本年利润”账户中去。

511
逾期贷款

已超过了偿还期限，但借款人未能及时履行还款义务的放款。银行投放在这类放款上的资金，将来可能收回，也可能收不回来。遭受损失的可能性极大，对于这类放款，商业银行通常要加收惩罚利息。逾期贷款属于银行的有问题资产，因此商业银行应保持较高的资本准备，准备率一般为50%。

512
存款利息

“放款利息”的对称，指银行向存款人支付的利息。存款利息必须计入银行的经营成本。存款利息金额的大小因存款种类和期限的长短而异。存款的期限越长，存款人的利息收入越多，由于活期存款最不稳定，所以存款人的利息收入也最低。有些国家的商业银

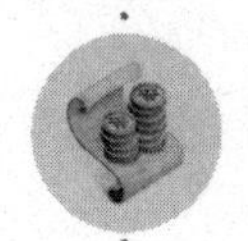

行对活期存款甚至不支付利息。存款利息的计算公式为：存款利息＝存款本金×存款利率×存款期限。根据存款期限的不同，存款利息也有年息、月息和日息之分。

513 中长期贷款

中长期贷款又可称为项目贷款，是指商业银行发放的，用于借款人新建、扩建、改造、开发、购置等固定资产投资项目的贷款，房地产贷款也属于项目贷款范畴，但所执行的政策不同于项目贷款。

514 坏账准备

坏账准备账户是“应收账款”账户的备抵账户，其贷方登记企业按规定提取的坏账准备金，以及重新收回的以前年度发生的坏账损失；借方登记已确认坏账损失的冲销数；余额在贷方，表示已提取但尚未冲销的坏账准备金。

515 固定资产折旧

固定资产折旧指一定时期内为弥补固定资产损耗，按照规定的固定资产折旧率提取的固定资产折旧，或按国民经济核算统一规定的折旧率虚拟计算的固定资产折旧。它反映了固定资产在当期生产中的转移价值。各类企业和企业化管理的事业单位的固定资产折旧是指实际计提的折旧费；不计提折旧的政府机关、非企业化管理的事业单位和居民住房的固定资产折旧是按照统一规定的折旧率和固定资产原值计算的虚拟折旧。原则上，固定资产折旧应按固定资产

当期的重置价值计算，但是目前我国尚不具备对全社会固定资产进行重估价的基础，所以暂时只能采用上述办法。

516
消费费用

企业在销售产品、自制半成品和提供劳务等过程中发生的费用，包括由企业负担的包装费、运输费、广告费、装卸费、保险费、委托代销手续费、展览费、租赁费（不含融资租赁费）和销售服务费、销售部门人员工资、职工福利费、差旅费、办公费、折旧费、修理费、物料消耗、低值易耗品摊销以及其他经费等。

517
财务费用

指企业在生产经营过程中为筹集资金而发生的各项费用。包括企业生产经营期间发生的利息支出（减利息收入）、汇兑净损失（有的企业如商品流通企业、保险企业进行单独核算，不包括在财务费用）、金融机构手续费以及筹资发生的其他财务费用如债券印刷费、国外借款担保费等。但在企业筹建期间发生的利息支出，应计入开办费；与购建固定资产或者无形资产有关的，在资产尚未交付使用或者虽已交付使用但尚未办理竣工决算之前的利息支出，计入购建资产的价值；清算期间发生的利息支出，计入清算损益。

企业发生的财务费用，虽为取得营业收入而发生，但与营业收入的实现没有明显的因果关系，不宜将它计入生产经营成本，只能作为期间费用，按实际发生额确认，计入当期损益。企业发生的财务费用，一般在“财务费用”科目进行核算，并按费用种类设置明细账。财务费用发生时，记入该科目的借方，期末将余额结转“本年利润”科目时，记入该科目的贷方。

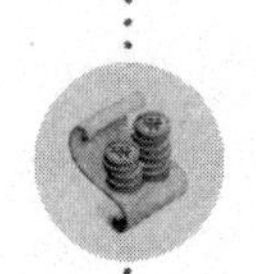

518
固定资产

属于产品生产过程中用来改变或者影响劳动对象的劳动资料，是固定资本的实物形态。固定资产在生产过程中可以长期发挥作用，长期保持原有的实物形态，但其价值则随着企业生产经营活动而逐渐地转移到产品成本中去，并构成产品价值的一个组成部分。根据重要原则，一个企业把劳动资料按照使用年限和原始价值划分固定资产和低值易耗品。对于原始价值较大、使用年限较长的劳动资料，按照固定资产来进行核算；而对于原始价值较小、使用年限较短的劳动资料，按照低值易耗品来进行核算。在中国的会计制度中，固定资产通常是指使用期限超过一年的房屋、建筑物、机器、机械、运输工具以及其他与生产经营有关的设备、器具和工具等。

519
主营业务成本

是损益类账户，用来核算企业销售商品、产品、提供劳务或让渡资产使用权等日常活动而发生的成本。它的借方登记已销售商品、产品、劳务供应等的实际成本；贷方登记期末转入“本年利润”账户的数额，结转后应无余额，该账户也应按产品类别设置明细分类账户。

520
经营活动现金净流量

经营活动现金净流量是经营现金毛流量扣除经营营运资本增加后企业可提供的现金流量。息前税后利润+折旧与摊销就是经营现金毛流量。

521
长期待摊费用

长期待摊费用是指企业已经支出，但摊销期限在1年以上的各项费用。长期待摊费用不能全部计入当年损益，应当在以后年度内分期摊销，具体包括开办费、固定资产修理支出、租入固定资产的改良支出及摊销期限在一年以上的其他待摊费用。其中开办费是指企业在筹建期间内所发生的费用，包括员工薪酬、办公费用、培训支出、差旅费、印刷费、注册登记费以及不计入固定资产价值的借款费用等。开办费、固定资产修理费用、租入固定资产的改良费用以及摊销期限在一年以上的其他待摊费用，都在本科目按规定进行摊销。其在资产负债表中的数额，反映的是企业各项尚未摊销完的长期待摊费用的摊余价值。

522
销售成本

销售成本是指已销售产品的生产成本或已提供劳务的劳务成本以及其他销售的业务成本。

销售成本包括主营业务成本和其他业务支出两部分，其中，主营业务成本是企业销售商品产品、半成品以及提供工业性劳务等业务所形成的成本；其他业务支出是企业销售材料、出租包装物、出租固定资产等业务所形成的成本。

对于主营业务成本，应以产品的销售数量或提供的劳务数量和产品的单位生产成本或单位劳务成本为基础进行确认，其计算公式为：

主营业务成本=产品销售数量或提供劳务数量×产品单位生产成本或单位劳务成本

就销售产品而言，产品销售数量可直接在“库存商品明细账”上取得；产品单位生产成本可采用多种方法进行计算确定，如先进先出法、后进先出法、加权平均法等，但企业一经选定某一种方法后，不得随意变动，这是会计核算一贯性原则的要求。

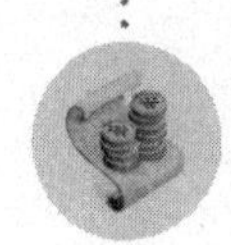

523
人工成本

亦称“劳动成本”。指企业在生产经营中由投入劳动力要素所发生的一切费用，包括企业支付给职工的工资性报酬和福利性供给，是企业总成本的组成部分。

524
销售利润

销售利润是企业在其全部销售业务中实现的利润，又称营业利润、经营利润，它包含主营业务利润。

525
净利润

净利润是指在利润总额中按规定交纳了所得税后公司的利润留成，一般也称为税后利润或净收入。企业在某一会计期间缴纳所得税后的净经营成果。

526
股东权益

股东权益又称净资产，是指公司总资产中扣除负债所余下的部分。是指股本、资本公积、盈余公积、未分配利润之和，代表了股东对企业的所有权，反映了股东在企业资产中享有的经济利益。

527
股东权益比率

股东权益比率是股东权益与资产总额的比率，该比率反映企业资产中有多少是所有者投入的。

股东权益比率应当适中。如果权益比率过小，表明企业过度负债，容易削弱公司抵御外部冲击的能力。而权益比率过大，意味着企业没有积极地利用财务杠杆作用来扩大经营规模。

值得一提的是，有时一些公司不是由于股东权益比率过低而导致亏损，而是由于行业不景气导致亏损。这样的公司较容易实现扭亏。如某机床公司2000年中期的资本充足率高达92.34%，在国内外机床市场回暖的带动下，下半年主营业务收入环比增长91%，一举实现全年扭亏目标。

528
净资产收益率

净资产收益率又称股东权益收益率，是净利润与平均股东权益的百分比。该指标反映股东权益的收益水平，指标值越高，说明投资带来的收益越高。

净资产收益率是公司税后利润除以净资产得到的百分比率，用以衡量公司运用自有资本的效率。还以某机床公司为例，其税后利润为2亿元，净资产为15亿元，净资产收益率就是13.33%（即<2亿元/15亿元>*100%）。

净资产收益率可衡量公司对股东投入资本的利用效率，它弥补了每股税后利润指标的不足。例如，在公司对原有股东送红股后，每股盈利将会下降，从而在投资者中造成错觉，以为公司的获利能力下降了，而事实上，公司的获利能力并没有发生变化，用净资产收益率来分析公司获利能力就比较适宜。

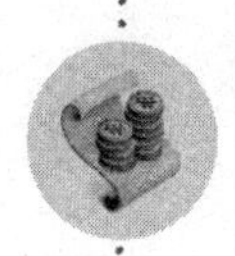

529
资金周转率

反映资金周转速度的指标。

企业资金（包括固定资金和流动资金）在生产经营过程中不间断地循环周转，从而使企业取得销售收入。企业用尽可能少的资金占用，取得尽可能多的销售收入，说明资金周转速度快，资金利用效果好。

资金周转速度可以用资金在一定时期内的周转次数表示，也可以用资金周转一次所需天数表示。其计算公式如下。

例如，企业一年的销售收入总额为4000万元，按月平均占用的固定资产（原值）和流动资金总额为2000万元，即每年周转2次，每次周转需要180天。加快资金周转，可以节约资金。在一定的生产规模和销售收入的情况下，把资金周转率提高一倍，就可以节约一半的资金。

资金周转率也可用固定资金周转率和流动资金周转率分别反映。其周转次数或天数仍用上列公式计算，但要将资金平均占用额分别改为固定资产（原值）或流动资金的平均占用额。固定资金周转率反映固定资金的周转速度。从固定资金的周转形态而言，则有它自己的特点，即：比较长期地保存它的实物形态，其价值只是随耗损程度逐渐转入产品价值，同时以计提折旧的形式收回相应的货币资金，直至其价值均已转入产品的价值，收回的货币资金用于固定资产更新，才完成了它的周转循环。因此，从个别的固定资产来看，它的资金周转率则是其使用周期。流动资金周转率，反映流动资金周转速度。在保证生产经营正常进行的情况下，资金周转速度越快，说明资金利用效果越好。

530
每股净资产

每股净资产是指股东权益与股本总额的比率。其计算公式为：每股净资产=股东权益÷股本总额。这一指标反映每股股票所拥有的资产现值。每股净资产越高，股东拥有的资产现值越多；每股净资产越少，股东拥有的资产现值越少。通常每股净资产越高越好。

公司净资产代表公司本身拥有的财产，也是股东们在公司中的权益，因此，又叫做股东权益。在会计计算上，相当于资产负债表中的总资产减去全部债务后的余额。公司净资产除以发行总股数，即得到每股净资产。例如，某公司净资产为15亿元，总股本为10亿股，它的每股净资产值为1.5元（即15亿元/10亿股）。

531
每股收益

每股收益即EPS，又称每股税后利润、每股盈余，指税后利润与股本总数的比率。它是测定股票投资价值的重要指标之一，是分析每股价值的一个基础性指标，是综合反映公司获利能力的重要指标，它是公司某一时期净收益与股份数的比率。该比率反映了每股创造的税后利润，比率越高，表明所创造的利润越多。若公司只有普通股时，净收益是税后净利，股份数是指流通在外的普通股股数。如果公司还有优先股，应从税后净利中扣除分派给优先股东的利息。

532
净资产

企业所有，并可以自由支配的资产，即所有者权益。它由两大部分组成，一部分是企业开办当初投入的资本，包括溢价部分；另一部分是企业在经营之中创造的，也包括接受捐赠的资产。

净资产=资产-负债，受每年的盈亏影响而增减。

企业期末的所有者权益金额“不等于或不代表”净资产的市场价值。

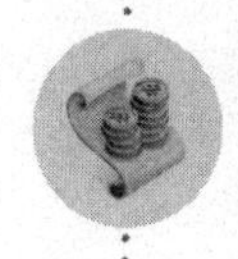

533 外汇贷款

外汇贷款是银行以外币为计算单位向企业发放的贷款。外汇贷款有广义和狭义之分。狭义的外汇贷款，仅指我国银行运用从境内企业、个人吸收的外汇资金，贷放于境内企业的贷款；广义的外汇贷款，还包括国际融资转贷款，即包括我国从国外借入、通过国内外汇指定银行转贷于境内企业的贷款。

外汇贷款是商业银行经营的一项重要资产业务，是商业银行运用外汇资金，强化经营机制，获取经济效益的主要手段，也是银行借以联系客户的一条主要途径。

外汇贷款的开办，对于利用外资和引进先进技术设备，对于促进我国对外贸易和国际交往的发展，对于国际商品市场和国际金融市场的变化，都具有十分重要的意义。

534 票据贴现

票据贴现是指持票人为了资金融通的需要而在票据到期前以贴付一定利息的方式向银行出售票据。对于贴现银行来说，就是收购没有到期的票据。票据贴现的贴现期限都较短，一般不会超过六个月，而且可以办理贴现的票据也仅限于已经承兑的并且尚未到期的商业汇票。

535 委托贷款

委托贷款是指由委托人提供合法来源的资金，委托业务银行根据委托人确定的贷款对象、用途、金额、期限、利率等代为发放、监督使用并协助收回的贷款业务。委托人包括政府部门、企事业单位及个人等。

536 利息资本化

将借款利息支出确认为一项资产，但不包括用于存货生产的借款利息。会计制度规定只有在同时符合以下3个条件时，利息才能开始资本化：资产支出已经发生；借款费用已经发生；为使资产达到预定可使用状态所必要的购建活动已经开始。

537 债券

债券是政府、金融机构、工商企业等机构直接向社会借债筹措资金时，向投资者发行，并且承诺按一定利率支付利息并按约定条件偿还本金的债权债务凭证。债券的本质是债的证明书，具有法律效力。债券购买者与发行者之间是一种债权债务关系，债券发行人即债务人，投资者（或债券持有人）即债权人。

债券是一种有价证券，是社会各类经济主体为筹措资金而向债券投资者出具的，并且承诺按一定利率定期支付利息和到期偿还本金的债权债务凭证。由于债券的利息通常是事先确定的，所以，债券又被称为固定利息证券。

538
权证

权证是指标的证券发行人或其以外的第三人发行的，约定持有人在规定期间内或特定到期日，有权按约定价格向发行人购买或出售标的证券，或以现金结算方式收取结算差价的有价证券。

539
金融期货

金融期货是指交易双方在金融市场上，以约定的时间和价格，买卖某种金融工具的具有约束力的标准化合约。金融期货是以金融工具为标的物的期货合约。金融期货一般分为三类，即外汇期货、利率期货和股票指数期货。金融期货作为期货交易中的一种，具有期货交易的一般特点，但与商品期货相比较，其合约标的物不是实物商品，而是传统的金融商品，如证券、货币、汇率，利率等。金融期货交易产生于20世纪70年代的美国市场，1972年，美国芝加哥商业交易所的国际货币市场开始国际货币的期货交易。1975年芝加哥商业交易所开展房地产抵押券的期货交易，标志着金融期货交易的开始。现在，芝加哥商业交易所、纽约期货交易所和纽约商品交易所等都进行各种金融工具的期货交易，货币、利率、股票指数等都被作为期货交易的对象。目前，金融期货交易在许多方面已经走在商品期货交易的前面，占整个期货市场交易量的80%以上，成为西方金融创新成功的例证。

540
股票型基金

所谓股票型基金，是指60%以上的基金资产投资于股票的基金。目前我国市面上除股票型基金外，还有债券基金与货币市场

基金。债券基金是指80%以上的基金资产投资于债券的基金，在国内，投资对象主要是国债、金融债和企业债。货币市场基金是指仅投资于货币市场工具的基金。该基金资产主要投资于短期货币工具如国库券、商业票据、银行定期存单、政府短期债券、企业债券、同业存款等短期有价证券。这三种基金的收益率从高到低依次为：股票型基金、债券基金、货币市场基金。但从风险系数看，股票型基金远高于其他两种基金。

541
开放式基金

开放式基金包括一般开放式基金和特殊的开放式基金。特殊的开放式基金就是LOF，英文全称是“ListedOpen-EndedFund”或“open-endfunds”，汉语称为“上市型开放式基金”。也就是上市型开放式基金发行结束后，投资者既可以在指定网点申购与赎回基金份额，也可以在交易所买卖该基金。不过投资者如果是在指定网点申购的基金份额，想要上网抛出，须办理一定的转托管手续；同样，如果是在交易所网上买进的基金份额，想要在指定网点赎回，也要办理一定的转托管手续。

542
封闭式基金

封闭式基金是指基金的发起人在设立基金时，限定了基金单位的发行总额，筹足总额后，基金即宣告成立，并进行封闭，在一定时期内不再接受新的投资。基金单位的流通采取在证券交易所上市的办法，投资者日后买卖基金单位，都必须通过证券经纪商在二级市场上进行竞价交易。

封闭式基金属于信托基金，是指基金规模在发行前已确定、在发行完毕后的规定期限内固定不变并在证券市场上交易的。

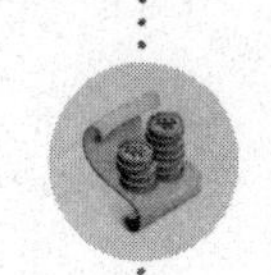

543 基金清盘

基金清盘是指基金资产全部变现，将所得资金分给持有人。清盘时刻由基金设立时的基金契约规定，持有人大会可修改基金契约，决定基金清盘时间。一般而言基金产品60日连续资产小于5000万，持有人少于100人，或者净值小于0.30元就清盘了。但是，中国股市目前还没有多少基金会面临清盘的境界。

544 黄金账户

黄金账户是账面黄金的交易账户，为无纸户，必须下挂在灵通卡、e时代卡或理财金账户卡下。 如需办理网上黄金业务，首先必须开立黄金账户，并指定黄金交易的资金账户，建立黄金账户与资金账户之间的对应关系，同时需满足一定的交易规定。

545 黄金储备

对黄金储备概念的表述主要有如下两种。一种是把黄金储备看做是一种货币性黄金，即一国货币当局作为金融资产所持有的黄金；另一种看法是指各国中央银行及其他官方机构为应付国际收支上的需要所持有的黄金总额。这两种表述方式的共同点在于都把黄金看做为一种金融资产，可见非金融用途的黄金不在黄金储备范围之内。从概念的外延来看，前者所指黄金储备似乎包含的内容很广，而后者仅是指一国的中央银行及官方所持有的黄金，而且其目的性十分明确，即是“为应付国际收支上的需要”所持有的黄金。可是，作为金融资产的黄金并不一定都是黄金储备，因为作为金融

资产的黄金，其形式是多种多样的，其用途也是多方面的。如一些国家的银行把黄金作为一种信贷资产同其他信贷工具加以运用；有的则把黄金作为货币形式的投资手段，以商品形式来实现利润的最大化。这种形式的黄金，尽管它是属于金融资产，但不应列为黄金储备范围之内。因此，只有那些由一国中央银行控制的，为了平衡国际收支，在一定程度上可以维持或影响汇率水平，相对稳定的作为金融后备资产的黄金才是真正的黄金储备。

546
实物黄金

实物黄金，供居民个人直接购买，既可保值，又可以在金价上涨时获利。但存在的问题是有些实物黄金业务的回购渠道还不是很顺畅，变现相对有点难。

547
信托产品

信托又称“相信委托”，它是以资财为核心、信任为基础、委托为方式的一种财产管理制度。有财产的人为了自己的或第三者的利益，把自己不能很好管理和运用的财产交给所信任的人去进行管理或处理。受托财产权的人要收取一定的费用。

信托业务的成立具备下述条件：一是必须有委托人（信托人）、受托人和受益人三方信托关系人；二是必须有信托关系人共同订立的信托合同；三是信托的财产或资金必须是确属委托人所有。

金融信托产品是指一种为投资者提供了低风险、稳定收入回报的金融产品。信托投资作为一种风险和收益介于银行人民币理财产品和基金股票之间的理财方式，凭借其较高且稳定的收益水平和高安全保障措施，受到广大机构和个人投资者的青睐。

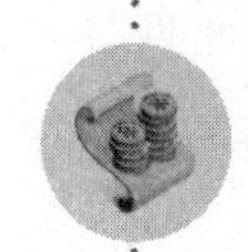

在投资方式上，信托产品同储蓄、国债类似，一般有相对固定的期限，明确的收益率（信托为预计收益率）。投资者购买信托产品后，一般到期便可领取收益及本金，省时、省心。

548 银行理财产品

银监会出台的《商业银行个人理财业务管理暂行办法》对于“个人理财业务”的界定是，“商业银行为个人客户提供的财务分析、财务规划、投资顾问、资产管理等专业化服务活动”。商业银行个人理财业务按照管理运作方式的不同，分为理财顾问服务和综合理财服务。我们一般所说的“银行理财产品”，其实是指其中的综合理财服务。

银行理财产品按照标准的解释，应该是商业银行在对潜在目标客户群分析研究的基础上，针对特定目标客户群开发设计并销售的资金投资和管理计划。在理财产品这种投资方式中，银行只是接受客户的授权管理资金，投资收益与风险由客户或客户与银行按照约定方式承担。

一般根据本金与收益是否保证，我们将银行理财产品分为保本固定收益产品、保本浮动收益产品与非保本浮动收益产品三类。另外按照投资方式与方向的不同，新股申购类产品、银信合作品、QDII产品、结构型产品等，也是我们经常听到和看到的方法。

549 银行卡

银行卡是由银行发行、供客户办理存取款业务的新型服务工具的总称。银行卡包括信用卡、支票卡、自动出纳机卡、记账卡和灵光卡等。因为各种银行卡都是塑料制成的，又用于存取款和转账支

付，所以又称之为“塑料货币”。20世纪70年代以来，由于科学技术的飞速发展，特别是电子计算机的运用，使银行卡的使用范围不断扩大。不仅减少了现金和支票的流通，而且使银行业务由于突破了时间和空间的限制而发生了根本性变化。银行卡自动结算系统的运用，使一个“无支票、无现金社会”的到来不久将成为现实。银行卡的大小一般为85.60×53.98mm（3.370×2.125英寸），但是也有比普通卡小43%的迷你卡和形状不规则的异型卡。

常见的银行卡一般分两种：借记卡和贷记卡。前者是储蓄卡，后者是信用卡。

550 借记卡

借记卡可以在网络或POS消费或者通过ATM转账和提款，不能透支，卡内的金额按活期存款计付利息。消费或提款时资金直接从储蓄账户划出。借记卡在使用时一般需要密码（PIN）。借记卡按等级可以分为普通卡、金卡和白金卡；按使用范围可以分为国内卡和国际卡。

551 贷记卡

贷记卡是指发卡银行给予持卡人一定的信用额度，持卡人可在信用额度内先消费，后还款的信用卡。它具有的特点：先消费后还款，享有免息缴款期（最长可达56天），并设有最低还款额，客户出现透支可自主分期还款。客户需要向申请的银行交付一定数量的年费，各银行不相同。

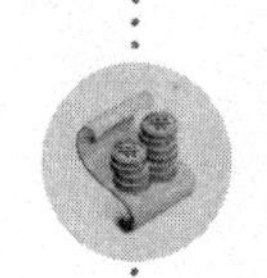

552 电话银行

电话银行是近年来国外日益兴起的一种高新技术，它是实现银行现代化经营与管理的基础，它通过电话这种现代化的通信工具把用户与银行紧密相连，使用户不必去银行，无论何时何地，只要通过拨通电话银行的电话号码，就能够得到电话银行提供的其他服务（往来交易查询、申请技术、利率查询等），当银行安装这种系统以后，可使银行提高服务质量，增加客户，为银行带来更好的经济效益。

553 电子货币

人们在各种活动和消费中习惯于现金支付、银行汇兑等传统的支付方式。电子货币的出现方便了人们外出购物和消费。现在电子货币通常在专用网络上传输，通过设在银行、商场等地的ATM机器进行处理，完成货币支付操作。近年来，随着Internet商业化的发展，电子商务化的网上金融服务已经开始在世界范围内开展。网上金融服务包括了人们的各种需要内容，网上消费、家庭银行、个人理财、网上投资交易、网上保险等。这些金融服务的特点是通过电子货币在Internet上进行及时电子支付与结算。以至人们可随时随地完成购物消费活动，进行货币支付。网上支付的安全电子交易需要安全认证、数据加密、交易确认等控制。

电子货币是以金融电子化网络为基础，以商用电子化机具和各类交易卡为媒介，以电子计算机技术和通信技术为手段，以电子数据（二进制数据）形式存储在银行的计算机系统中，并通过计算机网络系统以电子信息传递形式实现流通和支付功能的货币。

554 转账

不直接使用现金，而是通过银行将款项从付款单位账户划转到收款单位账户完成货币收付的一种结算方式。是银行货币结算的一种方式。它是随着银行业的发展而逐步发展起来的。当结算金额大、空间距离远时，使用转账结算，可以做到更安全、快速。在现代社会，绝大多数商品交易和货币支付都通过转账结算的方式进行。

转账结算的方式很多，主要可分为同城结算和异地结算两大类。同城结算包括支票结算、付款委托书结算、同城托收承付结算、托收无承付结算和限额支票结算等；异地结算包括异地托收承付结算、异地委托收款结算、汇兑结算、信用证结算和限额结算等。

银行办理转账结算和在银行办理转账结算的单位应遵循钱货两清、维护收付双方的正当权益、银行不予垫款的原则。

555 电子支付

所谓电子支付，是指从事电子商务交易的当事人，包括消费者、厂商和金融机构，通过信息网络，使用安全的信息传输手段，采用数字化方式进行的货币支付或资金流转。与传统的支付方式相比，电子支付具有以下特征。

电子支付是采用先进的技术通过数字流转来完成信息传输的，其各种支付方式都是采用数字化的方式进行款项支付的；而传统的支付方式则是通过现金的流转、票据的转让及银行的汇兑等物理实体流转来完成款项支付的。

556
网上交易

网上交易主要是在网络的虚拟环境上进行的交易，类似于现实世界当中的商店，差别是利用电子商务的各种手段，达成从买到卖的过程的虚拟交易过程。

根据商务部2007年第19号所发布《关于网上交易的指导意见（暂行）》，“网上交易是买卖双方利用互联网进行的商品或服务交易。常见的网上交易主要有：企业间交易、企业和消费者间交易、个人间交易、企业和政府间交易等。”

557
网络营销

网络营销就是以国际互联网为基础，利用数字化的信息和网络媒体的交互性来辅助营销目标实现的一种新型的市场营销方式。威柏认为网络营销最直观的认识就是以客户为中心，以网络为导向，为实现企业目的而进行的一系列企业活动。

558
电子商务系统

什么是电子商务？中国信息产业部部长说：以电子为手段，以商务为主体，把传统的销售模式转移到互联网上去，打破国家和地区有形和无形的壁垒，使我们的销售达到全球化、网络化、信息化、无形化。在这个平台公司给你一个终身属于你自已的网店，就等于在15年前，在最繁华的地段给了您一个门市。公司给你提供一个ASP数据管理库，您可以轻松地把你的产品和产品说明上传到网店上，公司已经把柜台、收银台和购物车为您准备好了，您只需

把您要销售的产品放上去就可以销售了。你的这个网店最多可以放十万件产品，而且是多产品多订单的。这里公司还为您提供了供求展台和E创商盟。你可以全球性的摄取和发布您的信息。

广义上是指支持电子商务活动的电子技术手段的集合。

狭义上是指电子商务系统，在INTERNET和其他网络的基础上，以实现企业电子商务活动为目标，满足企业生产、销售、服务等生产和管理的需要，支持企业的对外业务协作，从运作、管理和决策等层次全面提高企业信息化水平，为企业提供商业智能的计算机系统。

559
网上银行

网上银行（InternetbankorE-bank），包含两个层次的含义。一个是机构概念，指通过信息网络开办业务的银行；另一个是业务概念，指银行通过信息网络提供的金融服务，包括传统银行业务和因信息技术应用带来的新兴业务。在日常生活和工作中，我们提及网上银行，更多是第二层次的概念，即网上银行服务的概念。网上银行业务不仅仅是传统银行产品简单从网上的转移，其他服务方式和内涵发生了一定的变化，而且由于信息技术的应用，又产生了全新的业务品种。

网上银行又称网络银行、在线银行，是指银行利用Internet技术，通过Internet向客户提供开户、销户、查询、对账、行内转账、跨行转账、信贷、网上证券、投资理财等传统服务项目，使客户可以足不出户就能够安全便捷地管理活期和定期存款、支票、信用卡及个人投资等。可以说，网上银行是在Internet上的虚拟银行柜台。

网上银行又被称为“3A银行”，因为它不受时间、空间限制，能够在任何时间（Anytime）、任何地点（Anywhere）、以任何方式（Anyhow）为客户提供金融服务。

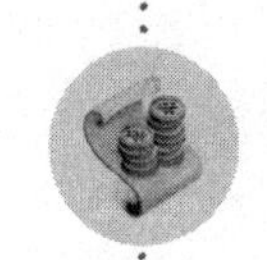

560 现钞

现钞是具体的、实在的外国纸币、硬币。当客户要把现钞转移出境时，可以通过携带方式或汇出。但是当客户采取“汇出”时，由于现钞有实物的形式，银行必须将其出运至国外，运输费用将由客户承担，表现为“钞卖汇买”（客户卖出现钞、买入现汇）。可见现钞不能变成等额的现汇，如果要把现钞变成现汇，客户将在外汇金额上遭受一定的损失。

现汇是账面上的外汇。它的转移出境，不存在实物形式的转移，可以直接汇出，只是账面上的划转。现汇支取现钞时，由于汇入方已经承担了运输费，因此现汇可以支取等额的现钞。

在外汇指定银行公布的外汇牌价中，现钞买入价小于现汇买入价，而现钞现汇的卖出价则相等。这说明国家的外汇管理政策是：鼓励持有现汇、限制持有现钞，因为现汇作为账面上的资金比现钞更便于外汇管理。

Chapter 12

不可不知的经济现象

经济每天都在运行，自然会产生各种各样不同的现象。比如，奥运来临，带动经济的增长；经济或者金融发生危机，使得经济增长停滞，影响到人们的生活……经济现象有很多种，并且与我们的生活息息相关。本章我们就将关注经济运行中的各种现象，揭开经济的面纱，让你了解经济的秘密。

561
奥运经济

奥运经济是指奥运会举办前后一定时期内，所发生的与奥运会举办有联系的，具有经济效果或经济价值的各类活动。奥运会的总体效果和影响力是奥运经济发展的重要基础。

奥运经济已经成为最近30年世界经济发展中一种独特的经济现象。从以往举办城市的历史实践看，奥运经济是注意力经济，会由于注意力资源的相对集中而给举办城市带来阶段性加速发展；奥运经济是品牌经济，通过良好的运作通常能造就一批知名产品和企业品牌；奥运经济是借势经济，将对举办城市的经济、社会发展产生强大的推动力量，产生类似加速器或催化剂的作用。奥运经济因其特有的聚合、裂变和辐射效应而蕴藏着巨大的经济潜力。

562
黑板经济学

黑板经济学是指新古典（微观）经济学理论成立的前提条件过于抽象，不能解决实际经济（社会）问题。罗纳德·哈里·科斯曾把西方20世纪初形成的主流经济学称之为“黑板经济学”，这种经济学只注重抽象的演算，忽视现实的经济现象，就如同闭门造车。行为经济学家和科斯一样，从反思和革新“黑板经济学”的过程中发现了自己的崭新道路。

例1：新古典经济学最优均衡实现的前提条件（假设）。

厂商规模很小且数目众多。

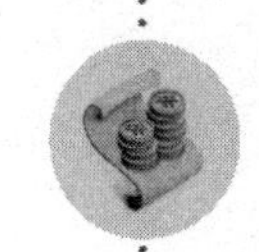

市场是完备的，不存在不确定性，市场上信息是完备且对称的，不存在外部性。

例2：新古典经济学中的企业（厂商）是一个追求利润最大化的实体。该理论假设只有在市场交易不受限制、完全信息以及完备界定的私人产权的三个条件下才能成立。

另外，在半个多世纪以来，经济学教育一直被萨缪尔森（P.Samuelson）的教科书统治。现在人们批评的“黑板经济学”，就是指萨缪尔森忽略了真实世界的细节，用机械论的思维来理解纷纭复杂的经济过程。萨缪尔森的世界观，干净漂亮，整洁明快，但因为毫无细节，所以没有用处。而20世纪70年代兴起的新制度经济学正是对黑板经济学进行了批判继承。

563 浅盘经济

浅盘经济，又称为浅碟子经济，为经济学上的名词，用来指幅员有限且相对缺乏自然资源的经济体系。由于经济基础不够浑厚，因此缺乏吸收震荡的能力，如同一个浅碟子，稍有震荡即产生经济波动。

564 完全垄断

完全垄断又称“独家垄断”，是整个行业的市场供给完全为独家企业所控制的状态。可分为完全政府垄断和完全私人垄断。一般说来，在完全垄断情形下，企业的供给增加，价格下落，需求增加。反之，企业供给减少，价格上升，产品需求减少。供给影响价格，价格与需求呈反方向变动。

完全垄断是指在某种经济态势下，卖方只有一家企业，其产品没有替代品，新企业不可能进入的市场结构。但完全垄断市场结构是一种理论假设，除存在于某些公共基础设施的自然垄断外，越来越难以在现实中找到例证。完全垄断的大企业可能在市场中寥寥无几，但完全垄断的经济现象却无处不在。譬如，某人离家百米之内有一小杂货铺，油盐酱醋等日常生活用品一般在此购买。假定方圆10里之内只有这么一家卖油盐酱醋的小杂货铺，而一般推定人们往往不会为生活琐事舍近求远，因此，这家小杂货铺实际上无异于一个处于完全垄断地位的“垄断企业”。可以说小范围的完全垄断市场结构是经常存在的，反垄断不能只反对垄断结构的大企业，更不能简单的采取拆分垄断企业的方式，实际上许多中小企业也会有垄断行为，也会造成社会福利的损失，阻碍经济的发展。

565
短缺经济

经济发展中资源、产品、服务的供给不能满足有支付能力的需求的一种经济现象。短缺经济是社会主义经济在原有体制下运行中存在的普遍现象。

“短缺经济”理论是匈牙利著名经济学家亚诺什·科尔奈提出的关于社会主义微观经济学的理论。其基本思想如下。

（1）“短缺”是社会主义国家常见的现象。资本主义经济基本上是需求限制型的，经常“供过于求”；社会主义经济基本上是资源限制型的，生产增长受资源的限制，上层决策者、企业经营者和消费者的行为必然受到物资短缺的制约，“求过于供”。

（2）“短缺”根源来自国家与企业存在着“父子”关系。社会主义企业存在着不断扩大再生产、追求产品数量的推动力。追求产品数量→囤积原材料→物资短缺，形成了一个互相加强、自行维系的过程。“投资饥渴”症，各级领导都力图为本部门争取尽可能多

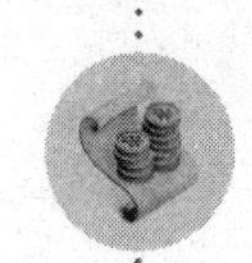

的投资份额，企业超支可以由国家财政补贴，投资风险主要由国家承担，也是造成短缺现象的重要原因。

（3）“短缺”影响了人民生活质量的提高。“短缺”造就了一种“卖者”支配“买者”的社会关系，居民不仅要承受为得到物品去搜寻、排队、等待而付出的代价，还要经常忍受卖者或物资分配者的粗暴无礼和漫不经心。

（4）只有经济体制改革才有可能消除“短缺”现象。改革必须首先对传统社会主义体制的运行方式及其弊端有清醒的认识，并有正确的理论做指导。改革的目标之一就是要消除“短缺”。短缺克服与否以及短缺的程度如何，是检验改革进程的重要标志之一。科尔奈的这一经济理论，实际上是对传统社会主义经济体制所具有的弊端的理论概括，从而为社会主义国家的经济体制改革提供了理论根据。

566
债务抵押债券

债务抵押债券是一种由贷款、债券或者其他债务等组合作为标的债券。通常，CDO以打包或者“部分”（tranches）的形式出现，风险越高收益越大。CDO产品的基本结构如下：CDO的核心——特殊目的载体SPV，可视为一个为CDO产品交易而设立的独立公司：它购入高收益债券、新兴市场公司债、国家债券、银行贷款或其他证券化产品，建立自己的资产池，经过结构化重组,将来自以上多个债务人的现金流转化成由一组分属不同的证券投资层级的新产品。通常分为高级档、中级档和股本档，中级档、高级档亦可再分割为更小的系列,以适合不同投资人的需求。

567
资产净值

资产净值是房屋价值与抵押贷款所剩债务之间的差额。在抵押贷款期间，房屋所有者的月供将逐步减少剩余的本金或者债务。在这期间，房屋价值逐步升高。这两大因素导致净值增加，使得房屋所有者确信出售房产所获资金足以偿清贷款。然而，美国在过去的1~2年内，全美的房屋价格平均下降了13%，在前几年获利颇丰的某些市场上，价格下跌幅度更大。由于最近贷款买房的借款人尚未偿还足够的贷款以大幅降低其债务，他们目前属于“负资产”——即房屋的价值低于所借贷款。

568
次贷危机

次贷危机是次级按揭贷款危机的简称，是一场发生在美国房地产市场上的次级按揭贷款危机。在美国信贷环境宽松、房价上涨的情况下，银行贷款给那些没有足够还款能力的贷款者，贷款者以房屋为抵押，一旦还不起贷款，银行可以把抵押的房子收回来卖出去收回成本。但是，从2006年春季开始，美国房价突然走低，贷款者无力偿还贷款，银行把房屋出售出去，但却发现得到的资金无法弥补贷款额本身，这样银行在贷款上就出现亏损，从而引发与银行相关的次级抵押贷款机构破产、投资基金被迫关闭、股市剧烈振荡引起的风暴。

569
贷款与价值比率

贷款与价值比率指的是按揭贷款规模与房产价值的比率。在20世纪80年代，贷款人通常要求首付款为总房价的10%～20%，而按揭

额度为成本的80%～90%。在20世纪90年代和2000年以后，贷款人的按揭达到了购买价格的95%～100%，有些时候甚至更多，屋主用其多余部分来支付房产买卖手续费或者修缮房屋。没有交纳大额首付款的屋主并没有以自己的财产承担风险，当他们出现财务问题的时候非常有可能停止支付按揭款。

570 道德风险

道德风险最早是一个保险行业术语，指的是提供安全保护网反而会刺激危险行为增加的情况。有些人认为旨在帮助在次贷危机中受损的屋主和贷款人的措施将会导致风险更大的贷款行为；反之，让这些人面对承担损失的冲击将会抑制高风险行为。

571 抵押担保证券

抵押担保证券是由投资银行等机构将大量房屋贷款进行捆绑作为抵押的一种证券形式，类似于债券。持有抵押担保证券的投资人将根据他们所购买的本金和利息份额，定期收到屋主所支付款项。通常，大量的抵押贷款被打包或者分为几个“部分”，每一部分的风险和收益均不相同。持有最安全部分的所有者收取的利率最低，但是有权作为第一顺位获得屋主的付款。而持有风险最大部门的持有人收取最高利率，但是如果屋主不能支付月供，那么他们则是第一个受损的人。

572 提前还款罚金

许多次级抵押贷款包含如下条款：在还款期的头几年就清偿全部贷款的屋主必须交纳额外的费用。这为那些希望以更优惠的条件重新贷款以偿还次级贷款的借款人创造了新的障碍，因为次级贷款由于利率增加而需交纳更高的月供。

573 评级机构

信用评级机构为公司债券等证券打分或者评级。他们的主要工作就是评估风险，从而决定债券发行人是否能向投资人偿付所承诺的本金和利息。考虑因素包括发行人的财务健康状况、金融市场的一般情况以及发行人与之有业务往来的其他公司的财务情况等。被评为最佳质量的债券或者其他证券，例如AAA级，通常支付的利息低于风险更大、品质更低的债券。因此，当所发行的证券获得高评级，那么发行人就节约了成本。在次贷危机中，许多抵押担保证券的风险远远高于它们各自的评级，导致众多评级机构备受批判。一些专家认为评级机构已经尽其最大努力来评估那些缺少历史数据的新型证券。而批评者则指出：评级机构有财务上的动力来满足为那些为其评级付款的发行人，而且评级机构经常与这些公司之间还有其他有利可图的业务往来。

574 利率重设

利率重设就是改变某一可调利率抵押贷款（例如ARM，即拍卖标价证券）利率的过程。大多数的ARM一开始只收取“优惠”利率，在头1～3年间保持不变。此后，随着市场利率的升降，利率通常12个月变化一次。

575 透明度

透明度指的是外界看清内部运行的难易程度。美国证券市场被认为是很透明的，因为财务报表要求提供各类详细信息，例如利润、损失、资产、负债、高管薪酬、诉讼以及其他可能影响股票价格的因素。正是由于缺乏透明度或者不透明才导致了次贷危机，因为投资者、监管人员和公众很难看清那些决定次级贷款证券价格的因素。当危机蔓延开来，投资人担心系统中可能存在着比看起来更重大的风险。

576 股市泡沫

股市短期疯涨，市盈利急剧攀升，价格与价值严重背离，即产生股市泡沫。泡沫在词典中的本意是聚集在液体中的气泡。亦用来比喻人事的空虚或幻想。经济学里的泡沫是指因投机交易极度活跃，金融证券、房地产等的市场价格脱离实际价值大幅上涨，造成表面繁荣的经济现象。一般的看法是，一种或一系列资产在一个连续过程中陡然涨价，开始的价格上涨会使人们产生还要涨价的预期，于是又吸引了新的买主。这些人一般只是想通过买卖牟取利润，而对这些资产本身的使用和产生赢利的能力不感兴趣。涨价之后便是预期的逆转，接着就是价格的暴跌，最后以金融危机告终。对泡沫的定义，理论界尚未达成一致的意见，对它是否可能发生，也没有一致的看法。何为泡沫，目前来说还没有较为明确的数量化标准。

577 金融安全

金融安全指货币资金融通的安全和整个金融体系的稳定。金融安全是金融经济学研究的基本问题，在经济全球化加速发展的今天，金融安全在国家经济安全中的地位和作用日益加强。金融安全是和金融风险、金融危机紧密联系在一起的，既可用风险和危机状况来解释和衡量安全程度，同样也可以用安全来解释和衡量风险与危机状况。安全程度越高，风险就越小；反之，风险越大，安全程度就越低。危机是风险大规模积聚爆发的结果，危机就是严重不安全，是金融安全的一种极端。

作为整个经济和社会的血液，金融的安全和稳定，直接影响到我国经济与社会的整体发展。如果失去了金融安全，极有可能引起社会动荡。另一方面，金融安全又必须建立在社会稳定的基础上，因为社会不稳定的某些突发性因素往往是引发金融危机的导火索。

按金融业务性质来划分，金融安全可划分为银行安全、货币安全、股市安全等，其极端就是银行危机、货币危机、股市危机等。

578 房地产泡沫

所谓泡沫指的是一种资产在一个连续的交易过程中陡然涨价，价格严重背离价值，在这时的经济中充满了并不能反映物质财富的货币泡沫。资产价格在上涨到难以承受的程度时，必然会发生暴跌，仿佛气泡破灭，经济开始由繁荣转向衰退，人称“泡沫经济”。泡沫经济的两大特征是：商品供求严重失衡，需求量远远大于供求量；投机交易气氛非常浓厚。房地产泡沫是泡沫的一种，是以房地产为载体的泡沫经济，是指由于房地产投机引起的房地产价

格与价值严重背离，市场价格脱离了实际使用者支撑的情况。最早可考证的房地产泡沫是发生于1923年～1926年的美国佛罗里达房地产泡沫，这次房地产投机狂潮曾引发了华尔街股市大崩溃，并导致了以美国为首的20世纪30年代的全球经济大危机，最终导致了第二次世界大战的爆发。从20世纪70年代开始积累，到90年代初期破裂的日本地价泡沫，是历史上影响时间最长的房地产泡沫，从1991年地价泡沫破灭到现在，日本经济始终没有走出萧条的阴影，甚至被比喻为第二次世界大战后日本的又一次“战败”。

579 经济萧条

经济萧条即长时期的高失业率、低产出、低投资、企业信心降低、价格下跌和企业普遍破产。工商业低落的一个温和的形式是衰退（recession），它同萧条有许多共同点，但在程度上较弱。今天，衰退的精确定义是实际国民生产总值至少连续两个季度下降。大萧条是以商业和普遍繁荣的衰退为特征的一种经济状况。

580 金融深化

金融深化是政府放弃对金融市场和金融体系的过度干预，放松对利率和汇率的严格管制，是利率为反映资金供求和外汇供求对比变化的信号，从而有利于增加储蓄和投资，促进经济增长。

金融深化可通过储蓄效应、投资效应、就业效应、收入分配效应，促使经济发展。金融深化，就要放开利率管制，取消信贷配给制，实行金融的自由化。

581
股灾

股灾（The Stock Market Disaster）是股市灾害或股市灾难的简称。它是指股市内在矛盾积累到一定程度时，由于受某个偶然因素影响，突然爆发的股价暴跌，从而引起社会经济巨大动荡，并造成巨大损失的异常经济现象。股灾不同于一般的股市波动，也有别于一般的股市风险。一般来说，股灾具有以下特点。

（1）突发性。每次股灾，几乎都有一个突发性暴跌阶段。

（2）破坏性。股灾毁灭的不是一个百万富翁、一家证券公司和一家银行，而是影响一个国家乃至世界的经济，使股市丧失所有的功能。一次股灾给人类造成的经济损失，远超过火灾、洪灾或强烈地震的经济损失，甚至不亚于一次世界大战的经济损失。

（3）联动性。一是经济链条上的联动性，股灾会加剧金融、经济危机。二是区域上的联动性，一些主要股市发生股灾，将会导致区域性或世界性股市暴跌。

（4）不确定性。股灾表现为股票市值剧减，使注入股市的很大一部分资金化为乌有；股灾会加重经济衰退，工商企业倒闭破产，也间接波及银行，使银行不良资产增加；在股市国际化的国家和地区，股灾导致股市投资机会减少，会促使资金外流，引发货币贬值，也冲击着金融市场。

582
经济周期

经济周期（Businesscycle），也称商业周期、景气循环，它是指经济运行中周期性出现的经济扩张与经济紧缩交替更迭、循环往复的一种现象。是国民总产出、总收入和总就业的波动，是国民收入或总体经济活动扩张与紧缩的交替或周期性波动变化。过去把它分为繁荣、衰退、萧条和复苏四个阶段，现在一般叫做衰退、谷底、扩张和顶峰四个阶段。

在市场经济条件下，企业家们越来越多地关心经济形势，也就是“经济大气候”的变化。一个企业生产经营状况的好坏，既受其内部条件的影响，又受其外部宏观经济环境和市场环境的影响。一个企业，无力决定它的外部环境，但可以通过内部条件的改善，来积极适应外部环境的变化，充分利用外部环境，并在一定范围内，改变自己的小环境，以增强自身活力，扩大市场占有率。因此，作为企业家对经济周期波动必须了解、把握，并能制订相应的对策来适应周期的波动，否则将在波动中丧失生机。

583 金融混业经营

狭义的概念：它主要指银行业和证券业之间的经营关系，金融混业经营即银行机构与证券机构可以进入对方领域进行业务交叉经营。

广义的概念：它是指所有金融行业之间经营关系，金融混业经营即银行、保险、证券、信托机构等金融机构都可以进入上述任一业务领域甚至非金融领域，进行业务多元化经营。

584 证券风波

制度体系永远是有漏洞的，所以我们的制度一直在不断的完善。人性是复杂的，所以我们这个以人类为主体的社会存在善良正义也存在阴谋险恶。在现代科技的推动下世界变为“地球村”的时候，一国特别是一个经济大国发生危机时，难免会影响许多与它有直接或间接经济往来的国家的经济、金融秩序。现在，证券市场由

于法律法规体系存在缺陷，加之监管力量、监管经验的人为缺陷和国际政治经济环境的影响，以致使各种违法违规行为有机可乘，股市也时常暴涨暴跌，最终产生证券风波。

585
网络经济

众所周知，知识经济是以电脑、卫星通信、光缆通信和数码技术等为标志的现代信息技术和全球信息网络“爆炸性”发展的必然结果。在知识经济条件下，现实经济运行主要表现为信息化和全球化两大趋势。这两种趋势的出现无不与信息技术和信息网络的发展密切相关。现代信息技术的发展，大大提高了人们处理信息的能力和利用信息的效率，加速了科技开发与创新的步伐，加快了科技成果向现实生产力转化的速度，从而使知识在经济增长中的贡献程度空前提高;全球信息网络的出现和发展，进一步加快了信息在全球范围内的传递和扩散，使传统的国家、民族界限变得日益模糊，使整个世界变成了一个小小的“地球村”，从而使世界经济发展呈现出明显的全球化趋势。因此，知识经济实质上是一种以现代信息技术为核心的全球网络经济。

586
绿色经济

绿色经济是以市场为导向、以传统产业经济为基础、以经济与环境的和谐为目的而发展起来的一种新的经济形式，是产业经济为适应人类环保与健康需要而产生并表现出来的一种发展状态。Jacobs与Postel等人在20世纪90年代所提出的绿色经济学中倡议在传统经济学三种生产基本要素：劳动、土地及人造资本之外，必须再加入一项社会组织资本（socialandorganizationcapital，SOC）。并将其他三项成本的定义略作修正：①人类资本（humancapital）：强调“人力”的健康、知识、技艺及动机（motivation）。②将土地成本扩充成为生态资本（ecologicalcapital）或自然资本（naturalcapital）。③人造资本（man-madecapital）保持不变，或称制造资本（manufacturedcapital）。绿色经济特别提出的社会组织资本（SOC），指的是地方小区、商业团体、工会乃至国家的法律、政治组织，到国际的环保条约（如海洋法、蒙特娄公约）等。他们认为，这些社会组织不止是单纯的个人的总合而已。无论哪一种层级的组织，会衍生出其个别的习惯、规范、情操、传统、程序、记忆与文化，从而培养出相异的效率、活力、动机及创造力，投身于人类福祉的创造。

绿色经济指能够遵循“开发需求、降低成本、加大动力、协调一致、宏观有控”等五项准则，并且得以可持续发展的经济。“绿色经济”既是指具体的一个微观单位经济，又是指一个国家的国民经济，甚至是全球范围的经济。

587 知识经济

知识经济，通俗地说就是“以知识为基础的经济”。从内涵来看，知识经济是经济增长直接依赖于知识和信息的生产、传播和使用，它以高技术产业为第一产业支柱，以智力资源为首要依托，是可持续发展的经济。按照世界经济合作及发展组织的说法，知识经济就是以现代科学技术为核心的，建立在知识和信息的生产、存储、使用和消费之上的经济。

人们在强调知识经济这一概念时，主要是区别于物质、资本在生产中起主导作用的物质经济和资本经济而言的。与依靠物资和资本等这样一些生产要素投入的经济增长相区别，现代经济的增长则越来越依赖于其中的知识含量的增长。知识在现代社会价值的创

造中，其功效已远远高于人、财、物这些传统的生产要素，成为所有创造价值要素中最基本的要素。因此知识经济的提法，可以说正是针对知识在现代社会价值创造中的基础性作用而言的。但不能由此就认为知识经济仅仅是区别于所谓的物质经济或资本经济。其一，人类经济时代的划分有自然经济、工业经济，但没有物质经济或资本经济的提法。其二，一个经济时代的划分，重要的不是生产什么，而是用什么生产，这里包含一个重大的区别，即一定社会的主导生产工具及由此形成的产业，这显然不是物质经济或资本经济所能反映的。而知识经济不但从知识在生产中的核心作用表明自身的存在，更重要的是以信息产业为代表的主导经济增长的知识性产业已经形成。对此美国经济学家罗默提出，要求在计算经济增长时，必须把知识列入生产要素函数中。因此OECD定义知识经济即以知识为基础的经济，正是揭示了知识对现代经济增长的基础性作用，并准确地反映了知识经济的现实。所以，我们从经济时代的角度来认识知识经济，才能切实地反映社会财富创造形式的历史性变化和人类社会已进入一种崭新的生产方式这一伟大现实。知识经济是继自然经济、工业经济在人类财富创造形式上的崭新时代。

588
数字经济

数字经济是指一个经济系统中，数字技术被广泛使用并由此带来了整个经济环境和经济活动的根本变化。数字经济也是一个信息和商务活动都数字化的全新的社会政治和经济系统。企业、消费者和政府之间通过网络进行的交易迅速增长。数字经济主要研究生产、分销和销售都依赖数字技术的商品和服务。数字经济的商业模式本身运转良好，因为它创建了一个企业和消费者双赢的环境。

数字经济的发展给包括竞争战略、组织结构和文化在内的管理实践带来了巨大的冲击。随着先进的网络技术被应用于实践，我们原来的关于时间和空间的观念受到了真正的挑战。企业组织正在努力想办法整合与顾客、供应商、合作伙伴在数据、信息系统、工作流程和工作实务等方面的业务，而他们又都有各自不同的标准、协议、传统、需要、激励和工作流程。

589 虚拟经济

虚拟经济是相对实体经济而言的，是经济虚拟化（西方称之为“金融深化”）的必然产物。经济的本质是一套价值系统，包括物质价格系统和资产价格系统。与由成本和技术支撑定价的物质价格系统不同，资产价格系统是以资本化定价方式为基础的一套特定的价格体系，这也就是虚拟经济。由于资本化定价，人们的心理因素会对虚拟经济产生重要的影响；这也就是说，虚拟经济在运行上具有内在的波动性。广义地讲，虚拟经济除了目前研究较为集中的金融业、房地产业，还包括体育经济、博彩业、收藏业等。

有些人将Visual Economy和Virtual Economy也翻译为虚拟经济，这是混淆了虚拟经济（Fictitious Economy）的本质。Visual Economy是指用计算机模拟的可视化经济活动，是一种“可视化经济”；Virtual Economy是指以信息技术为工具所进行的经济活动，包括网络经济等；Fictitious Economy是指证券、期货、期权等虚拟资本的交易活动，这个翻译才更符合虚拟经济的内涵。也有学者使用“符号经济”甚至“名义经济”的概念，只是强调了经济系统运行中“符号”或“名义”的表象，而没有深入探讨虚拟经济的本质。

590 博弈论

博弈论又被称为对策论（Game Theory），它是现代数学的一个新分支，也是运筹学的一个重要组成内容。在《博弈圣经》中写道：博弈论是二人在平等的对局中各自利用对方的策略变换自己的对抗策略，达到取胜的意义。按照2005年因对博弈论的贡献而获得诺贝尔经济学奖的Robert Aumann教授的说法，博弈论就是研究互动决策的理论。所谓互动决策，即各行动方的决策是相互影响的，每个人在决策的时候必须将他人的决策纳入自己的决策考虑之中，当然也需要把别人对于自己的考虑纳入自己的考虑之中，之后再选择最有利于自己的战略（strategy）。

博弈论的应用领域十分广泛，在经济学、政治科学（国内的以及国际的）、军事战略问题、进化生物学以及当代的计算机科学等领域都已成为重要的研究和分析工具。此外，它还与会计学、统计学、数学基础、社会心理学以及诸如认识论与伦理学等哲学分支有重要联系。

按照Aumann所撰写的《新帕尔格雷夫经济学大辞典》“博弈论”词条的看法，标准的博弈论分析出发点是理性的，而不是以心理的或社会的角度。不过，近20年来结合心理学和行为科学、实验经济学的研究成就而对博弈论进行一定改造的行为博弈论（behavoiralgame theory）也日益兴起。

591 数字化经济

数字化经济是指在计算机和现代通讯技术的基础上，人类社会在信息化和网络化环境中的经济形式。数字化经济包括电子商务和电子政务。电子政务是指政府利用互联网及现代信息、技术手段进行的政府管理和服务。

592
旅游经济

旅游经济是指由旅游者的旅游活动引起的，旅游者同旅游企业之间以及旅游企业同相关企业之间的经济联系。旅游企业为旅游者提供相应的吃、住、行、游、购物、娱乐等服务，而旅游者给付一定报酬，从而形成了旅游者与旅游企业之间的经济联系。旅游企业为安排好旅游者的旅游活动，需要同有关其他企业或部门发生经济联系。这些经济联系便构成了旅游经济的内容，它是国民经济运行的一部分。

593
经济过热

所谓经济过热（Overheated Economy），是指市场供给发展的速度与市场需求发展速度不成比例。资本因为虚假需求导致的供给增加是市场经济过热的根本原因。现代金融体系的信用制度是控制资本投资市场的基本通道。融资形成的经济发展趋势推动各种产业资本扩张。其传导路径各有不同，因此导致价格增长的路径也各有异同。当资本增长速度超过市场实际所需要的周期量后，在一定的周期阶段内就出现相应的市场资源短缺与一定资源的过剩同时出现的矛盾现象。在一定时期会表现经济高速发展与物价指数的双高现象。依据经济学的定义看，实际增长率超过了潜在增长率叫经济过热，它的基本特征表现为经济要素需求供给超过总供给，由此引发物价指数的全面持续上涨。经济过热在中国经典式上演的时段是在20世纪90年代初期。那几年中国GDP增幅连续几年超过10%，由于总供给明显超过总需求，通货膨胀持续了数年。

594

加息

加息是进一步巩固宏观调控成果，保持国民经济持续快速协调健康发展的良好势头而做出的重要决策。

加息就是一国的中央银行提高再贴现率，从而使得商业银行对中央银行的借贷成本提高了，进而影响市场利率。

加息是对现行的某种或某些利息率进行有目的的提高的行为，通常是为了实现某个具体的目标而做出的举措。

加息不仅是经济行为，同时也是政治、社会因素多重作用下的产物，有时很可能不是为了经济目的而进行，而是迫于压力。

595

市场调节

市场调节即由价值规律自发地调节经济的运行。即由供求变化引起价格涨落，调节社会劳动力和生产资料在各个部门的分配，调节生产和流通。市场调节符合商品经济的客观要求，能够比较合理地进行资源配置，使企业的生产经营与市场直接联系起来，促进竞争。但市场调节具有盲目性一面，因而在社会主义条件下，有必要加强宏观调控。

由市场供求关系的变化引起的价格变动对社会经济活动进行的调节。是价值规律调节商品生产和商品流通的表现形式。当商品的生产超过需要时，市场上供过于求，价格下跌，利润减少；当价格跌到价值以下时，利润率低于平均水平，商品生产者就会缩减生产，使市场上供给减少，求大于供，价格又会回升。

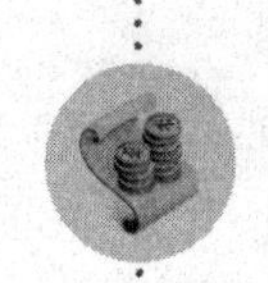

596
宏观调控

宏观调控指国家对国民经济总量进行的调节与控制。是保证社会再生产协调发展的必要条件，也是社会主义国家管理经济的重要职能。在中国，宏观调控的主要任务是：保持经济总量平衡，抑制通货膨胀，促进重大经济结构优化，实现经济稳定增长。宏观调控主要运用价格、税收、信贷、汇率等经济手段和法律手段及行政手段。

597
天价薪酬

受金融危机影响，股市下跌，交易量急剧下滑，“靠天吃饭”的国内各大券商纷纷采取降薪、裁员方式来应对此轮熊市。就在这样的背景下，国内首屈一指的大券商——国泰君安证券大幅提高薪酬及福利费用至32亿元，较年初预算数增长57%。按照国泰君安3000多人的员工计算，平均每个人的收入达到了让同行瞠目结舌的100万元。民生银行、华夏银行、招商银行、深发展、兴业银行、交通银行等七家上市银行2008年年报，除交行对高管工资没有透露相关具体信息之外，其他六家股份制银行或多或少都披露了高管薪酬状况。2006年这六家上市银行的高管中，年薪在300万以上的仅有3人，分别是深发展董事长纽曼、招商银行行长马蔚华、民生银行董事长董文标。2008年年薪超过300万的银行高管人数达到10人以上，民生银行就有9位高管税前年薪超过500万。

598
亚洲金融危机

亚洲金融危机又称亚洲金融风暴。1997年的亚洲金融风暴是继1994年年底墨西哥金融危机以来，爆发的又一次世界性金融风暴。1997年，以索罗斯的“量子基金”为首的国际炒家，通过各种渠道对亚洲各国的股市、汇市进行疯狂投机。以泰国为首的一些亚洲经济新兴国家，为了避免国际游资冲击，主动下调本国货币对美元汇率而造成的一系列连锁反应。1997年7月2日，泰国首先宣布放弃固定汇率制，实行浮动汇率制，引发一场遍及东南亚的金融危机。泰国、印尼、韩国等国的货币大幅贬值，同时造成亚洲大部分主要股市的大幅下跌；冲击亚洲各国外贸企业，造成亚洲许多大型企业的倒闭，工人失业，社会经济萧条。泰国、印尼和韩国是受此金融风暴波及最严重的国家。新加坡、马来西亚、菲律宾和香港地区也被波及，祖国大陆和台湾地区则几乎不受影响。

599
系统性金融危机

金融危机的类型有货币危机、银行业危机、债务危机和系统性金融危机等四种基本类型。系统性金融危机可以称为“全面金融危机”，是指主要的金融领域都出现严重混乱，如货币危机、银行业危机、外债危机的同时或相继发生。系统性金融危机是那些波及整个金融体系乃至整个经济体系的危机，比如20世纪30年代引发西方经济大萧条的美国金融危机，20世纪90年代导致日本经济萎靡不振的日本金融危机，1997年下半年袭击东南亚的亚洲金融危机等。这些危机都是从一种金融市场波及另外一种金融市场，如从股市到债市、外汇、房地产甚至整个经济体系。中国不仅尚无可能、而且尚无资格发生系统性金融危机。

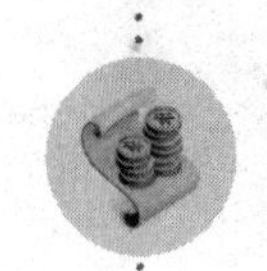

600
啤酒效应

“啤酒效应”指的并非仅是啤酒行业的现象，而是营销流通领域一种具有普遍意义的现象。麻省理工学院的斯特曼教授曾经做了一个著名的试验——“啤酒销售流通试验”。在这个试验中有四组学生分别代表消费者、零售商、经销商、厂家，由此形成一个简单的供应链。试验中要求任何上、下游企业之间不能交换任何商业资讯，只允许下游企业向上游企业传递订单，消费者只能将订单下给零售商。结果表明：由于链中各节点企业之间资讯的不对称以及为了追求自身利益的最大化，造成了需求资讯在内部的传递中失真。